CAD

用文字照亮每个人的精神夜空

领读文化传媒
LINGDU Culture & Media

微信 ｜ 微博 ｜ 豆瓣　领读文化

黄子平 沉思的

著

老树的精灵

天津出版传媒集团

天津人民出版社

目录

序 | 并非遥远的期待

谢冕

我们有幸生活在一个重大的文学时代。经历了长期的曲折之后，文学正在进入更新生命的蜕变期。当代文学纷繁变化的事实，令我们目眩。我们承受着它的"胎动"所带来的惊喜。纷至沓来的无视传统艺术规范（这种规范化的事业我们已有效地进行了数十年之久）的艺术创新，在我们面前展开了新、奇、怪的特殊文学景观。我们的喜悦之情是我们的前人所不曾有的，我们为此充满了幸福感。这种幸福不是所有的中国人都能获得的。与此类似的场面也许要追寻到二十世纪最初那一二十年的新旧两种文化的特殊激烈论争并最后导致变革的伟大时代。但我们也理所当然地承担了一份苦难，我们经历着无休止的因文学的蜕变而带来的不同观念、不同思维方式的冲撞与折磨，我们不得不以充分的耐心承受着历史的重负所给予的无尽的磨难。

但与二十世纪末叶展开的这场文学创作上划时代的变革性冲击相比，我们的理论批评显然要沉寂得多。理论未曾如同我们"五四"时期的前辈那样以勇猛的姿态为文学新潮呐喊着开辟前进的道路。我们感到了某种匮乏。现实的理论批评界缺少那种立志于勇猛冲杀哪怕是有些偏激所带来的旋风式的呼啸。因此我们充满了期待。我们期待与文学创作的水准大体相称的文学批评，期待一种摆脱了对于非艺术因素的依附从而恢复了艺术良知的批评。这种批评不以一人一事的精致诠释为它的极致，而以建立于深厚的历史意识的显示文学大的走向的预测和判断，来体现它的优势。这个工作需要几代人的争取。因为趋于凝固的思维模式给文学批评所造成的惰性力量是相当强顽的，它受到某种氛围的鼓励，因此，它的根本性变革将是一种长久的期待。

但"新的转机和闪闪星斗，正在缀满没有遮拦的天空"（北岛），文学的整个的跃动的环境不能不带给文学批评以新的冲动。一些没有受到太深批评惰性影响的批评力量，正在以无拘束的态度闯入这个近于沉寂的园地。黄子平这样判定他的文学批评的观念："批评在某种程度上是一种自我表现，是自我的一种存在方式"，"文学批评尤其需要创造性，创造性靠一种无拘束的自由心态"（《我与批评》）。这本身便是一种巨大的反拨，一种挣脱了禁锢之后的宣告。批评曾经只是某种附庸，批评的缺乏主体意识曾经是普遍的现实。不仅黄子平，他的许多同时代人，都对批评的某些业已僵化的模式观念表现了轻蔑。他们对自己的使命怀有充分的神圣感，他们无视那些要理论批评屈从于自己的非艺术的偏见与积习，而各自实践着自己的使命。单从这一点看，便可发觉理论自身孕育着何等惊人的内在活力。

黄子平不止一次地谈到张承志"老桥"这一意象给他的启发。他不仅把中年一代的评论家的任务归结为桥的使命，而且把自己的命运归结为一块"桥板"。王光明在介绍黄子平的理论追求时对此有过评论。他肯定黄子平的文学批评活动把当代文学的具体材料放置于整个文学发展史的宏大背景中考察，即他认为的"坚守理论观照与历史观照的有机配合"（《他说自己是一块"桥板"》，《文艺报》453期）。但王光明又感慨他"那种浓重的老桥意识，是不是产生得太早了一些呢"？这正是黄子平批评意识中的富有魅力之处。像他这样冷静地把自己和别人清醒地放置于历史的大趋势中以考察各自的价值，并对自己的恰当位置做出判断的人并不多。这种价值判断，不是短浅的和近视的，它建立于一种深邃的思考，即对于文学发展得相当宏阔的希望之上。黄子平深知要达到那样一种境界，需要有人前赴后继地做出牺牲。桥和桥板，乃至他在一次座谈会上谈到的"先锋的倒下"，都透露出了某种悲凉感，但他无疑清楚地意识到，不付出代价而换取文学的进步，这完全是不可能的。那么，黄子平文学观念中的这种悲凉，不正是他对中国文学的渊源及其历史经验认识的深刻所在么？过早到来的"老桥意识"，说明中国文学更迭的快速，说明一代人的早熟，或许这正是我们所期待的。

令人欣然的是王光明的慨叹乃是一种过虑。在包括王光明本人在内的一代人的早熟中——他们过早地，甚至与他们的阅历、年龄不甚相称的忧患感，并不说明他们的落寞与颓唐。事情完全相反。他们是在进取途中，了解了中国历史的浓重惰性从而激发出更为韧性的坚持与更为清醒的争取，他们期望甚高，于是他们并不以他们眼前的成就作为终极。他们觉得在中国文学走向世界的大迈进中，他们不过是一个过渡。他们期待的是更为壮丽的文学发展的事实呈现。这就说明，不仅仅是骤跑速度的惊人，而且标示出的跨越的高度也是惊人的。我们所期待的与我们所达到的，超出了我们预定的范围。在考虑了我们眼前出现的这一新的文学梯队的现实之后，我们充满了信赖感与信心感。

不论是作为一座桥，或是谨慎地称之为"一块桥板"，其所指绝非是磨得发光的圆润和"全面"的平和。剖析黄子平的文学评论观念，他所有思考、论证和判断都充满了基于深刻的历史反思萌发的批判精神。黄子平有时追求幽默，他的不擅长的诙谐感却透出批判的尖刻，他的批判性经过了思考的过滤；它的深刻性几乎是以"不容讨论"的方式出现的。他的文风与其说是诙谐，毋宁说是严峻（尽管他追求轻松，但历史的沉重负荷却使他轻松不起来），打动人的正是这种严峻的沉重。我们从这种沉重中认识到他的早熟的文学性格。他从吴亮的两篇著作中，概括出一个令人震惊的命题："深刻的片面"。在这篇"评论的评论"中，黄子平以不加掩饰的景仰，征引了新文学运动的前辈陈独秀、钱玄同、鲁迅、胡适等面对旧文学的坚强堡垒所发出的愤世嫉俗的呼喊。他认识到，处于"五四"那样的大时代，"一切面面俱到的'持平之论'只能有利于保守僵化的一面，只有那片面的、不成熟的观点，却代表了生机勃勃推动历史的深刻力量"。他的这种惊世骇俗的宣告是基于文学实际的启示，他深深觉察到了传统文化因素的顽强，刻意以立论的"片面"打破那万古不移的平衡和稳定。

他在做真诚的期待：期待中国现今评论家卸下一种"思想重负"，打破一种定型的观念，即"他所代表的总是一个万无一失的思想体系"，"他所下的每一个判断都总是关于真理的声誉"。在另一篇文章中，他更以十分果断的语气阐发了上述的观点："对于整个理论进程来讲，不成熟是绝对的，成熟是相对的。历史已经证明，就中国的文学理论及评论现状而言，可怕的不是'不成熟'和片面性（只要此一片面正常地得到彼一片面或众多片面的补充驳诘），而是那个过分成熟的、驾凌万物之上的唯一正确的成熟。"（《通往不成熟的道路》）他的这些言论，表现了他并不令人担心的一代青年勇猛的文学思考。黄子平没有要求别人走向他那怀有极人警惕的"成熟"——那种在中国传统文化性格中被铸造得圆润精滑、玲珑剔透的"成熟"，令人可怕的八面圆通的"成熟"。他自己也以他的有锋芒的，甚至带着天真的炽热的冲撞进入文坛。黄子平的这种早熟的关于"不成熟"的呼吁，正表现了他对中国文化"深渊"的熟悉和理解。所有的疑惧和警惕，均产生于这个理解之中。要是说他是一块桥板，则这块桥板的木质是与腐朽无缘的。在通往文学彼岸的途中，这一代人所展现的无负自己世纪的精神是鲜明的。

黄子平以他的大学毕业论文《从云到火》开始了他独特的文学批评活动。也许这篇论文充分的概括能力给人以深刻的印象。但最为动人的还是他对于公刘诗中那一团火的发现和向往。从那时起，这位青年评论家便以包裹着一团烈火的冷峻的批评风格出现在人们面前："这是火。不是那呼呼作响的跳动的火，不是那种耀眼的闪亮的火，而是一种不动声色地散发热力的火，甚至是一种以冷峻的外表包裹着的火。"（《从云到火》）黄子平把握这位诗人从云到火的创作历程的准确性，在于他一开始就把艺术的思考和关于人民命运的思考联系在一起，在他的艺术评论中跃动着对于时代和人民命运的关切，他能够把这种严重的关切包容在并不激烈的语言形式中。他追求的是实质，而不是表面的效果。犹如他论述的"如云的火和如火的云"，他能够精到地以冷峻的外表包裹着火。黄子平的批评艺术个性一下子就得到显示。他能够以与他的年龄并不相称的成熟体现出他以激情装裹的充满进取精神的"不成熟"。

文学批评在现阶段的前进，体现在批评家多少意识到改变那种固定的单向的价值判断为多面的综合的价值判断的必要性。文学批评的层次感开始以异常丰富和繁复的姿态出现。黄子平说过："真正的艺术品大概总是多层次、多结构的。"（《同是天涯沦落人》）由此可以推及：有价值的对于艺术品的评论，也应当如此。在对于文学批评的繁荣的争取中，黄子平的批评活动不仅是严谨的（在同辈人中，他似乎比谁在下笔时都更为矜持。他的思路活跃、宏阔与他的吝于笔墨谨慎为文似乎构成了一种背反），而且也是丰富的。他总是在他涉及的范围内寻找尖新的命题，出乎意料而又引人注目地开掘着批评的新范畴。如他很早就关注于诗歌的时空意识的研究；在短篇小说的研究中，他从"结构—功能"的角度做了新的开拓；近年来他更致力于文学语言学的研讨；他的力作《同是天涯沦落人》更是以对于一个叙事模式的抽样分析的方法为审美批评开了一个新生面。黄子平对于各个作家作品的微观研究，作家如对林斤澜的创作的综合考察，作品如对《绿化树》《你别无选择》等所发表的见解，都以体现了作者独到见解的睿智与深刻给人以印象。

黄子平的批评是杜绝了陈词滥调的（这在他是一个起点，但就是这一点，也表现了对于现有文学批评的极大超越），他力求以自己的语言，讲与作品实际紧密相连的自己对于艺术的领悟，这是黄子平此类批评的最坚实的基础。请读读他关于刘索拉那篇名作的那篇评论。他随意地侃侃而谈，从人的自我选择，从历史规律不可超越的不存在无限可能性的无可选择，从贝多芬与巴赫的存在，谈到人总是在地球规定重力条件下跳舞，而人却总是对这样客观的不可移易的历史条件予以主观的解释：人们总是如此这般无休止地追问正常与失常，动机与效果，折磨着别人也折磨着自己。这才归到他要阐发的"正题"上来："刘索拉戏谑揶揄而又不动声色，凝练集中而又淋漓尽致"，"人物几乎没有历史和过去，他们并不'带着档案袋上场'。这里永远是现在时，永远像银幕上的映象用一束光把'当前'呈示在你面前。"读到这样的言辞，你会感到他对作品艺术特征的把握的准确，但这还只是在平和之中闪现他那高度概括的精到。及至读到："我们的理论至今无法对这种形象化的抽象做出令人满意的解释。而正是这种形象化的抽象，使小说通向嘲讽、通向诗和哲学。对话灵活地用来转换时空并勾勒出人物，每一个人都是主人公因而并没有一个专门的主人公。人物都有一个被夸张了的特征，因而你只记住了这个特征，而不再晓得'性格立体感'为何物。"这才展示出这位青年批评家的对于传统理论"绵里藏针"的挑战意味。

对于固有的文学观念的怀疑，化入了这些行云流水般的叙述的"潜台词"之中。要是说这里有着某种刻意标明的"片面"，那也是并非不深刻的。我们当然可以从这些与我们习见不同的叙述方式和并不随俗的理论提倡中得到一些新异的感受和启发。但显示了他的文学批评的强大力度的还是他基于历史和现实的事实而阐发的、带有鲜明针对性的判断："如果你愿意，也可以把它看作人类主体创造性的永恒赞美。我却宁可把它看作特定时空下，我们民族走向现代化、民主化进程中一代人'情绪历史'的一个浓缩。"这是他对《你别无选择》所做的最后归纳。在别人那里可能是要绕了许多弯儿才庶几可以达到的目的，黄子平寥寥数言便射中了箭靶。

我们寄希望于青年批评家的显然比他们目前已达到的为多——尽管他们在这个领域已做出了令人羡慕的成绩。我们这种寄望基于我们已有的文学（特别是文学理论批评）曾经衰落的事实，更受到了一个开放的社会要求开放的文学的现实的鼓舞。以我们这样有着令人羡慕的悠久而丰富文化传统的民族，以我们的全体人民所经历的巨大的历史的和现实的磨难，以我们如今正在争取的充满艰险的大事业，我们理应有一个引起世界重视的文化和文学的繁荣，我们理应有经得起时间考验，与我们的历史和现实相称的文学家和批评家。

一代人没有辜负时代寄予他们的厚望，他们为此做出了认真的努力。黄子平入研究生院不久发表了《当代文学中的宏观研究》，他宏观地考察了当代文学研究中具有实质意义的问题，提出了一个新鲜中肯的命题：它的"特长"也就是它的"特短"。这就是，当代文学的研究由于是当代人对于同时代文学的研究，时间的筛子对它来说表现为极大的吝啬。"他的近距离观察常常局限了他的视野或局限了他的判断所应有的'超时间性'。他往往为激情的迸发牺牲了研究工作的'客观性和科学性'，不可避免地带有同时代人共通的局限和偏见。"（《当代文学中的宏观研究》）这些论证依然体现了我们前面论及的他对于社会和文学问题的敏锐判断力，体现了他求实的科学学风，更重要的是，就是他尝试着以远距离的、"超时间性"的长镜头考察文学实际的开端。

这种考察的特点在于，他试图把他所掌握、涉及的"材料"都纳入他对中国的，乃至世界的文学的历史整体性思考中去。当他这样做的时候，当然断然地拒绝了以往习见的那种人为的支离破碎的"切割"，那种貌似注重实际实则近于瞎子摸象式的推理和分析。因为获得了纵深的历史感，他的批评风格呈现了青年人难得的那种老练精到的特点。从局部说，他很苛刻，甚至显得挑剔；从整体来说，他又宽容和大度。当他把一个个具体的文学现象放置于宏阔的历史背景中考察，那种拘于一时一地的浅层次的好、坏的判断消失了，而表现了一种对于存在的合理性的理解。他提倡的宏观研究，以双向的立体思维打破了单向的平面思维模式，由于他把文学现象看作了多层次多结构的整体，要求在丰富的"历史储存"中接受并阐述全部新的文学信息，呈现在评论家面前便是一片超脱了以往那种拘于时事和气候而做出的某种判断的局限性。

黄子平发表于《文学评论》的《论中国当代短篇小说的艺术发展》是他对自己艺术批评主张的一个有力的实践。它不仅是美学的批评，而且还是历史的批评。那篇文章中一如往常，在对历史事实做出判断时，具体而又不流于琐屑；既尖锐又"平和"，表现出历史纵深感和理论穿透力。他的"超脱"具体材料而对一个时期的历史现象做出精约概括的能力，显示了他成熟的老练。黄子平所从事的是对于困扰我们甚久的目光窄狭的甚而是非艺术的干扰的弃置。他呼吁一种对生动的由平面到立体、由平行到交错的艺术的历史过程的研究。他特别强调的这种研究必须是以"贴近艺术"的方式进行的。

他们的文学活动刚刚起步，他们有待于经受更艰难的考验，他们现今的实践也还存在着有待克服的弱点和不足。尽管如此，一代人确已实行了对于原有文学批评的超越。但我们的期待显然不会在他们现有的水平线上停步。我们的期待是宏伟的，是不以一时的热烈反响为终极的。尤其当我们想到一百多年前勃兰兑斯所进行的文学批评巨大工程以及同样是一百多年前别林斯基和他的同代人所进行的划时代的工作，我们的不可满足的心理便愈益其甚了。

我们的期待有如别林斯基那样在历史地和现实地把握俄国文学时所拥有的那种胸怀的博大、视野的开阔，无处不跳动着对于现实问题的充分关切，而又无处不渗透着对于俄罗斯和世界文学浓厚的历史意识。我们期待的是他那天风海涛般的评论的非凡气度和充满智慧与激情的语言，以及他自一个具体作家、一部具体作品出发而推及整个一个时期俄国文学的针砭，乃至对于当代文学巨人的不留情面的批判，他对于文学发展的整体性把握和精明预见，都正是我们所期待的。

一代人正在进行着空前的争取和超越。黄子平和他的友人们（钱理群、陈平原）最近关于"二十世纪中国文学"的概念的构想及其阐明（当然还有刘再复、鲁枢元以及为数已相当可观的理论新生代的卓有成效的工作），他们在理论研究中所显示出来的才华和智慧都证明：我们所期待的并非遥远的现实。

代自序 | 我与批评

　　这两个词一出现，前意识里闪过的词组或短句多半是"批评我""我挨批评"，或是"自我批评"。这也难怪。我从小就挨批评。长大之后，又虔诚地做着自我批评，口头的或书面的。我从中得益匪浅，修身养性谦虚谨慎，一辈子受用不尽。忽然（糟就糟在这个"忽然"），有那么一天，我发现还有另外一种组合方式，曰："我批评。"

　　批评，是自我意识的产物。

　　因此，不可避免地，批评在某种程度上是一种自我表现，是自我的一种存在方式。压制批评的人，总爱说人家在"顽强地表现自己"。这真是不幸而言中。不敢表现的自我是见不得人的自我，只好拿抽象的"大我"来遮掩。敢于表现的自我，才能与他人的、公众的自我相通，相比较、相促进。

但我不是在自言自语。我所使用的语言是既定的、公众的、历史的、文化的。"在语言中，我根据他人的见地给自己以形象。"我用"他人的"语言表达自己，才能使表达具有意义。我和语言互相占有，彼此在对方那里消失并得到实现。因而我并不是在表现自我，而是在表现我所体验到的一种人类感情，人类思想。

我庆幸，我只是一个普通的、平庸的读者。我读书的时候不动脑子，任由作者牵着我的目光漫游他所创造的艺术世界，即使事后发现这个"艺术世界"是多么拙劣。我读政论小说、哲理小说、文化或半文化小说和侦探小说、推理小说、武侠小说、言情小说，我听交响乐也听流行音乐。我看获奖影片和破绽百出的电视剧。我觉得在"看"的阶段，好奇心是比别的什么都重要而可贵的。

当我拿起笔的时候，批评意识才结束其"冬眠状态"，这时候我开始看第二遍。感觉当然有所不同。

一些朋友诉苦说，读过几本"文学原理"之后，再也享受不到随心所欲地欣赏文学作品的乐趣。理性的分析挥之不去，主题如何，人物如何，结构如何……其实，放下架子，复归到一个无知而好奇的顽童的心态，可能并不困难。

当然，简单的回复已不可能。批评意识的某种潜伏、隐退却不难做到。口诀是："来吧，来和作者一同游戏！"游戏的心态是一种可贵的心态，游戏中最可能冒出创造性的几星火花。于是你添加柴草，燃成篝火，并围绕着这火拍手舞蹈。

文学批评尤其需要创造性。创造性靠一种无拘无束的自由心态。写得最好的文章常常是最来情绪时的文章。思想和语言都松了绑，奔跑、跳跃。但我所向往的还是宗白华先生所用的那个词：散步。散步是一种最从容不迫的境界。在艰苦的时代，却难得有这样的境界。有时我们不得不匍匐前进，没准儿在翻越某个障碍时中弹伏倒。唉，能够散步是多么好啊！

我喜欢高深，也喜欢清浅，写文章时却多半趋于后者。就像我读各种各样的东西一样，我写各种各样的东西：论文、小序、短论、点评、札记、对话，甚至寓言。用各种各样的文体写："学术性"的，印象主义的，嬉笑怒骂的，思辨的，描述性的，都想试试。文学批评的各种方法、模式、理论，我觉得都很有启发。但受自己的经历、气质、爱好、知识结构的制约，我更侧重于文学作品的社会历史方面与美感形式方面的有机把握。写起文章来，东一榔头西一棒，打一枪换一个地方。广种谈不上，薄收是一定的。

我尽量少用生僻的费解的术语和陈词滥调。不得不用时，我想办法暗示这只不过是一种借用，一种多少带点揶揄的借用或隐喻。于是爱用引号，这是从鲁迅先生那里学来的简便方法。长句子和复句、排比句便于组织思想，却每每冗赘不堪，结成一团。我警告自己，多用句号来避免这个毛病。感叹号用得极少，我以为不动声色好过声嘶力竭。但动感情的时候总是有的。冒充冷静，跟假装客观一样不老实。我体会到，倘能从"风格上"都对批评对象有些呼应或暗示，效果会很好。但文章中常常出现空白，出现思路的中断或跳跃。有时是故意留"空儿"，像画水墨画的人常说的那样。但更多的时候是论点没展开，自己对这个论点没想透，或思维材料不足，以空白掩饰单薄。这一点，许多朋友都指出来了，福建的一位朋友击中了要害，我很感激他。

没有一刻不意识到自己的片面和不成熟。更愿意自己有一种理论的操守和内在活力。坦白地说，从小挨批评的我，听到表扬或嘉奖总止不住地高兴。爬格子很辛苦，需要支持、激励和关切。经不起"捧杀"正如经不起"骂杀"一样，活该。至于被"打杀"或"压杀"，则又是另一回事了。

但我经常批评自己的批评。从小养成的好习惯，不会放弃的。

1985年11月

当代文学中的宏观研究

这里所说的宏观研究，是相对于微观研究即通常的作家作品论而言。

当代文学的研究者所拥有的某种"优势"是他人所缺的。他经历着同时代人（包括作家和读者）共通的社会生活，他呼吸着同时代人共通的哲学气氛和心理气氛，他能够以自己新鲜的感受和强烈的激情参加到同时代人的文学发展之中。可是，他的"特长"同时也就是他的"特短"。时间，这面严厉的文学筛子，给他的帮助是极为吝啬的。从浩如烟海的当代作品中拣选、发现、挖掘，很大程度上要靠他自己的辛勤劳动（细心地、大量地阅读），靠他的独具只眼（他对时代精神的把握，他的艺术敏感）。他与当代作品之间的亲切关系，他的近距离观察，常常局限了他的视野，或限制了他的判断所应有的某种

"超时间性"。他往往为了激情的迸发牺牲了研究工作的客观性和科学性，不可避免地带有同时代人共通的局限和偏见。更不用说艺术规律之外的那些干预和制约了。

这种"特长"和"特短"在我们当代文学的微观研究中，表现得最为鲜明。当代（尤其是近年来）文学新作和新人的大量涌现，使研究者有目不暇接之慨。为了不失时机地把握、阐明、推动文学发展的种种契机，他们表现了自己的全部机敏、诚挚、热情、愤怒和洞察力。他们所取得的成就是不容忽视的。然而，在这种微观研究中，就作家论作家、就作品论作品的现象还相当普遍。作品往往读得不细，评论是印象式的、三段论式的、九个指头加一个指头式的。对主题的阐述不免抽象而缺乏历史深度。对人物形象（尤其是那些复杂性格的人物形象）表现出把握不定的困惑。对艺术内容和形式中的新的因素，也无法说明为什么是新的、多大程度上和多大范围内是新的，等等。造成这种现象的原因当然是复杂的，但与我们当代文学中的宏观研究不开展有很大关系。

事实证明，把一篇或几篇作品，把一位作家的创作，从同时代人的文学发展中孤立、游离出来，肯定会影响我们对作家作品的深入理解和把握。因为，当代社会生活的极端矛盾、复杂、多变，决定了文学发展图景的全部丰富性和复杂性。在这样一幅有机的、变动的、交错的文学图景中，每一篇作品的主题都比原来丰富和深刻，每一个人物都比原来丰满和立体，每一个作家的艺术思考都得到了互相印证和补充。

比如近年来青年题材的小说（主要是青年作者创作的），量很大，引起争议的也最多。这些争议偶尔也涉及艺术表现方面的问题，但主要还是环绕作品的思想内容或人物形象的思想倾向而展开。其实，在单篇作品中纠缠不清的某些问题，放到宏观研究的总体图景下，可能看得比较清楚。"为了要理解，必须从经验上开始理解、研究，从经验升到一般。"（列宁语）理解文学作品也要从审美感受出发。我觉得这些作品带给我们的总体美感，无非是一种激动不宁的情绪。这种情绪是使青年作家的作品与中老年作家的区别开来的标记。这种情绪是特定社会历史时期一代人思想感情的结晶，又是吸引无数同时代人的美学价值和艺术魅力之所在。诚然，每一个时代的青年都有他们激动不宁的情绪，但是并非每一个时代都让这种情绪得到充分的艺术抒发。因此，这种情绪所蕴含的社会历史内容是很深刻的，是我们民族进入了又一个历史青春期的表现。一代青年从蒙昧主义、禁欲主义的禁锢下觉醒了，以前所未有的历史主动精神和历史创造性，加入中华民族现代化民主化的进程中来。这种觉醒、探求、创造所表现出来的情绪，在社会生活进展的各个阶段，在艺术表现的各个领域，有着五光十色、各个不同的表现形态。曾以手抄本形式流传的《波动》《公开的情书》，思辨和否定的色彩相当浓重。在冲破了沉重的压抑和愤怒的控诉之后，这种情绪表现出强烈的对现世生活的欢乐的追求和肯定。在相当多的作品中出现了服饰漂亮、谈吐惊人、举止潇洒的青年形象。这些形象孤立地看是肤浅的、表面的，但是从整体上你可以感到对某种陈旧的社会规范有意无意的挑战。作家往往通过这种表面的描写来进入人物内心的丰富性，刻画一代人心目中的人格美。青年读者未必会去模仿他们的服装、谈吐、举止，却欣赏这种独立的人格美。因此，《公开的内参》在道德观念上的见风使舵，破坏了人物形象的统一和小说结构的完整，也引起读者的不满。而较为深刻的、敏感的青年作家更着力去挖掘人生奋斗的意义，把对人生的思考和对社会的思考糅合起来。《飘逝的花头巾》《在同一地平线上》《南方的岸》《人生》等，我们不妨把它们看作同一代人对同一问题的不同思考，在它们的互相印证、驳诘和补充中，来把握其中蕴含的我们时代深刻的特点。显然，唯有社会生活的大幅度前进，社会结构在变革中的调整，能够使一代人的能量在创造历史的具体实践中闪射壮观的光彩，这就是已经出现的青年改革者的形象颇具吸引力的缘故。

从上面这样简略匆促的叙述中，我们也可以感觉到，在一个宏观研究的开阔视野中，有可能更准确地理解、阐明像顾志达、"孟加拉虎"、高加林这样一些复杂人物身上的历史矛盾，把握这些作品之间的内在联系和它们在历史上的地位。如果我们采用更大一点的时间尺度，可以考察"五四"以来青年知识分子形象的演化延续，哪些因素还在兜圈子，哪些则已经处在上升的螺旋之中。我们不主张表面化的历史类比，而是要在同一序列的文学现象在历史发展不同阶段中的相似和差异之中，去把握它们的特殊性，做出马克思主义的历史的和美学的评价。

当代文学不是从天而降的奇花异草，它的每一个重要文学现象，都有其深而且广的历史前提。就当代文学本身而言，也已经有了三十四年的历史，正在开始超出现代文学史的时间长度。新时期的文学发展，也有了六年的时间，其中已呈现出某些发展的阶段性和隐约可见的历史线索。宏观研究的开展，变得迫切起来了。当然，我们也有好几部当代文学史教材的编写，也有"一九××年短篇小说综述"一类的巡礼性大块文章。（前者有待于突破文学思想斗争史加作家作品论汇编的模式，后者往往类乎罗列文学现象的年终总结报告。）实际上，没有多方面的专题性的深入研究，特别是综合性的能够反映历史发展线索的专题研究，就很难提高当代文学史著作的学术质量。而专题性的宏观研究的领域是很广阔的。构成文学现象的要素很多，每个要素都有它的发展和演化的过程，都可以做出分别的考察探讨。比如说，就主题而言，从鲁迅到赵树理到高晓声，存在着关于改造国民性的问题的贯串性线索；就人物形象而言，除上述青年知识分子的形象序列之外，还有"五四"以来延续至今的"新女性"形象的发展序列等；就艺术体裁而言，新中国成立以来长篇、中篇、短篇小说的发展有着明显的消长起伏，新诗的艺术风格也有着迭相更替的过程；就艺术流派和作家群的形成而言，更需要展开综合性的宏观研究。简言之，在微观研究的基础上开展宏观研究，就是要求把当代文学作为文学领域内的历史发展来研究，作为一门历史科学来研究。用恩格斯的话来说，要洞察"当前的活的历史"，就不仅要深知过去的历史，而且要考察"当前历史的一切细节"。

因此，宏观研究不仅意味着空间尺度和时间尺度的放大，而且意味着对当代文学的历史的和辩证法的理解，意味着从文学的发展和运动中，从它的多种多样的、具体的联系和中介中，加以把握。可以说，这种灵活的、辩证法的思维方式，对于当代文学的研究者有着更为"生死攸关"的重要性。在过去时代的文学发展中，重要文学现象的内在矛盾暴露得比较充分，它们大多完成了兴起、繁荣到衰落的完整过程，把握它们的特点，探讨它们的规律，相对来说比较容易。当代文学以它活蹦乱跳的动态冲击力出现在研究者面前，它往往与研究者处在历史的同一"瞬间"之中，要把握它的基本的历史联系比较困难。而困难仅仅说明了克服困难的必要性。所以，宏观研究绝不仅仅是一个范围大小的问题，也不仅仅是一种批评方法的运用，它更是一种胸怀，一种眼光，一种文学的历史观。它要求打破单向思维和平面思维，而采用双向思维和立体思维。它要求把文学现象看作多层次多结构的整体。它要求在丰富的"历史储存"中来接受、阐述全部新出现的文学信息。这样，宏观研究的开展又必然反过来加强我们的微观研究，提高作家作品评论中的历史深度和科学水平。

当代文学的研究与其他"兄弟部门"相比较，是最为年轻（可能永远年轻）却并非最不重要的学科。如果我们把研究的范围不局限于同时代人的文学创作（小说、诗歌、戏剧等），而且把同时代人的文学研究和评论（包括他们对过去时代及世界范围的文学的研究，以及对文学理论的研究）也作为当代文学研究的对象，这门学科的重要性就超出了我们原来的想象。何况，每个民族的文学发展的新水平，都是由其当代文学来体现的。已有的水平只说明过去，希望永远在今天的创造之中。据说，当代文学的研究成果常常得不到承认和重视，这有某种程度上的历史合理性。这种合理性，只有在我们的工作的学术水平切实提高之后，才会消失。而开展综合性的、富有成效的、专题性的宏观研究，乃是推动这一工作向前跨进的一个重要步骤。

1983年3月16日

深刻的片面

　　《批评即选择》(见《当代文艺探索》一九八五年二期)、《认识发展的环节：片面性与不成熟》(见《当代文艺思潮》一九八四年五期)，吴亮的这两篇文章，合而观之，可以说提出了与当前文学批评的实践颇具针对性的一种见解，我想进一步加以发挥。以下未注明出处的引文均见此两篇文章。

　　由于众所周知的历史情况，一种宽容的意向取代了以往定于一尊的批评规范，成为近年来评论界良好的愿望与开明的风气。它促成了由百花凋残向春回大地的过渡，保证了对创作个性和创作自由的尊重，并且，它在一定程度上抑制着文化上的专制主义思想的回潮，而抚慰着一切创新、改革的尝试。许多正直而有见地的评论家鉴于历史的教训和文学现状的某种"娇嫩性"，不愿附和或使自己混同于潜在的粗暴批评，便不约而同地把"费厄泼赖"作为自己严格遵守的一种风格要求。已经僵硬的固有的文学规范也不得不松弛了自家的面部肌肉，即便气温适宜也不再毫无顾忌地呼啸而出，而是更多地用"……"（意味深长的暗示）代替了"？"（强有力的反问）和"！"（不容上诉的终审判决）。这样，在最好的情况下，是批评对全部文学作品的首肯，批评自愿降格为所谓"高级广告"，降格为文学创作的附庸，在一种雍容大度的自我陶醉中逃避了其应负的责任。在较为不幸的情况下，则是有见地的评论家磨钝了自己的棱角，"咸与维新"，而僵硬的粗暴批评却改良了自家的武器，使得文学创作如入鲁迅所说的"无物之阵"，所见的是一律的点头、微笑，竟不知压力来自何方，在宽容的气氛中感受着莫名其妙的不宽容。在不好不坏的情况下，恐怕更多地享受着宽容的恩惠的，是以次充好的平庸和以假乱真的赝品，而一切独特的创新，仍需艰难地为自己开辟通往无法测知的目标的道路。于是，我们是不是正在用一种模糊不清的单一来代替界限明晰的单一，用一片无个性的灰色或玫瑰色来代替一片无个性的铁青色，用一视同仁的党参北芪来代替一视同仁的巴豆大黄呢？

　　诚然，"不会选择的文学批评不可能成为'批评'"。同时，"任何选择必将导致某种模式，而文学，只有在某种思想的模式当中，才能揭示出自己某一方面的含义以及和世界本相之间近似或变形的程度"。所以，"没有模式的批评是不可思议的；没有范畴的思想是不可被思想的；没有尺度的判断是不可能成为有意义的判断的，因此，文学批评不能不选择模式、范畴和尺度，没有选择，文学批评就丧失了自己的确定性"。但是，一种选择必将带来一种新的局限，也就是说，带来一种片面，甚至是一种偏激和狭隘。对于自以为能够"洞察一切"的我们来说，发现别人（过往时代的前人和别一国度的外人）的局限已成为家常便饭。只因我们手中掌握着没有局限的、无比全面的绝对真理，殊不知早就陷入了一种最糟糕的局限，即试图用自己的局限去纠正一切局限的局限。我们拥有一个神圣的、包罗万象的固定点，作品通过我们的批评而黏附到这个作为它们的支撑物的固定点上，所谓批评便只是我们围绕着这个固定点的来回奔忙，而不是这个固定点自身的展开和运动，而恰恰是唯有展开和运动才能使它获得真实的内容。但是，一旦展开和运动，它就不再被视为固定点，不再拥有那种虚假的全面性，而转化为一系列不完整、不成熟的环节。在每一个这样的环节上，空洞的"广阔"和无内容的"深邃"都消失了，呈现出来的恰恰是真实的片面和片面的真实，唯其真实，便有力，不但有力，而且深刻。任何一种有生命力的理论认识，不正是展现为这样的极为丰富而曲折的流动过程么？

当然，我们完全有理由自豪于固有的文学理论的万古长青，自豪于它的能伸能缩的弹性，它的时而灵活时而拘谨的应变能力，它的"万变不离其宗"的自我刷新。我们不无欣慰地冷眼旁观：别人那里层出不穷的花样翻新，昙花一现，花里胡哨，眼花缭乱，由此看出他们的气息奄奄、气数已尽。似乎不难解释那里的一系列筋斗是怎么翻将过来的。浪漫主义批评把天才、灵感、激情捧上了天，作品只不过是天才的自我表现的忠实记录，作家关于创作过程的并不一定可靠的忆述成为评判作品的唯一标准，文学史却受到冷落。遂有丹纳、勃兰兑斯一流的历史实证主义批评来反拨，从种族、环境、时代三大"因"来解释文学艺术的"果"，却不免淹没了对作品本身的研究。新批评派、结构主义、现象学美学、语义学派、符号学美学等流派，便一齐出来强调"本文"的重要，把对结构形式的研究推进到相当精确的深度，却又每每把作品当作一个封闭的结构，割裂了共时性与历时性、作品与作者读者的关系。遂又有接受美学应运而生，使文学批评的"焦点"完成了经由作者、作品向读者的转移，却又隐伏着陷入相对主义的危险……指出每一个环节的片面或许是一件轻而易举的事情，困难在于怎样把深刻性从其片面性中解放出来。"片面之论往往对自己拥有的这一片面比旁人有较多的研究。它理论思考焦点的过分集中导致它在无意间忽视了其他有关的因素，这是它的不足。可是，难道不正是在某一局部，它提供了独到的见解吗？"倘没有这样一些片面的环节，认识就根本不可能发展，人类对文学，并通过文学对世界的独特把握就不可能深化。

你读《中国新文学大系》的《建设理论集》和《文学论争集》，你会惊讶于新文学运动的先驱者们的偏激甚至专断。陈独秀斩钉截铁："改良中国文学，当以白话为文学正宗之说，其是非甚明，必不容反对者有讨论之余地，必以吾辈所主张者为绝对之是，而不容他人之匡正也。"（一九一七、五）钱玄同对此"极端赞成"："此等论调虽若过悍，然对于迂谬不化之选学妖孽与桐城谬种，实不能不以如此严厉面目加之。"（一九一七、七）连提倡"小心求证"的胡适之也"受了他们的'悍化'"，断然说道："这二千年的文人所做的文学都是死的，都是用已经死了的语言文字做的。死文字绝不能产出活文学。所以中国这二千年只有些死文学，只有些没有价值的死文学。"（一九一八、四）至于鲁迅，我们很熟悉的是他认为青年应少读竟至不读中国书，而多读外国书，因为即便是颓唐，也是活人的颓唐。最是惊世骇俗的，还是钱玄同"废灭汉字""全数封闭中国现在的戏馆"一类主张。反观当时站在保守方面的人物，其文章却每每做"持平之论"，大意无非是说：只要文学适应时代要求，形式尚非所急，白话不白话无关紧要；传统文化，也有好的，只是被后世俗儒弄坏了；欧美新学，与吾国之历史民性相异，采之宜慎，勿染其糟粕；等等等等。相较之下，先觉者们的偏激、片面、浮躁、气盛，毋庸讳言，竟无法与他们的"雅量"同日而语。然而，这才是动摇旧根基的大决心，推动时代大潮的大气魄！以至时光流逝不到二十年，在郑振铎写《文学论争集》的导言时，就不无感慨地缅怀起当年那种"扎硬寨、打死战"的不妥协精神："在那几年，当他们努力于文艺革新的时候，他们却显出那样的活跃与勇敢，使我们于今日读了，还'感觉到十二分的喜悦与安慰'的！这不仅仅是因为憧憬于他们的时代，迷恋于历史上的伟大的事业的成就……这样的先驱者们的勇敢与坚定，正象征了一个时代的'前夜'的光景。"正是在这样的大时代，一切面面俱到的"持平之论"只能有利于保守僵化的一面，只有那些片面的、不成熟的观点，却代表了生机勃勃的推动历史的深刻力量。

今天，我们可能又正身处于将要为后人所憧憬的大变革的时代。时代以前所未有的多样化、复杂化在我们面前展开。创作界正努力从总体上全面地把握这个复杂多变的时代，然而，就每一个具体的作家而言，都深深意识到只有经由他自己所深切体验到的那个侧面，他才能够做出真实的具体的表现。没有众多的片面就不可能正有内容的整体，未经"分解"的整体只是一个抽象的整体，这业已为多样化的文学创作所证实。在这种情势下，文学批评不可能仍在那个神圣的、包罗万象的固定点上犹豫，生怕一旦离开这个固定点就会掉进万丈深渊。过分长久地满足于空洞无物的全面将会使思想枯竭，思想的向上运动是无法遏止的，螺旋式的偏移已经四处出现。评论家理应卸下这样的一种思想重负，即他所代表的总是一个万无一失的思想体系，他所下的每一个判断都总是关乎真理的声誉。文学家有权经由自己那个片面去表现生活，评论家也有权经由自己的那个片面去把握生活的表现。理论认识遂展开为各个不同的互为驳诘与补充的侧面，经由这样的运动和自我否定，才会有理论的丰富和发展。

写到这里，我们显然陷入了一个很重要的自相矛盾之中。因为我们论证片面与不成熟的存在的合理性，恰恰是对宽容的一种呼唤。也就是说，深刻的片面在一定程度上以宽容的气氛为其存在的前提。微观的不宽容却在要求着宏观的宽容，要求着对不宽容的宽容。这仿佛是一个悖论。己所不欲，加之于人，是不是一种霸道或小孩子式的任性撒娇？总体的宽容与个体的片面在这里形成相辅相成、互为依存的关系，宏观上的兼容并蓄正是为了鼓励微观上的有所选择。当着每家杂志都"百花齐放"的时候，你很难找到一家真正有特色的杂志，到处都只见到一片同样斑斓而模糊的杂色，结果总体上也就很难有"百花齐放"。然而，要求有所选择，这绝不是对肃杀秋风的呼唤，而是希望有众多的专种某一类花卉的"养花专业户"的涌现。只要评论家的评论不再操生杀大权，只要负有领导责任的评论家也意识到自己不可避免的片面，只要偏激和片面正常地得到另一些偏激和片面的补充和反驳（而不是那个唯一的凌驾一切的"全面"的纠正），那么，真正有内容的多样化就会形成，文学批评的繁荣就会到来。那时候，为了限制权力的滥用而提出的宽容的要求将会被人们愉快地遗忘，真正的"费厄泼赖"就会蔚为风气，而不是像眼下这样似的，光有"费厄"而没有"泼赖"。

1985年6月13日夜

"诂"诗和"悟"诗

诗，对文学研究者来说，永是一个斯芬克斯之谜。诗和"研究"二字似乎有点格格不入。刊物起个名字，叫"诗探索"，很好，诗的本性就是一种探索嘛。倘叫作"诗研究"，便给人以冰炭同器之感。诗几乎是不可定义的。一千位诗人便有一千个诗的定义，诗评家再给加上第一千零一种。每一种都有道理，每一种都不太对劲，也就是说，义而不"定"，论而不"结"。诗与非诗的界限是模糊不清的。贾宝玉说："押韵便好。"于是薛蟠的歪诗也可鼓掌通过。而歪诗之所以被叫作"歪诗"，毕竟是一种不同于"歪散文"的东西。诗学所使用的概念、范畴更是"朦胧"得很："意象""意境""风骨""神韵"，就跟诗本身一样令人感到气闷。诗的创造似乎也是无章可循的。"诗人谈诗"或"诗歌创作谈"层出不穷，读得多了，越发感到困惑，只好同意老柏拉图所说的，诗产生于"诗神的迷狂"。得，离开了定义、界限、概念、范畴、章法，"研究"从何谈起！"诗无达诂"，诗与"达诂"之间是一种否定的联系，那么，归元寺里的一副对联，则似乎不但归纳了类似的窘境，而且指出了从这种窘境中摆脱的唯一出路。那对联写道："世间人法无定法然后知非法法也，天下事了犹未了何妨以不了了之。"善哉！

然而，研究者却总是不甘心采取这种"不了了之"的取消主义态度。他们尘缘未了，凡心不死，要从"无定法"中寻"法"，"犹未了"中求"了"，即便不能"研究"，却绝不放弃"探索"。而所谓"探索"也者，无非就是寻求新的方法，运用新的范畴，界定新的概念，来摸索诗创造的规律，质言之，不过是一种显得稍微谦虚些、灵活钱、机警些的"研究"罢了。

不过，对"诗"真的不能研究么？近代以来自然科学的辉煌成就令人目醉神迷，仿照自然科学建立起一个严密的研究体系，成为一部分人文科学研究者的向往。尤其是"信息论""控制论""系统论"在二十世纪问世以来，自然科学方法向人文学科的渗透遂成一大趋势。文学研究者并不迟钝，对这趋势自是不能漠然视之，便也跃跃欲试，纷纷引进，"信息论诗学"，"控制论诗学"，"系统论诗学"，应运而生。系统思维能够用简洁的形式重建对世界和谐性的认识，能够整体地把握审美对象的有机动态复杂性，能够对模糊现象进行定量分析。对诗不仅能够研究，而且做到"达诂"的前景，似乎已经从"迷雾"中显现出来了。

探索者孜孜兀兀，殚精竭虑，埋头苦干，渐有进展。一抬头，却见诗歌立在面前，仍然面带冷笑。在它背后，咆哮着人文主义者的愤怒："诗美被杀死了！"诗歌创造中和欣赏中的愉悦、意外发现、震撼、魅力，全被纳入了由符号、公式、图表等等组成的模式中去了。诗是属于价值领域的，对审美价值的判断不可能由电子计算机来完成。对诗的评论和"研究"，不可避免地需要直观、直觉和感悟，需要诗评家主观感情的投入，需要一种"二度创造"。探索者仿佛手中执了一柄现代激光手术刀，更能"恢恢乎游刃有余"了，却仍被认为不灵。对诗似乎只能运用"中医理论"，自从华佗先生的麻沸散失传以来，轻易不动刀子，只是把把脉，看看舌苔，然后说上一通阴阳调和、气血两旺之类的话，庶几可免乎"庖丁解牛"之讥。

　　从方法论上说，科学主义和人文主义两个极端，在诗歌研究上的对立无疑比别的领域更为尖锐。换言之，"诂"诗和"悟"诗在方法论上的对立形成了一个"张力场"，研究者选择方法、运用方法时有所侧重，却总是在这一"张力场"中确定自己的取向。趋于极端者较少，大多数人都徘徊其间，荷戟彷徨。"诂"诗者向往自然科学的客观性、逻辑性、实证性、精确性、普遍性、规范性；而"悟"诗者坚决捍卫诗的主观性、直觉性、偶然性、个别性、情绪性、模糊性。前者多采用社会学的、史料学的、结构—功能的、语义学的、音韵学的方法；后者则倾向于"印象主义"的、心理学的、现象学的、阐释学的、内省的、顿悟的、哲学思辨的方法。

然而，不管在方法上采用哪路高招，根本问题是什么呢？关键仍然在于对研究对象的认识。方法取决于对象。"诂"诗还是"悟"诗，都意味着对诗的一种观念，一种理解。"诂"与"悟"的对立，多多少少是"自然"和"人"在目前这个历史阶段片面对立的必然结果。

　　在我看来，诗的创造正如一切艺术创造活动一样，是合规律而无规律的活动，是自由与规律的高度统一，是认知、情感、意志等多种心理功能的协调、渗透和发挥。就其"合规律"的一面而言，诗是可以"诂"的；就其"无规律"的一面而言，则非靠"悟"不可。机械地划分这两个方面当然是危险的。问题在于，诗的创造之中，"合规律"与"无规律"始终是辩证地依存、转化和发展着的。

　　人类面对着变幻万千、川流不息的世界，必须不断地加以整理、抽象、固定，否则就会穷于应付，疲惫不堪。倘若人脑缺乏对外界信息固有的编码能力，世界对他来说就会是一片无法理解、毫无意义的混乱。人类对世界的"艺术把握"也不例外。现有的艺术作品、艺术惯例、规范、传统、趣味，以及艺术媒介和工具，乃至人的五官感觉（"音乐的耳朵"），都是对"合规律"部分在某种意义上的"固定"。人类借助于这种"固定机械化""自动化"，才能集中精力于"无规律"的部分，去发现和创造新的、无限的可能性。理论研究的每一步发展，都既是对已发现部分的一种固定，又是对未发现部分的一种预测。理论只有清醒地意识到自己无法穷尽一切可能性，它才是与"诗创造"一样充满了活力和生机的。事实证明，人类对客观规律的发现和掌握越多，世界越没有缩小自己的神秘，而是显出更为动荡深邃的图景。苏格拉底曾把人已知的知识比作在未知包围中的一个圆，这个圆越大，它的圆周即与未知部分的接触就越大。艺术理论可以"穷尽"规律，因而使艺术创造全部"机械化"的想法，不是太大的野心，就是不必要的恐惧。可以把诗歌研究拙劣地比作一个活的有机体，它依赖"已诂"的部分使自己的机体成形并按照一定的机制运转，它还要依赖"可悟"的部分使机体能够新陈代谢并成长起来。因而它总是不安分地伸出许多敏锐的触角去探索，要变未知为已知，化神秘为规律，现模糊为明晰，然而却看见有更多的未知、神秘、模糊在自己前头。倘若它自以为"已诂"的部分已构成包罗万象的自足体系，企图靠自身的绝对完善来养活自己，那么不是窒息而亡，至少也是进入了冬眠状态。

因此，我主张"中西医结合"。我们不应该拒绝向一切有助于我们发现、总结规律的自然科学方法借鉴。像统计学这种处理数量差异的方法，应用于处理诗歌的语言差异时，也取得了很大的成功。风格就是差异，统计语言学能够帮助我们对文学风格做定量分析，这只有好处而无害处。当人们讥笑冷峻、冷漠、冷酷无情的解剖学的时候，似乎忘记了止是这冷冰冰的解剖学保证了许多活生生的机体从母体中降生下来，并且在这世界上存在（顺便提一下，我们完全应该容忍相当一部分的诗歌理论毫无诗意，正如容忍菜谱不具备"色、香、味"一样，诗歌理论激起的应是理论的兴趣，而不是去与诗的艺术魅力争一短长）。当然，我们也绝不会满足于"解剖学"。比如中医理论里讲到的"经络"和"气"，是切开来找不着的东西，只有凭借活着的机体去捉摸。建立在"诂"诗基础上的"悟"诗，才不会是"天马行空"，云山雾罩，而是从稳固的根据地里的向外出击了。

无形的东西要凭借有形的东西来把握。我们看不见红外线，听不见超声波，有形的仪器帮助我们去感知它们。冯至先生的《十四行诗》里曾咏唱道："在秋风里飘扬的风旗"——

> 它把住些把不住的事体，
> 让远方的光、远方的黑夜
> 和些远方的草木的荣谢，
> 还有个奔向远方的心意，
> 都保留一些在这面旗上。

诗的研究者会从这个充满哲学意味的形象中得到启发。固定着的旗杆也许就是我们借助于"诂"而获得的立足点，那飘拂的风旗永远在追求着一种"感悟"！"诗无达诂"，我们的古人毕竟是慎重的，留有余地的，一个"达"字提醒了我们范围、局限和可能性。注意到研究方法更新的探索者，在"诂"与"悟"的"张力场"中保持着清醒。我们孜孜追求的，便是"诂"与"悟"的统一，理论与创造的统一，理性与感性的统一。从世界历史的尺度来说，这将有赖于"人"与"自然"的统一，这是历史之谜的唯一解答，也是诗的斯芬克斯之谜的唯一解答。

1985年8月15日

艺术创造和艺术理论

小引

这篇文章是受了我的朋友吴亮的启发而作的。对话的两位角色——沉湎于思考的艺术家及其友人，也是从他那儿借用的。别人的家什使起来总是不那么顺手。"东施效颦""邯郸学步"，古人留下的寓言不会是没有道理的。但我同时从诸如"他山之石，可以攻玉"这一类的成语中得到了鼓舞。古人的智慧使我们谦虚而不沮丧，自信而不忘乎所以……

艺术创造和艺术理论是互为前提的。它们之间构成了一种同时性的共生状态。理论渗透了创造，并不存在摆脱了理论的"纯创造"。如果说艺术理论以艺术创造为前导，这是对的；但艺术创造又总是以某种期望和背景知识为前提，这也是对的。艺术创造总是"逸出"旧的理论框架，引出新的解释的需要；但理论也并非静止凝固的寄生物，它自身的"再生产"也常常激发新的创造。如此反复追溯，可以一直追溯到原始的神话或无意识的天生的期望。正如五官感觉的形成是以往全部世界历史的产物一样，艺术理论和艺术创造的相互关系及其各自的展开，也必须放到世界历史的进程中去考察。

友人　在别的领域里，理论如果不能说处在至高无上的地位，至少也能与那个领域的实践平起平坐地得到重视。唯有在艺术领域里，理论总是一再受到创作实践的冷淡，这是为什么呢？当然，我们可以撇开那些"伪理论"不谈，因为教条化的或陈旧的理论也还是理论。但是这里首先碰到的就是一个理论问题：我们怎样区分理论的"真伪"呢？同样地，我们也可以发问：怎样区分艺术创造的"真伪"呢？

艺术家　我想，根本问题并不在于理论的"真伪"，更不在于理论家与艺术家之间的私人关系或职业心理（偏见、意气用事或党同伐异等等），而在于"艺术理论"本身的自相矛盾。在我看来，"艺术"还能"理论"，这是有点不可思议的。艺术家满怀希望地跑来请教，以为艺术理论能够告诉他怎样去感受一个美的对象，怎样去把一种审美经验创造成一件美的作品，结果总是大失所望而归。连什么是"美"，什么是"艺术"，两千年来都无法定义，还谈什么别的？久而久之，不能不令人怀疑"艺术理论"的存在是否可能。有种种理由提出这样的怀疑，比如说，第一，对艺术的价值只能通过个人直接的经验感受才能了解，企图用思考和谈论艺术的办法去代替看和听，那是无法想象的。事实证明，艺术理论常常帮倒忙，大大毁坏了我们对艺术作品的鉴赏直觉和欣赏兴趣。第二，每一件艺术品都是独一无二的创造，理论却想把艺术中的"普遍性"寻找出来加以定义，似乎这些概念、术语、符号、法则足以说明千差万别的艺术品的共同特征。第三，艺术品总是一个完整的有机体，理论却企图"庖丁解牛"，拆卸零件再行组装，把生动活泼的有机生命强行纳入由冷冰冰的图表、公式、箭头等组成的"系统"中去。第四，艺术是最活跃、最不安分的，总是要求不断创新，打破任何试图束缚它的理论框框；可是理论却需要稳定、坚实、牢固，建立起天衣无缝的体系。总而言之，艺术作品是多义的、模糊的、直觉的、流动的、独创的，而理论却是单义的、明晰的、理性的、凝固的、相对静止的、普遍的，这两者之间能够缔结良缘吗？即使包办婚姻，也准是一桩充满了痛苦的亲事。

友人　艺术理论的困窘暴露了自身的许多矛盾，但并未面临你所说的这种"生存危机"。正是这些矛盾构成了艺术理论向前发展的内在动因。何况，你所说的这些矛盾，好些也是其他领域里的实践与理论之间所共有，不单是艺术的"独家首创"。大自然本身就是生动的、流动的、多义的、整体的，每一件自然物也是独一无二的，没有两片完全相同的叶子。但这并不妨碍自然科学理论的存在并且发展。对大自然的鉴赏和感悟，不能代替对它的科学研究和哲学思辨，对艺术也是如此。尽管我们只有在直接经验了艺术之后才能理解它是什么，但经验自身无法解释经验，并且在经验的过程中我们也无法同时去检验这经验。需要对众多的个别经验加以分析、比较、综合，升华为本质的认识。直观的感悟是一种享受，理性的思辨也是一种享受，单就从主体的心理方面来说，我们也不能抑此扬彼。我们可以有所偏爱，却最好不要有所偏废。

艺术家 也许问题就出在把自然科学的理论和方法生搬硬套地挪用到艺术领域中来。对大自然的理性研究、技术实验，这是科学；对它的直观感悟则是艺术。对大自然进行理性的分解，大自然还在那里岿然不动，对艺术照此办理，艺术就没了。一旦企图对"直觉""灵感""形象思维"做出理性说明的时候，弯子总是越绕越多，结果就像相声里说的，"你不说我还明白，你这一说我倒糊涂了"。

友人 要求艺术批评要有"艺术味"，这是一种合理的愿望，许多科学著作比如达尔文的生物学著作，也绝不枯燥乏味。然而要求艺术理论像艺术一样使人获得艺术享受，就像要求食品说明书可以充饥、时装杂志能够蔽体一样，实在是出于善意的误解而产生的苛求。艺术理论激起的是一种理论兴趣，它不应妄图去夺取艺术本身的观众、听众和读者。可是，这种误解实在已经造成了双向的危险——对观众、听众和读者来说，他们出于节省时间或急于获得意义，逐渐习惯于去听音乐介绍而不是去听音乐，去看画幅下边的说明文字而不是去欣赏画面，去读红学著作而把《红楼梦》搁置一边，直到他们的艺术感受力开始退化才大吃一惊，便反过来指责艺术理论未能提供应有的艺术享受。对艺术理论来说，它被自己的研究对象的神奇魅力所征服，除了怀着五体投地的敬佩加以赞美之外，也跃跃欲试地企图重现、复制并达到这种魅力。结果，它除了对自己欣赏作品时的经验做一番描述之外，很难有别的什么作为。因为超越经验描述的任何理性说明都会使它所努力要复现的那种魅力丧失殆尽，而停留在个别的欣赏经验的描述上，理论也就不成其为理论了。除非创造另外一件艺术作品，它那复现艺术魅力的尝试十有八九总是失败，这也是使理论深感沮丧的一个原因吧！

艺术家　可是，给观众、听众和读者以较大的启发的，恰恰是这种常被人们贬为"印象主义批评"的经验描述。如果它描述得好，有时甚至产生与原作相比毫不逊色的艺术魅力。至少，这样的描述亲切、平易，引人共鸣，不像那些摆起架子教训人的高头讲章那样令人望而生畏。不过，理论家的经验描述既不能完整、准确地传达艺术家创造原作时的经验，也无法代替每一个欣赏者直接面对作品时的自身经验，那么，这样的"嚼馍喂人"是否必要呢？我想，"印象主义批评"是永远需要的。理论家作为普通的（也许是较有素养的）欣赏者，把自己的直接经验表述出来，恐怕不是为了准确复现原作创造时的艺术经验，也不应以千百万欣赏者的唯一权威的代言人自居。他也许是在进行一种艺术的再创造，他把自己的感受、体验、印象表达出来，希冀着一种共鸣、一种响应、一种印证。艺术家便也借此了解到作品中蕴含的审美经验在另一心灵中得到了怎样的"重建"或歪曲。别的欣赏者也借此与自己的欣赏经验相比较，从而丰富了自己的鉴赏体验。

友人　然而，人们绝不会单是沉浸在艺术欣赏时的"忘情"状态之中，绝不会仅仅满足于对这种体验的事后描述。人类的探索本性要求他们不但要"知其然"，还要"知其所以然"；不但要能够把握一次偶然的直接经验，而且要能够举一反三，对多次的经验做出综合的把握，不但要能够在事后的描述中复现这种当时的感觉，而且要通过弄清感觉发生的机制，从而能够事先预期、促进并控制这种感觉的产生。一切理论都是这样起源的，我想艺术理论也不例外。

艺术家　艺术创造之所以是一种创造，就因为每一部作品都是一次全新的体验。如果它只是过往经验的重复，那么也就不成其为创造了。艺术家甚至连他即将要创造的是什么样的东西也不太清楚。他只有一个朦朦胧胧的预想，一个含含糊糊的轮廓，创造的结果仿佛是在最后一瞬间才呈现的，有时连他本人都人吃一惊。在这种情况下，如果艺术理论只是过去经验的综合，充其量也只是对"艺匠"有用罢了。

友人　人们强调艺术大师与艺匠之间的区别，是为了赞美为了促进艺术的创造性、独创性。但人们不免过分夸大了这种区别，夸大了艺术经验与日常经验之间的区别，夸大了"美术"——"美的艺术"（Fine Arts）与"工艺""技艺"之间的区别。艺术理论的功用之一，并不是把艺术大师降低为艺匠，而是从艺匠中推出更多的大师。这样，首要的任务就是破除艺术大师高不可攀的神秘迷信。可以断言，艺术大师的创造也是具有一定的机制的，绝不可能是由于神灵附体或"诗神的迷狂"。今天被人们视为机械制作的工艺，在古代何尝不是每一次都新鲜地充满了灵感的创造。庄子讲过"轮扁斫轮"的故事，轮扁下凿"不徐不疾"，恰到好处，他知道"有数存焉于其间"，也就是说，其中是有规律可循的。但是他"口不能言"，传不了给他的儿子，只好"行年七十"了还干这一行。不是没有规律，而是无法表述，这里似乎蕴含了艺术创造活动所具有的一种特征。轮扁出来现身说法，认为表述出来的只是皮毛，真正的创造性经验只能"得于心而应于手"，随着创造主体的存亡而存亡了。艺术创造活动确实是一种合规律而无规律的活动，是规律与自由的高度统一。所谓"无法而法，乃为至法"，讲的就是这个道理。那么，创造性经验真的无法传递、无法积累了吗？今天，制造比轮扁的创作更为精致、精密、精巧的任何一种车轮或齿轮，已经不再具有丝毫的神秘感了——是否可以说，艺术降格为技术，或者说，技术取代了艺术呢？人类在每一个领域里都在把"无规律"转化为"合规律"，同时向新的"无规律"进军，所争取到的自由却越来越多而不是越来越少。我们把实践经验积累下来的成果用某种"机械的"方式（规律、定律、法则、技法，乃至机器设备）固定下来，只是为了减轻创造性劳动的负担。把合规律的那部分劳作逐渐地"卸"给了上述广义的"机械"，人们便可以集中精力去对付"无规律"的那部分劳动，从事更为吸引人的、充满了神奇的意外发现的那种创造。假如我们今天仍把大部分创造性智慧消耗在用斧头凿子砍出马车轮子之类，那会怎么样呢？就像训练有素的演员不必再去留意在某种时刻掀动一下眉毛、某时某刻牵动一下嘴角一样，他全神贯注的是人物性格的塑造，而形体动作已经"自动化"了——也即"机械化"了。艺术理论的发展无非就是在社会历史的规模上重复个体的这种"熟能生巧"过程。

艺术家　你这种说法很有意思，是否可以概括为"艺术的部分技术化"过程？电脑的发展似乎已经展现出类似的前景，艺术创造的部分劳动，已经可以放心地"卸"给电子计算机来承担。电脑能够作曲、绘画、写小说、编舞、剪辑电影，等等。这似乎构成了一种威胁，仿佛大批机器人正大队列整齐地向着作协、音协、美协或者诺贝尔文学奖颁奖仪式这类圣地雄赳赳地进军。这当然是一种可笑的幻觉。如果说这是一种威胁的话，也只能是对公式化、程式化、概念化创作的威胁。前两年，某杂志曾经讨论过散文创作的"坐标快速扫描法"。按照这种方法创作的散文，据发明者自称，在目前国内报刊的发表率是百分之一百。这个振奋人心的数字只说明了一个问题，即当前国内散文创作的严重公式化、模式化。像这样的散文交由电脑来创作可能更有效率。也许，对艺术创造的个性化、独创性、真情实感等要求，今后会越来越严峻了。面对"电脑艺术"的挑战，人类的艺术创造性会极大地被激发起来，还是就此萎缩下去？伴随着"高技术"而来的，必定是"高感情"么？我不排除各种各样的可能性……

　　友人　这属于"未来学"的范围，我们暂不讨论。我感兴趣的是，电脑和电脑程序，都是按照一定的理论制造和设计或编制的。制造和调试电子计算机的是电脑硬件理论，使电脑能够绘画、作曲、写小说、编舞的程序，除了依据电脑软件理论之外，还要依据艺术理论。其实，比电脑复杂无数倍的，我们用来进行艺术创造的人脑，也是依据一定的理论或原则"设计制造"的，我们只是对这理论所知甚少罢了。你先不要急着说我是故作惊人之谈。就拿人的眼睛来说吧，在已知的六十来种电磁波中，人眼只能分辨其中的一种。正像有许多声音听不见一样，有许多光线也看不见：X 光、紫外线、红外线、微波……眼只对特定的信息做出反应。你对周围世界的推断是基于光线在人眼这一精巧而又复杂的结构中的演绎。你看到的是一个经过删减的世界，逸出既定的范围就会令你不安。比如说，让你长一双 X 光眼睛，看到的是一个像照相底片那样的世界，影影绰绰的，这是骨头架子，那是蠕动的脏腑，那太可怕了。人眼对运动的知觉也是被"设计"在一定的范围内的。太快的（如青蛙舌头扑食昆虫时的一纵）或太慢的（如分针的移动）的动作我们都无法看清。对人类的生存与环境的关系来说，他需要判断野兽的跳跃、猛扑或逃窜，植物缓慢生长则无关紧要——

植物被我们称之为"不动"的物体，因此，慢镜头在电影中有时显得很美，要是整部影片都由慢镜头组成我们就会不耐烦；快镜头显得滑稽古怪，引人发笑。我们看到的世界是一个依据一定的理论选择过了的世界，五彩缤纷的世界以"人"为尺度呈现在他的面前。

艺术家　但是，你这里即使有理论渗透其中的话，也只是生物学或生理学的理论。视网膜上的映象毕竟不是艺术……

友人　是艺术生理学和艺术心理学的理论，同时也涉及了艺术哲学。一切艺术创造，都显示着对世界的感性具体的态度。同时我们发现，我们用来感觉这个世界的五官已经被"编码"了，它们是按照一定的机制运作的复杂而又精妙的"装置"，已经有理论积淀其中了。因此，你才不可能创作"紫外线绘画"和"超声波音乐"。据说海豚用超声波歌唱，但你必须用仪器把它"译成"我们可以听见的音响才能欣赏。那么，是哪一位"工程师"把理论转变为我们的五官的生理机制呢？这理论又是怎样产生的呢？这位"工程师"就是马克思所说的"世界历史"。这个世界之对人成为"自己的"世界，不是单纯由于我们的直观能力，而是长期实践斗争的结果。感觉有它自己的历史。不论艺术对象或具有审美理解能力的主体，都不是我们一开始就有的，而是在人类的生产活动过程中形成的。审美需要不是一种先于任何社会发展的生物属性。它是历史的产物，是物质生产和精神生产长期发展的结果。正是在世界历史的漫长实践中，感觉同时成为理论家和艺术家。感觉和精神的那种"抽象的敌对",只是由于通常所说的"劳动的异化"而造成的某种历史必然罢了。在这一历史阶段,才开始了康德的游戏与劳动对立的领域。人的理性以异己的、压迫人的姿态出现,而人的感性却成为一有机会就向理性造反的非理性的动机。人类精神的这种自我分裂是历史造成的,也将在历史实践中得到统一。

艺术家 这么说来,艺术创造对理论的冷淡或反感,也就是这种"抽象的敌对"造成的了。我对你所说的"艺术生理学"所知甚少。不过,我想起艺术创造所使用的工具和媒介,这些工具和媒介可以看作是人类感觉的一种延伸,也可以说是人类与周围世界、与他人对话的一种手段。我绘画的时候,是同时用眼睛、颜料、画笔和画布来捕捉感觉的。我演戏的时候,是借助于舞台、灯光、布景以及观众席造成的整体氛围来捕捉感觉的。如果我写小说,我是在一种既定的语言体系中写作。如果我作曲,那么我要考虑由什么样的乐器来演奏。这些工具和媒介显然是依据一定的理论和原则而设置的,同时也是在社会历史实践的漫长过程中形成的。套用马克思的话,这些艺术工具和艺术媒介的历史,以及由它们所产生的对象性的存在,"是一本打开了的关于人的本质力量的书,是感性地摆在我们面前的人的心理学"。由此可以想到,人们用来绘画、作曲、编舞、写小说的电脑,也不过是艺术工具和媒介大家族里的一名新成员罢了,也不过是人的本质力量的一种延伸罢了。

友人　在"工具"和"媒介"上可以把理论和创造的统一看得最为清楚。媒介渗透了理论。你为什么使用这种媒介而不使用那种媒介？你为什么这样使用媒介而不那样使用媒介？不受理论支配的"纯创造"是没有的，正如脱离了创造的"纯理论"是没有的一样。因此理论并不单是对偶然经验的后随的描述。"有意识的生命活动把人同动物的生命活动直接区别开来。"人的自觉的目的"是作为规律决定着他的活动的方式和方法的"。你对学绘画的学生说："画下你观察到的东西。"学生必然要问："要我们观察什么？怎么画？用什么画？"观察，总是要有所选择的，它要有一个挑选的对象，一项确定的任务，一种兴趣、一种观点、一个方向。你为了解决一个问题而观察，而表述它，又需要一种媒介，一种使用媒介的规则。理论与创造是没有先后之分的。"先有蛋还是先有鸡？"这个问题是荒唐的。如果说艺术理论以艺术创造为前导，这是对的；但艺术创造又总是以某种期望和背景知识为前提，这同样是对的。艺术创造总是"逸出"旧的理论框架，引出新的解释的需要；但理论也并非静止凝固的寄生物，它自身的"再生产"也常常激发新的创造。如此反复追溯，可以一直追溯到原始的神话或无意识的天生的期望，或者追溯到我们刚才谈到的生物学、生理学原理。正如五官感觉的形成是以往全部世界历史的成果一样，艺术理论和艺术创造的相互关系及其各自的展开，也必须放回到世界历史的进程中去考察。这就让我们有机会回到开头提出的两个理论问题：我们怎样区分艺术理论的"真伪"呢？

同样地，我们怎样区分艺术创造的"真伪"呢？也许历史已经给了我们一把钥匙，使我们能够从抽象的循环论证中跳将出来。

1985年8月4日

附：关于癞蛤蟆先生和蜈蚣小姐的一些传闻

　　蜈蚣小姐生有四十八条健美的腿，走起路来矫若游龙，美妙无比，而且发出一种沙沙沙的悦耳声音，令人听了心旷神怡。动物界的芸芸众生，每见她走过，无不驻足而立，齐赞一个"好"字！

　　某日，有一位阴险的癞蛤蟆癞先生，拦住蜈小姐的去处，不怀好意地问道："对不起，我想请教一下，当你抬起第十二条腿的时候，那第三十八条腿处在什么位置上？第二十九条腿着地的时候，那第四十三条腿又有什么感觉？当然，先让我们规定编码顺序是从头到尾，从左到右，因而左边的腿一律为奇数编号，右边的腿为偶数编号……"

　　蜈小姐见来者彬彬有礼，迂得可爱，问得也有趣，自家生下来活到如今业已芳龄若干，倒从来没有想过此种问题，便停在那里，专心致志地琢磨起来。她动动这条腿的时候紧盯着另一条腿，弹弹这条腿的时候赶紧品味那条腿的感觉，一时间脚忙足乱。

结果是众所周知的，蜈小姐再也动弹不了啦——据动物界总医院的权威医师诊断，这是得了一种什么"神经性瘫痪"。好一场恶官司打得天昏地暗，森林之王狮大人终审判决，罚癞先生负担蜈小姐下半辈子的所有生活费和医疗费，其中包括研制一种折叠式超长轮椅的全部费用……

不过又有消息说，上述传闻并不可靠，简直是以讹传讹。据说癞先生其实是一位天真好学的后生，与"阴险"啦、"不怀好意"啦一类的词儿根本无缘。那日，他见蜈小姐走起路来如风摆柳，恰似有四十八条桨的龙船在江面疾行，上下舞动，煞是好看，不禁呆在一旁，目醉神迷。目醉神迷就目醉神迷吧，你站在那里好好欣赏不就得了！糟就糟在那个"天真好学"的癖性上了，他欣赏之余，不但想知其然，还想知其所以然，得，来了一番理性思辨，百思而又不得其解，只好冒昧请教一下，问她"主观感受"如何。

却说那蜈小姐正走得春风得意，自我感觉良好至极，不料半路里杀出一位疙里疙瘩、凸眼鼓腮的夯货，提一个古古怪怪、半疯半傻的问题，不禁又羞又恼；尖细着嗓子嗔道："什么这条腿那条腿奇数腿偶数腿的，人家走得好好的，打什么岔呀？讨厌！"说完管自沙沙沙地蜿蜒而去，绕过一个树桩子，不见了。那癞先生愣在那里，好生没趣，从此得一外号，叫"癞呆子"。

这自然是一种说法了。可是又有别种说法，与此大不相同。说是癞先生并非什么"天真好学"的后生，而是一位博学多识的"运动学"专家，人过中年，在全球动物运动学界颇具声望，那日他并不曾与蜈小姐搭话，管自举了一个黑乎乎的四方匣子（有识得货的，说是什么"高速摄影机"），咔嚓咔嚓闪光灯亮得六月里要下雷阵雨似的，把蜈小姐走路的全过程拍了下来。回到癞公寓用了什么仙水一阵冲洗，再输入什么"康瓢踢"（洋码字写作 comput）里一通分析，果然把那个古里古怪、半疯半傻、不怀好意的阴险问题解答得一清二楚。嘿，神了！

莫说一清二楚，就算是解答得三清四楚便又如何？又有据说是亲眼见过那组照片和分析资料的，见人家问起，便莫测高深地摇头，并且叹气，再三央求不过，才透露道：惨了！可怜蜈小姐的玉照，被标上许多拉丁字母、希腊字母、阿拉伯数字，画上许多箭头、三角形、楠圆形、符号、公式，一塌糊涂。就算那是科学，是理论，与蜈小姐的走路何干？走路这桩事，得之于天，只需多走，自会走出神韵，走出格调，走出新意。有许多愚人，不去看蜈小姐走路，却去看那堆僵死枯燥的符号、公式，岂不是舍本求末，那灰不溜秋的"快速摄影"，无非是让癞先生拿了去骗骗稿费而已。

一番话说得芸芸众生叹息不止。又有了解内情者出来正色言道："岂能以小人之心，度君子之腹乎！"原来那套分析资料，是为蜈小姐参加第一亿零一届全球动物克匹林奥运动会做准备的。那蜈小姐照此训练，得了窍门，果然不但速度大增，而且姿态更为婀娜好看，连那声音，也由沙沙沙而唰唰唰而嗖嗖嗖云云。

"骗稿费"论者大不以为然，说那癞先生走路都不会走，只会喘着粗气在地上蹦跶，就他那德性，还能指导我们尊敬的蜈小姐参加举世闻名的克匹林奥运动会？无稽之谈，不值一驳。

消息灵通者在一旁冷笑，说蜈小姐依了那资料刻苦训练，果然身手不凡，端的在克运会上拿得三枚金牌。耳听为虚，眼见为实，现有报纸上的新闻传真照片为证。

那"反癞党"铁杆得很，并不为这消息所动，反说蜈家小姐自有天分，走路技能百世祖传，得之于心应之于足，拿金牌理所当然势所必至与癞先生的黑匣子啦、"康瓢踢"啦有何干系！

两派争得正不可开交，不料又有内幕新闻爆将出来，说蜈小姐得了那份资料甚是高兴，以为夺魁有术，躺在床上刻苦钻研，把全套战略战术倒背如流。想不到玉体养得颇为发福，下得地来时竟至迈不开步子了，还参加什么克运会的比赛？那传真照片根本就是假的。如此看来，癞先生的什么分析资料，实在是弊多利少，有不如无。

这些传闻虚虚实实，真真假假，互相矛盾，漏洞百出。唉，它们动物界的事，谁搞得清楚！

1985年8月5日

得意莫忘言

——关于"文学语言学"的研究笔记之一

文学是语言的艺术。

我们的文学批评和研究却是忘却语言的"艺术"。常见的格式是:"最后,谈谈作品的语言……"当把语言放到"最后"来谈的时候,无非是把语言的处理方式当作文学创作的"副产品",把语言作为外在于文学的体系来看待,因而,文学也外在化了。更多的,连这"最后"也没有。

蔑视语言是要受到语言的惩罚的。惩罚之一,便是文学评论自身的语言变得如此干瘪枯燥,苍白无力,仿佛一律在某种咒语的魔力下"石化"着。之二,是创作界多年来失去了对文体的敏感和自觉,听力和色彩感都在悄悄地退化。之三,……还是先不要在此多加罗列罢!

真正的威胁来自别的领域。整个二十世纪，在那里正欢天喜地地建起一座叫作"现代语言学"的大厦，暴发户似的傲视着近邻的文学学这家老字号。看那里进进出出，熙熙攘攘，真正是人丁兴旺：物理语言学、生理语言学、心理语言学、数理语言学、统计语言学、实验语言学、工程语言学、社会语言学、结构主义语言学、转换生成语言学……那里成了当代科学体系中最有活力的生长点之一，那里成了联结人文科学与自然科学的关键，那里提供了现代逻辑分析和逻辑重建的手段和方法，那里孕育着对人类思维、认识论等重大问题的突破。怎不令人羡慕煞也么哥？

可是，那里是那里，这里是这里。我们镇静自若，"处变不惊"，不去理会隔壁的喧嚣与骚动。即便是自家屋里"方法论更新"的呼喊日益猴急的今天，我们也只晓得跑到自然科学王国去搬救兵，使你惊讶于"远交近攻"这一古老战略的生命力。大学里的中文系，全称是"中国语言文学系"，奇怪的是，学文学的宁愿"上穷碧落下黄泉"去听理科的课，对眼睫毛底下的语言学课程却最不感兴趣。本是同根生，相逢如路人——为什么会这样呢？

是解除睡美人身上的咒语的时候了。多年来这周围密密麻麻地长满灌木、荆棘、葛藤，你只有像恩格斯所说的那样"用利剑去开辟道路"，才能进入那座被施了魔法的宫殿……

在人类的童年期就创造了辉煌文明的那些民族，也最早产生了发达的语言（文字）系统。语言显示了它的威力也带来了疑惧，使人类引为自豪又深感神秘，对语言自身的思辨几乎是与语言同时产生的。倘说古希腊的逻辑学、修辞学、辩证法（辩论术）萌发甚早的话，那么，据我所知，似乎未曾有过哪一个民族像我们的祖先这样，对语言抱着如此严峻的"不信任态度"。

《论语》："巧言乱听。"

《老子》："信言不美，美言不信；善者不辩，辩者不善。"

《墨子》："慧者心辩而不繁说。"

《战国策》："迷于言，惑于语，沈于辩，溺于辞。"

《韩非子》："好辩说而不求其用，滥于文丽而不顾其功者，可亡也。"

最后，是《礼记》："言伪而辩……以疑众，杀。"

无论儒、道、墨、纵横、法，诸子百家，几乎都对语言这神秘的创造物兼异己物充分地怀有戒心。唯有孔子对此有点模棱两可。他有时说："辞达而已矣。"有时又说："情欲信，辞欲巧。"有时说："巧言令色，鲜矣仁。"有时又说："言之无文，行而不远。"弄得后世儒生争执不休，也没法弥合这里的矛盾。

矛盾是深刻的，一方面，语言从一产生就具有某种独立性，"言"与"物"（物理世界）之间，"言"与"言者"（他的行为、道德、意愿等）之间，都既有联系又有区别甚至对立，而且这种既有联系又有区别甚至对立的情况日益复杂化。另一方面，语言一旦越过了初期的实用和工具阶段，便日渐追求审美的（为"艺术"而"艺术"——为语言而语言）的品格，乃至某种非功利的奢侈和装饰。这两个方面都使我们那些充满了"实践理性精神"的先秦古人深感困惑。尽管借助于外在的伦理标准来区别"信言"与"巧言""辩言""伪辞"，区别"君子之言"与"小人之言"，甚至借助于"杀"来使别人闭上嘴巴，最大的困难仍然在于，他们终究必须用语言来消除因语言而产生的困惑，正如须用药物来解除药物的副作用那样。孟子说："予岂好辩哉，予不得已也！"正是在这种困境下被逼急了的自我辩白。

我们不是说得太少就是说得太多。太少，深感"书不尽言，言不尽意"；太多，生怕"以文害辞，以辞害意"。语言既是传达思想的通道又是干扰思想的障碍。取其利而去其弊，便是庄子学派在《外物篇》里所说的："筌者所以在鱼，得鱼而忘筌；蹄者所以在兔，得兔而忘蹄；言者所以在意，得意而忘言。"这样一种思维方式，既显示了古人摆脱语言困境时的智慧，也开辟了通向谬误的一条习以为常的路径。把"得意忘言"用来"说诗谈艺"的时候，在我们的文学批评中，寻找"寄托"的索隐方法，就几乎成了"溶化在血液中"的潜意识了：我们是多么善于"透过"现象看到本质，多么善于剥去活蹦乱跳的形式的皮而获取赤裸裸的内容，多么善于超越语言结构而直奔主题。最拿手的一招，是在寻章摘句之后大喝一声："居心何在？！"令人毛骨悚然而百口莫辩。

古人把"达"（通信）作为语言的唯一功能。然而，文学语言不只是一种通讯性语言。更主要的，是一种表现性或造型性语言。因此，为了说"理"、传"道"而"立象""立言"，与诗（文学作品）的使用语言，两者是有所区别的。钱锺书先生对此辨之甚详："求道之能喻而理之能明，初不拘泥于某象，变其象可也；及道之即喻而理之既明，亦不恋着于象，舍象也可。到岸舍筏、见月忽指、获鱼兔而弃筌蹄，胥得意忘言之谓也。词章之拟象比喻则异乎是。诗也者，有象之言，依象以成言；舍象忘言，是无诗矣，变象易言，是别为一诗甚且非诗矣。故《易》之拟象不即，指示意义之符（sign）也；《诗》之比喻不离，指示意义之迹（icon）也。不即者可以取代，不离者勿容更张。""苟反其道，以《诗》之喻视同《易》之象，等不离者于不即，于是持'诗无达诂'之论，作'求女思贤'之笺；忘言觅词外之意，超象揣形上之旨，丧所怀来，而亦无所得返。以深文周内为深识底蕴，索隐附会，穿凿罗织；匡鼎之说诗，几乎同管辂之射覆，绛帐之授经，甚且成乌台之勘案。自汉以还，有以此专门名家者。洵可免于固哉高叟之讥矣！"（《管锥编》）

对于文学作品的鉴赏批评来说，得意切莫忘言。准确些说，忘言所得的"意"非常值得怀疑。硬贴上去的标签？偷运进来的私货？都很难说。开始"以此专门名家"的，却并非超然物外的老庄学派，而是拘泥于伦理功利的汉代经生，这是值得深思的。硬要把初民时代谈情说爱的《国风》民歌解释得符合封建伦理的"思无邪",只好硬往国家政治上去比附,也真难为了他们呵!

不难理解,"得意忘言"在文学批评中的当代发展,其哲学依据,便是所谓"透过现象看本质"。有人曾指出,"透过",赋予我们一种至高无上的权利:可以不顾现象而只看到我所需要的"本质"。"本质论"其实就是本质与现象的割裂和二元论。即使我们所看到的大量的生活现象和文学现象已与教科书规定的"本质"大相凿枘,也无损于"本质"既定的坚硬和纯洁。我想,同样地,形式与内容实际上的二元论也给了我们这样的便利:用批评家自己的形式(可能拙劣得多的形式)改造过的"内容"冒充原作的内容,而无须顾忌这种改造的"非法性"。手术总是成功的,尽管病人已经死了。

黑格尔说过,中介总是令人嫌恶的。现象、形式、语言,就都是这样一些讨嫌的中介,与我们神圣的"既定方针"作对。事实上,既没有无现象的本质,也没有不是本质的实现的现象。同样地,内容总是形式化了的,形式是有内容的。对于文学作品来讲,本质与现象、内容与形式,全都统一在其独特的语言结构之中。使文学评论走出这种"二分法"窘境的一条出路,即在于对作品语言做透彻的、有机的结构分析。

文学作品以其独特的语言结构提醒我们:它自身的价值。不要到语言的"后面"去寻找本来就存在于语言之中的线索。于是文学评论以"文学语言学"的崭新面貌出现了,它不仅研究"语言的文学性",更注重研究"文学的语言性"。前者在旧有的批评框架中处于"最后"的卑微位置,后者在新的理论学科中却是根本的出发点。

文学评论从现代语言学那里得到的最重要的启示,就是把诗（文学作品）看作自足的符号体系。诗的审美价值是以其自身的语言结构来实现的。语言,在这里绝不是透明的。科学语言是所谓"零度语言",当一般语言可能污染其透明性时往往代之以公式、图表。而日常语言（包括政治语言）就已经是半透明的了。正因为如此,马克思才能在自己的政论文章中"运用文学批评的技巧":"他发现文学批评中有些技巧——韵律分析、形象研究、句子结构研究——是把对手的观点连同他们的文风一起批臭的有力手段。在这一类批评中,他就批评他的对手在音韵、含义上各种各样的错误:实际说的话和作者自以为说的话之间有很大出入,空洞的辞藻堆砌,废话连篇,不具体的抽象概念,说话转弯抹角,要想超然于不可解决的矛盾之上,语言上的暧昧反映出思想上的暧昧,对遣词造句的历史背景缺乏考虑,语义和词义上玩弄花样,混杂的隐喻,诗句粗糙,文法错误,不善于运用韵律等等。"（柏拉威尔《马克思和世界文学》）在马克思看来,表达的方式与表达的观点至少是同等重要的,在"政治语言学"中尚且必须如此考虑,可想而知,在文学批评中却企图绕过对语言的有机分析,会是怎样的"暴殄天物"呵!正面地运用这些批评技巧正如其反面地运用一样,将会卓有成效地揭示出表达与观点之间的有机联系。文学语言学的基本方法就建立在对文学语言结构这一"不透明物"的逐层扫描之中。

　　波兰哲学家茵加登稳妥而明智地区分了文学作品的四个层面：第一个层面是声音的组合结构，它是最基本的层面，正是它决定了第二个层面即意义的层面，有意义的句子和句子系列展现出处于具体情境（事件、发展）中的客体（人、物、精神状态等），客体的这种"展现"发展出一个有机的、有意义的综合体，一个特定的"世界"，在意义的层面上产生了第三个层面，即所谓"观点"的层面，在这里作者与读者的"意向性经验"产生了遭遇，并由此进到最后一个层面即所谓"形而上性质"的层面，"哲学意义"被重新引入文学作品之中，却不至于犯通常的唯理智论的错误。这四个层面在某种程度上相当于中国古代文论中的"言""象""意""道"，但是必须加以界说和修正。

　　文学作品语言结构的有机性，体现为这四个层面"不可还原"的递进关系之中。我们从前在各个层面上分别进行的零星研究，进入到文学语言学的总体理论框架之中，就被重新界定而获得全新的理解。在"言"的层面，音韵学、格律学被置于审美价值实现的角度重新加以考察，如动态的"节奏性冲动"如何组织了文学作品的节拍，也组织了所有其他因素，因而影响了文字、句型的选择，也就影响了一首诗的整个意义。在"象"的层面，隐喻、意象、象征不再仅仅是修辞和装饰的手段，作品的意义和功能被认为主要呈现在它们之中。"神话"这一分析范畴（在现代，特指人们赖以与社会、历史、文化传统相沟通的一个"意义范围"）的引进，将深化分析这一层面时的整体感，使作品的"世界"有机地呈现。"人物""情节""场景"这些习用的"要素"被作为某种"语言造型"而重新加以研究，"技巧"则被揭示为一种带根本性的程序。在"意"的层面，情绪、态度、观点和感染力，紧张性、强度、流动或跳跃的状态都将得到准确的描述，并指出它们如何呈现在语言的张力之中。进一步的阐发使"道"的层面在显现时自然地具有客观依据，并生动地从属于每一部具体的文学作品而不再显得抽象、枯燥。

总之，文学作品是一种"意义的结合体"，在这个综合体里，客观世界被自觉地加以重构和改动，产生了一个奇异的、独立的"世界"。含蕴在语言结构中的动态"程序"使我们能够获得译解这个诗的"世界"的结论，外在于这个结构的历史材料，最终可以与这些结论相比较。不言而喻，"一时代背景二作者生平三思想内容四艺术特点"的僵硬程式，在文学语言学的批评实践中自动地化解了。

文学语言学的研究领域，不消说，远远地超出作品分析的范围。我想，目前至少可以列出如下的一些方面：

日常语言与文学语言。二者的双重投影结构关系得到揭示，从而在语言学水平上沟通日常生活社会学与文学社会学的领域。

文学作为一种语言行为。从新的角度考察文学的功能，考察文学语言的意图、效果、相互作用等。

文学语言的信息交换。编码和译码的特殊机制、特定的接触回路（"频道"）、信息量的最优化选择等。

文学语言共同体。母语与文学的民族性；作家群、读者群、作品系列、文学流派、文学惯例、文学传统；"共同体化"的机制和条件。

语言史和文学史。具体来说：汉语史和汉文学史。

文学理论的语言分析。概念分析，范畴分析，逻辑构成、意义及其用法的分析（文学现象如何被置于这些语言框架中重构），一些普遍性的、"深刻的"思想歪曲得到澄清。这是文学理论在语言学水平上的自我反思。

显然，每一个领域的研究都不是一件轻松的事情。需要引进和译解，既补充必要的思维材料又避免可悲的重复劳动。更需要一种坚韧不拔的开拓精神。需要更多的、日积月累的"研究笔记"。

热爱文学，却又蔑视文学赖以存在的媒介和手段，这简直是不可思议的。最近重读《中国新文学大系》的《建设理论集》和《文学论争集》，不禁憧憬于变革时代先驱者们的活跃与勇敢。我在一篇短文里写道："先驱者们的战斗真是功德无量。……没有白话文运动，不但现代的新思想无法引进和传播，就连自然科学也只好仍旧用外国语来教学罢！近百年来中国人思维方式已经获得的跃进，也将是无法想象的了。而文学语言的变革正是一时代的艺术思维走向现代化的最敏锐的要求。"现在的人们很难理解为什么鲁迅先生激赏地称刘半农对于"'她'字和'牠'字的创造"是"五四"时期打的一次"大仗"。正像我们今天漫不经心地使用着标点符号而无法想象当年先驱者们为此鏖战的情形，我们的后代也将很难想象我们的语言从"帮八股"（假话、大话、空话、套话）中挣脱出来曾是一场多么痛苦不堪的搏斗。值得欣喜的是，创作界正在恢复着文体的自觉。你读汪曾祺、林斤澜、张承志、王安忆、贾平凹、阿城、何立伟、徐晓鹤等人的作品，你读"扭断了文法的脖子"的一大批绝妙的"朦胧诗"，你深刻地意识到了文学家在语言结构上艰苦卓绝的努力，也正是在推动艺术思维现代化上的努力，你意识到了一大批文体家已经涌现或正在涌现。绕开文体去忘言得意已不可能。文学批评的实践呼唤我们从现代语言学那里去引进有效的分析方法和分析范畴。从前常说的"形势逼人"，此之谓也。

　　然而，从长远来看，文学理论内在的发展，其自身的理论突破和理论建设的需要，更是"文学语言学"被提上议事日程的根本原因。道理很简单，语言性既然是文学的根本特性，文学理论自然不可能长久地对文学的本性熟视无睹。

　　系统论、信息论、控制论，或多或少都是从语言学领域里生长起来的。当我们绕道搬来救兵，才发现这些风尘仆仆远道而来的高僧，原来就是早先在隔壁穿着开裆裤玩泥沙的阿狗阿猫，不知何时出了家门去修行，得了真经。这真让人吃惊。皮亚杰说："语言学，无论就其理论结构而言，还是就其任务的确切性而言，都是在人文科学中最先进而且对其他各种学科有重大作用的带头学科。""虽有望远镜，无奈近视眼"，我们需要调整视力焦点。这里写下的一些"研究笔记"，便是一种不自量力的"调焦"尝试。

语言与心理、与思维有密切的关系，语言更是社会和文化的产物，语言体系其实就是一种社会价值体系。文学语言学把握住"语言"这一关键性的中介，来揭示文学自身的规律，同时也就揭示了文学与社会、与心理、与哲学、与历史等诸种复杂的关系，从而沟通了文学的外部研究和内部研究这两个原先被割裂的领域。文学语言学不仅以客观的结构分析纠正印象主义批评的主观随意性，还将使文学研究部分地进入某些模式化阶段，有可能从定性分析引向定量分析。在这一点上，文学语言学又可能在自己的某些领域里沟通人文科学和自然科学。克罗齐曾主张语言学与美学的统一，有很大的启发性，但他抹杀了语言的逻辑性方面，实际上是用美学取消了语言学。西方分析哲学却又抹杀了语言的表现性方面，企图通过语言分析使一切"形而上学"化为乌有，实际上是用逻辑学取消了美学。我们的文学语言学却以多种学科的繁荣作为自身存在的基本前提之一，它将从社会语言学、心理语言学、统计语言学、阐释学、符号学等学科中"超领域"地汲取灵感和活力；从而真正达到语言学与美学的统一。

前景诱人。但愿不是海市蜃楼。

1985年6月20日雨后清晨

从云到火

——论公刘"复出"之后的诗

　　（法厄同驾驶着他父亲阿波罗的车子），四只有翼的马匹嘶鸣着，空气因它们灼热的呼吸而燃烧。它们离开天上的故道奔驰，并在野性的急躁中互相冲撞。有时它们向固定的星星冲去，有时又向地面倾斜。它们掠过云层，云层就着火并开始冒烟……

　　　　　　　　　　　　——《希腊神话与传说·法厄同》[1]

　　二十世纪五十年代，新中国诗坛升起过一朵奇异的云。在南方，它那样明朗、清新而豪迈，在北方，它又是如此地充满

1　斯威布著，楚图南译，人民文学出版社1978年版，第38页。

生命的大欢喜。它就是年轻的诗人和士兵——公刘的歌声，带着如云的异彩，如水的真情，这样虔诚又这样亢奋地献给了党，献给了祖国和人民。可是很快，这朵云消失了，这歌声沉寂了。那样突然，仿佛又那样理所当然。二十二年后，诗人，已经五十岁出头的诗人回顾说："过去了的三十年，竟有多一半的时间我被驱赶于流沙之中；生命为大饥渴所折磨，喑哑了。"然而，"歌声多情，歌声有义，歌声并未弃我而去，只是由于缺乏活命的水，连它都变成火了"[1]。

从云到火。从云——到火！这不是自然现象而是社会现象、文学现象。考察这如火的云和如云的火，我们可以想见那灼热、那白炽，想见大地的饥渴和流沙的猖獗，并欣喜于失而复得的春天、树苗和清泉，进一步则深深地思考：从诗的命运到人民的命运。

一、诗歌在这一天复活

> 是不是从这一天起你又开始写诗了？
> 朴素如全中国的花圈，悲哀如全中国的肝肠；
> 但愤怒又像炸弹，锐利又像刀枪，
> 打！打偷花圈的贼！打窃国的"四人帮"！
>
> ——《星》

---

1 《离离原上草·自序》，人民文学出版社 1979 年版。

是的，从这一天起公刘又开始写诗了。这一天，是"中国以哭当歌和以歌当哭的日子"。读着《誓》《白花》《骨灰呵骨灰》等等这一组诗，这一组曾经在"地下"流传的诗，谁也想不到它们竟是出自公刘之笔。认不出来了，难道这就是写过《边地短歌》和《上海抒情诗》的那个公刘么？欢快和豪迈像轻云一般飘散了，这里是"沉重的云，沉重的泪，沉重的步子，更其沉重的是忡忡忧心事（《誓》）。"不，这里没有丝毫值得惊诧的地方——如果我们还能想到历史，想到从《在北方》（1957）到《白花·红花》（1979）这两本诗集之间的历史的话。

悲痛产生最好的诗，愤怒出诗人，古今如此，中西皆然。就一个诗人而言是这样，就一个民族而言更是这样。在当代中国，缪斯选择了一九七六年的一月和四月做她的复活节，这绝不是偶然的。狄德罗说过："什么时代产生诗人？那是在经历了大灾难和大忧患以后，当困乏的人民开始喘息的时候。那时想象力被伤心惨目的景象所激动，就会描绘出那些后世未曾亲身经历的人所不认识的事物。……天才是各个时代都有的；可是，除非待有非常的事变发生，激动群众，使有天才的人出现，否则有天才的人就会僵化。而在那样的时候，情感在胸怀堆积、酝酿，凡是具有喉舌的人都感到说话的需要，吐之而后快。"[1] "是谁夜半陨落？人海溅起泪浪！铁骨迸

1　《论戏剧艺术》，《文艺理论译丛》第2辑，第137页。

化火种，沛然自天而降！"（《星》）火就是这样烧起来的，"空气中的火药味，确已如预言那样憋得很足，很足。"（《哀诗魂》）一触即发，轰然腾起！公刘当时仍身受重压，没有写诗的权利，但他的歌声也从火中复活了，"如火凤展翅——在那乌云漫天的日子！"（《诗的复活》）

　　这个日子对于诗，对于公刘的诗，意味着什么？很难用三言两语来论述。诗的火焰中燃烧着两种最基本的元素：爱和恨。对周总理，这爱像大地一样深沉，像白花一样纯洁。"每一条江河呵，每一个土坡，大张开颤抖的胳膊；伟大的周恩来呵，不朽的共产主义者，人民的心窝，就是你的陵墓与棺椁！"（《骨灰呵骨灰》）对正在纵马作乐的"叶卡杰林娜二世"及其"宠臣和骑士"，诗人痛苦地宣布："该回车间去了，去锻造新诗——像锻造砍马蹄的刀子！"（《我做了一个噩梦》）在二十世纪五十年代，诗的云朵里也蕴含着爱与恨这两种电荷："对待我们的亲兄弟，对待自己人，我们的每一滴水，都是一张柔情的嘴唇，而对待侵略者，对待叛徒，对待那帮放火烧寨的敌人，我们就掀一个浪头，叫它灭顶！"（《母亲澜沧江》）那时候爱是爱得那样单纯和明朗，恨又恨得那样旗帜鲜明，那样充满了豪迈的信心。二十年后，爱里渗透了庄严的苦涩和无言的哀痛，包孕着对民族命运无穷的忧虑；恨里压抑着满腔的怒火，分明是一个受辱者"咬住嘴唇"的抗议。这里包含着一个明显的结论：动乱使民族的情感变得复杂了，使民族的性格、生活方式和内心世界都变得复杂了。这种复杂性仿佛相当集中地在公刘的诗作里表现了出来。在公刘的新作里，爱和恨采取了与以前迥然不同的组合方式和显示方式。它们更加紧密地互相交织、渗透，相反相成，不可分离。在赞美，同时也在控诉；在颂扬，其实也在揭露。恋歌里迸着血丝，诅咒中流动着灼热的情感。是不是由于社会生活中假恶丑曾经冒真善美之名以行，它们之间的搏斗是那样错综复杂？或许是由于假恶丑曾经得势于一时，至今死而不僵，诗人为捍卫真善美不得不时时伴随着对它们的抨击？无论如何，炼狱之火已经把人们的爱和恨熔铸成一个整体，人为地把歌颂与暴露割裂开来的理论在实践面前已经通不过了。

在诗人的新作里，爱憎感情都表现得更为真诚。由于真诚，诗人不再掩饰自己的情感的复杂性和丰富性。如果说，在二十世纪五十年代的一些诗里，情感的抒发存在某种程度上的天真的夸饰，或者由于经过某种既定模式的过滤而略显空洞和单调，那么，我们今天听到的大都是直接从诗人心里掏出来的歌，是诗人的灵魂在歌唱。公刘认为"没有灵魂的诗是诗的赝品"，他说："我把好诗当好友，一如结交知音，他们不仅有血有肉，也有活的灵魂；他们大哭大笑，真爱真愤，日日夜夜吸引我的眸子，占领我的心。"（《为灵魂辩护》）真诚带来的不一定就是单纯，恰恰相反，真诚才有可能显示诗之魂的多侧面和多层次。由于诗人意识到"说真话"对于诗的命运、人民的命运的至关紧要，我们才终于能够在今天的诗歌中发现当代人情感的全部丰富性和多样性。[1]

诗人新作的又一显著特点是哲理性的加强。正如少年人的爱是纯真的、激情澎湃的，而成年人的爱是成熟的、深沉严肃的一样，饱经忧患的民族从迷信中醒来，情感中积淀了新的理性的因素。"思索"——成了一切艺术（包括诗歌这一"最感情"的艺术）的鲜明特征。无论是爱，无论是恨，都由于那痛苦的思索而变得深刻和丰富。合金钢因有渗透其中的新元素而具有纯钢所没有的、更好的品质。哲理溶合于诗意之中，从而提高了诗。理性沉积在有血有肉的情感里，使诗人的歌唱染上沉重的霜风秋色，爱和恨都闪出一种冷峻的光芒。思索需要冷静，但是过去留给诗人脑海的是纷纭繁杂的感情画面，使诗人产生澎湃不息的热情。并不是每一首诗都恰到好处地处理了冷和热、理和情的关系的。这二者的辩证统一，正是我们理解这一时期复杂的诗情的关键。

是的，从这一天起他又开始写诗了。"这一天"里浓缩着太多太多的历史能量，从政治到诗，都孕育着巨大的转折。伟大的痛苦里复活了诗的新生命，一切情感都由于这痛苦的洗礼而获得深沉的力量。这痛苦甚至使希望也变得沉重了——而沉重的希望才更像是希望！

---

1 参看公刘《诗和诚实》，载《文艺报》1979年第4期。

二、沙哑然而坚定的春歌

> 假如春天也学会了欺骗，
>
> 那么大地就会说：这不是真的春天！
>
> 锄头会生锈，
>
> 拓荒者将带走收获的预言。
>
> ——《假如……》

一九五四年十月，公刘曾这样歌颂中华人民共和国的第一部宪法："贫穷和苦难将被遗忘，幸福的道路迎着祖国开放；一百零六条柱石，为我们撑起了一座真正的地上天堂。"（《在这庄严的时刻》）二十四年后，他写道："……当战争的暴风雨刚刚隐退，沉雷还在某处牙齿咬得格格作响，原谅我，不该拣起轻柔的羽毛，结巢于诗歌的'消息树'上。"不对，不是我们的诗人太年轻，而是我们的共和国太年轻，社会主义制度太年轻。我们知道，二十世纪五十年代初期，多少老诗人写下了更为天真得多的诗句，他们充满幸福憧憬的歌声显得多么稚嫩呵！倒是当时的一批"少年布尔什维克"，以他们敏感的年轻的心，嗅出了空气中看不见摸不着的官僚主义灰尘。是的，战争的暴风雨刚过，正是它洗涤了神州大地的污浊，使新中国像一个生气勃勃的少年，刚健清新，好冲动而无所畏惧。另一方面，又正是胜利的彩虹掩盖了沉雷在某处的咬牙切齿，人们不愿意也不可能听到这种不和谐的音响。直要到"等待若干岁月"和"经历几许风浪"之后，人们才发现已经为这种廉价的乐观主义付出了太可怕的代价。

于是诗人再次歌唱春天，歌唱这失而复得的春天，可是春天的形象变得多么不同了啊！

> ……春天来得很晚很晚，
> 为什么迟到了？这问题也许留待儿孙钻研；
> 不过我们深知：春之路曲折而又艰险，
> 脚掌划破了，一万缕血丝结一个茧；
> 然而玫瑰花在额头盛开，好一顶荆棘的王冠！
> 褴褛衣衫，通体焕发着光艳和新鲜……
>
> ——《爆竹》

这是一个遍体鳞伤却又坚定乐观的春天。她怀抱丝弦，为理想而歌，又一手执剑，为信念而战。春天里不仅有熏风，有阳光，有鼓突的叶芽和蒲公英毛茸茸的眼睛，而且有残雪冻雨，有腐草枯萍，甚至还有血痕，有噩梦，有孽火余烟。这是真实的春天。两组截然对立的意象相当触目地交织在一起，使诗产生一种"张力"，像一根绷紧的弦，随时要把什么东西弹开去。我们听到一个非常强烈的旋律，那就是：警惕"倒春寒"！不能让悲剧重演！诗人固执地重复这个旋律，时而大声疾呼，时而委婉地讽谏，时而语重心长地提醒，时而冷峻地指斥……

是什么原因使诗人反复地吟唱这一主题？是不是由于在冬天里太久太久地盼望阳光，即使春天里的一丝寒气，也使人们毛骨悚然？不能用"心有余悸"这种现成的语言来解释。它不能概括人们复杂的心理，也完全忽略了客观现实的状况。春天里的残雪和冻雨，显然不是诗人心造的幻影。公刘怀着极大的蔑视和极其沉重的愤懑来描写这些玷污春天的丑恶现象："它不是冰的碎块，这些半顽固半圆滑的颗粒！水银柱上，它也选择了最理想的位置，既不是0°，又几乎没有距离；……开始了，我们这里，开始在下冻雨。"（《冻雨》）在愤懑的同时又怀着极大的担忧："但愿我不会那么愚蠢，因为地上有腐草，池中有枯萍，就宁可祈求冬天重新君临，赞美那冰雪的统一与纯正。"（《但愿我不会那么愚蠢》）在担忧的同时又怀抱着如此执着的信念，如此强烈的献身精神："怕什么料峭三月，气流变幻！但愿我是一朵大胆的小花，请燕子衔了去吧，献给真正的春天！"（《燕子书柬》）庄严的使命感升在诗人心头："我的使命是传达大地的信息：你要坚强！你要贞洁！你要警惕！"（《冻雨》）一切关注着祖国和人民命运的人们，都会为这拳拳之心所感动，为这些深沉而又激愤的诗句所震撼。因为它反映了这一时期人们多么复杂而又深刻的心态。"我不要！"这句话里浓缩了全部的痛苦、失悔、愿望、忧虑和信念。恶魔还在骨灰盒上的阴风里狞笑，"这当然是一个梦，但它常来袭扰；每逢秋声透枕，便有一片喧嚣"（《骨灰盒上的阴风》）。噩梦醒来是早晨。但是，只要产生噩梦的原因没有得到合理的解释，没有得到根本的消除，它的影子就不会从人们心头飘散。公刘写道："弥漫在前后左右的，仍然是那种我们大家都十分熟悉的不安全感。……然而，从来也没有被吓死的战士，战士只能饮弹而亡。像我这样由党和人民解放出来的幸存者，道路只有一条，那就是：坚持三中全会精神向前进，绝不后退半步。"于是，在为捍卫春天而战的歌声里，年轻战士的豪迈被代之以老兵的沉郁悲壮；不是欢欣鼓舞的雀跃奔跑，而是一步一个脚印的坚韧跋涉；不是一片天真烂漫的憧憬，而是肩着因袭的重担艰难向前。骆驼，北方的骆驼，这一为诗人非常喜爱的形象，又多次出现在他的诗作与文章里：

> 假如七八年再来一次流沙，我就再变成骆驼，再默默地负重蹒跚，再期待着有朝一日走出流沙，那时，濡着白沫的丑陋的嘴唇上当然也会再现笨拙的笑容。
>
> 但也完全可能因衰竭而倒下。
>
> 朋友，你见过大沙漠中死骆驼遗下的骸骨吗？它不是一根两根，而是一堆骆驼死了。但对流沙而言，对习惯于横行无阻的流沙而言，骆驼留下的一堆骸骨也未尝不是一种小小的障碍，一种小小的不快……
>
> 不过，我还是乐观的；从长远看，我的确是乐观的。[1]

这就是为什么，在乍暖还寒的早春季节，在历史徘徊的十

1　《离离原上草·自序》，人民文学出版社1979年版。

从云到火 | 061

字路口，诗人唱出的春之歌并不令人一味地振奋和昂扬，却促人深思，警醒，变得沉毅而勇敢。听着听着，我们不禁会问：诗人，在你的心灵深处，究竟燃烧着什么样的烈焰，又冻结着怎样的苦水啊？！

三、既然历史在这里沉思……

> 人脑诚然很小，才不过一千四百毫升的平均容量，
>
> 可你又怎能测定革命者的头颅？那真是一片汪洋！
>
> 遍布于大脑皮层的沟回呵，谷何其深，峡何其长！
>
> 多少事，和着血掺着汗在这里层层沉积，深深蕴藏……
>
> ——《铁脚歌》

仿佛正是为了答复我们的问讯，诗人写下了一首八十行的长诗，题目就叫《回答》。他没有细述二十年来的坎坷历程，只是很简略而又含蓄地写道，"多云的天空和大地"使他在南方"像是浮萍"，"到北方又变成了转蓬"，"幸亏我有一点乐观的禀性，常能从灰烬中拨亮火星；如果悲痛迫使命运倾斜，理智的砝码就会来恢复平衡"。

既然我们说艺术是个人性的实践活动，那么诗人通过切身经历所抒发的情感无疑是最真挚的。至于这一情感是否与"大我"相通，是否与历史潮流同向，则是又一个层次上的问题。

屈原的《离骚》浸透了最具个人色彩的恩怨之情，却又是万世不灭其光芒的爱国诗篇。杜甫的名篇《自京赴奉先咏怀五百字》整个是在如实地叙述个人的辛苦遭逢，不也喊出了"朱门酒肉臭，路有冻死骨"这样人民性极强的警句吗？除了一首彭德怀引用过的"我为人民鼓与呼"，诗歌，作为历史，作为人民群众情感最自然最敏感地流露的历史，已经留下太多的空页了。因此，我觉得，不仅从文学艺术的角度，而且从社会学、史料学的角度，也应该十分重视像公刘的《哀诗魂》《寄冥》《回答》《解剖》这样一些带"自传性"的作品。

实际上，在公刘的这几首诗里，由于渗透其中的强烈历史感，这一段段"往日的诗情"远远超出了"个人经历"的一般意义。应该说，正是这种"对于过去，现在和将来的历史感"[1]，是使诗人的风格发生很大变异的主要因素。"既然历史在这里沉思，我怎能不沉思这段历史？"（《沉思》）两千年悠久的历史，九百六十万平方公里的土地，诗人的目光在延伸，延伸。从山海关（《车过山海关》）到东陵（《东陵回声》），从工人曾经受苦的锡都个旧（《访大梨花山》）到烈士饮恨牺牲的沈阳大洼（《刑场》）……没有什么能挡住这道沉思的目光。沉思的目光投向过去是为了更好地透视现在，正如人们常常借助猿猴等灵长类动物来研究人类一样。历史是不会重演的，然而当历史

1　《离离原上草·自序》，人民文学出版社 1979 年版。

停滞不前或局部倒退的时候，却会出现某种"返祖现象"。公刘的目光几乎接触到当代中国的一切重大问题。关于领袖和人民，关于大有希望的一代青年，关于诗与政治，关于宗教和神，关于民主与法制，关于封建主义和官僚主义，关于社会主义现代化，关于自卫反击战的英雄。艺术的理智不等于理智的艺术，它不是占有大量史料之后的小心求证，它只是选择最震撼自己并且与社会历史心理相通的意象来抒发感情。这里有两点值得注意：

首先，历史感来自对于人民命运的密切关注。历史从根本上说是人民的历史。只能从历史的具体性中去了解自己的人民，也只能在与人民共命运中去理解历史。公刘在回忆了自己与农民在底层朝夕相处的那一段时日后，写道："如果说，我的写作，今天较之以往，不仅有了一个比较清晰的横断面，而且有了一点纵深，一点厚度的话，那是和一九五八年至一九六一年的生活（同样，还有一九七〇年至一九七三年的生活）不可分割的。我毕竟对于自己的人民有了更多的了解了，我敬爱他们（主要是农民）的品格，我也悲叹他们（主要是农民）的命运。"[1]这一段话应该是我们理解诗人新作的一把钥匙。人民的痛苦像泉水一般洗亮诗人的眼睛。人民的命运——可以

---

[1] 《在学习写诗的道路上》，见《文学：回忆与思考》，《文艺报》编辑部编，人民文学出版社1979年版。

说，这就是公刘全部诗作的中心主题。

其次，历史感来自对历史的辩证法的理解。形而上学不可能掌握任何一个哪怕是简单的历史现象。诗人注视着历史上的种种"矛和盾"："多少狂舞！多少礼赞！多少隐痛！多少沉冤！多少绣花的囚衣，多少鎏金的锁链！阳光共冰霜同时降落，乌云与青天交替变幻……"他理解所有"伟大悲剧中的伟大演员"，也懂得"征人们隆起的胸腱"（长城）和妻子们来不及咽下的泪水（姜女庙）。因此他确信："喧闹必走向和谐，复杂将归于简单"，到达理想的境有赖于人民的成熟与勇敢（《车过山海关》）。"代数学"，这是公刘爱用的一个词（"诗的代数学""战争的代数学"等等），他注意到生活中的常数与变数，思考的是历史的高次方程而不仅是四则运算。动乱教给了人们辩证法。在生活的无数颠倒、混淆、交错之中，诗人学会了在他的艺术构思中整体地把握历史和社会。

四、火光和火光中的谜

> 欢迎！你苦、涩、咸、腥的山光海霾，
> 欢迎！你奇、险、渊、广的山姿海态。
> 手携手，
> 同登主席台！
>
> ——《寻觅与呼唤》

从云到火。

我们已经探讨了蕴含其中的历史内容，它的深刻性和丰富性可能要过若干年后方能真正被人们所认识。但是这一文学现象（不是公刘一人，而是一大批作家作品）的存在，以其直接而又敏感的方式反映了社会历史心理的变迁，不能不引起人们的重视。同时，丰富的内容必然要求丰富的形式，新的诗情呼唤着新的意象、新的语言。可是形式的变革又总是带着更大的历史惰性。这一点甚至体现在：青年诗人在艺术形式上的探索比中老年诗人来得敏锐和激烈。公刘几乎是第一个重视青年诗人在艺术上的突破的中年诗人。我们看到他所殷切呼唤的"苦、涩、咸、腥""奇、险、渊、广"，也或多或少地闪烁在他的诗的火光里。历史内容怎样沉积在艺术形式之中，应该说是一个极为复杂的过程。仅就公刘的这些新作来看，这里只能勾下个粗疏的轮廓。

公刘诗歌的一贯特点是善于捕捉鲜明的生活画面并一下子升华到深刻的哲理。他认为："如果真想写出好诗来，必须探索诗歌通向人心的道路，必须理解诗的构思乃是一个最单纯、最有共性的思想和一系列最复杂、最有个性特点的形象相结合的过程。"[1]公刘的这一艺术才能有助于他在后来的诗作中容纳

1　《在学习写诗的道路上》，见《文学：回忆与思考》，人民文学出版社 1979 年版。在我看来，诗中的思想也可以是"最复杂、最有个性特点"的。

较多的历史容量，增加诗的厚度。如果说，二十世纪五十年代的诗里，形象和思想的结合还过于简单、直接，那么近几年来这种结合就复杂和曲折多了。请看这首《哎，大森林！——刻在烈士饮恨的洼地上》——

哎，大森林！我爱你！绿色的海！
为何你喧嚣的波浪总是将沉默的止水覆盖？
总是不停地不停地洗刷！
总是匆忙地匆忙地掩埋！
难道这就是海？！这就是我之所爱？！
哺育希望的摇篮哟，封闭记忆的棺材！

分明是富有弹性的枝条呀，
分明是饱含养分的叶脉！
一旦竟也会竟也会枯朽？
一旦竟也会竟也会腐败？
我痛苦，因为我渴望了解，
我痛苦，因为我终于明白——

海底有声音说：这儿明天肯定要化作尘埃，
假如今天啄木鸟还拒绝飞来。

诗的意象比较复杂，包含相当多的曲折的层次。用"绿色的海"喻大森林，而"大森林"本身又是一个完整的象征，一个充满了矛盾的象征，喧嚣的波浪和沉默的止水，青枝绿叶和腐败枯朽的可能，哺育希望的摇篮和封闭记忆的棺材，这些截然对立的意象可怕地统一在一个象征里，浸透了诗人激烈冲突的矛盾心理："我爱你！"同时，"难道这就是我之所爱？！"在烈士饮恨的洼地上，有感于血和罪行的总是被洗刷被遗忘，诗人认定只有从记忆中才能生长出希望，他意识到了强烈的痛苦，双重的痛苦——对于探求和对于答案。那海底的声音真是令人不寒而栗！是对"大森林"生死存亡的担忧，是对灾难重演的可能性的报警。这里用了一个倒装句，先说结果，为的是强调那原因，使这一句"假如……"具有艺术的最后打击力量。

意象的复杂和多重转折使公刘的有些诗显得隐晦。"唉，黑暗的洞穴！唉，坚硬的岩壁！唉，深奥的象形文字，唉，组成了一个谜！"（《象形文字》）诗和谜语原本是关系极密切的本家亲戚，共同的心理背景是"突然见到事物中不寻常的关系，而加以惊叹"[1]。公刘新作中最好的诗往往是那些比较隐晦的诗。比如那八首构思于二十世纪六十年代，"最近才通过文学的'显影液'，把它们最后'固定'下来"的诗。公刘认为："一首诗，必须像这样埋在心底若干年，或者用某种只有本人读得懂的方

---

[1] 朱光潜《诗论·诗与谐隐》，上海正中书店1948年版。

式'压缩'在一片烂纸上若干年，苦待着得见天日的机会，这，不能不承认是奇异的悲哀。"[1]但这也许又是艺术的不幸中之大幸。像海蚌怀抱着珍珠，松树分泌着未来的琥珀，岁月与痛苦净化、浓缩着最晶莹的诗情。那里闪烁着既往时代的永久折光，而不是过眼烟云和稍纵即逝的电火。谜一般的构思，深奥的文字，又吸引你在欣赏时与作者在创作时一样苦苦思索，从而得到一种征服困难的快乐。

> 窗子外边是空气，
> 自由的空气；
> 罐子里边是煤气，
> 窒息的煤气，
> 他宁愿不要自由，
> 他宁愿选择窒息。
> 请先告诉我，自由的定义，
> 我再来解答，这残酷的谜。
>
> ——《空气和煤气》

这是"腹稿在第四次文代会上"的十五首诗之一。多少人曾为自由献身！自由的定义诚然是重要的，那残酷的谜的谜底

1　《仙人掌·后记》，四川人民出版社1980年版。

也是重要的，更重要的是这种执着地寻求谜底的精神。多年来，千百万忧国忧民的革命者在思考这可怕的斯芬克斯之谜！思考不会终止，而诗人的责任就在于唤起更多的人来不断地思考。公刘点燃的诗的火光，所起的正是这一作用。他曾经在一首诗中把真理比作深藏于刺猬似的硬壳中的毛栗子："理解毛栗子吧，它告诫采集者：艰难。"（《关于真理》）而艺术，不也是这样吗？

有些谜，诗人仿佛告诉了我们谜底。像这首《绳子》：

不准使用文字，
就结绳记事——

升腾过血染的旗帜，
土改时丈地当尺，
白天拉开荒的犁，
夜晚捆烧火的枝，
摇篮和坟墓拔河，
摇篮刚占优势；
突然它脱手飞去，
扭头将我们鞭笞，
所有被蛇咬过的，
见了都吓得半死，
年复一年的冰风，

摆弄着清白的尸……

（如今要用笔记下它曾经变质，以及该怎样防止。）

　　诗的题目是谜底，而诗本身是谜面，这原是历来的咏物诗的特点。可是这里吟咏的是什么样的绳子呵！这就是象征。正如歌德所说的，情节本身有意义，并且指向另一个更大意义的情节[1]。这种手法使诗歌具有高度凝练的概括力。结绳记事！——历史（过去、现在和将来）以及对历史的记载，都凸现那些绳结上，仿佛可以用手触摸到。象征拉开了意象和意象之间的距离，增加了诗的容量。

　　由此也带来诗歌在语言上的变化。二十世纪五十年代的诗里也偶有使用文言词汇的句子，如"我乃登上台阶般的长城，望黄河犹如门前一湾流水"（《在北方·代序》）。近年来这类词汇的"出现率"大大增加了，有的句子几乎全用文言词汇构成："何谓最后的时刻？倘在我辈，这等言词诚然完全合适。"（《沉思》）这类词汇给诗带来一种苍凉老到的气氛和色彩。那些简洁的文言虚词，更有助于表现意绪的多重转折。文白夹杂未必就是新诗的倒退，一切取决于是否符合内容的需要。"五十岁出头，对于一个写诗的人来说，实在有点失之迟暮。思想最

1　朱光潜译《歌德谈话录》第99页，人民文学出版社1978年版。

活泼、精力最旺盛、腿脚最灵便的岁月已经逝去，有什么办法呢？逝者已矣，只好以五十岁为起点做一次最后的冲刺，能跑多远算跑多远吧。现在呈送在读者同志们面前的，正是这样一杯自己对自己不断施加压力'挤'出来的胆汁。"[1]诗人这一篇谦虚的自白有助于我们理解他的新作的艺术风格包括语言风格。他不可能再像年轻人那样一泻千里地直抒胸臆，或者用梦幻般的色彩点染自己的画面。诗句仿佛真是挤出来的，有点涩，又有点苦，然而凝练、结实，蕴含着老人般的睿智。

这是火。不是那呼呼作响的跳动的火，不是那种耀眼地闪亮的火，而是一种不动声色地散发热力的火，甚至是一种以冷峻的外表包裹着的火。可那火光仍是那样的奇诡多彩，仿佛仍在变幻着的云的千姿百态。诗人把自己的诗比作"分层注水以保持油井自喷能力"而开采出来的石油[2]。而"石油是什么？"——"它像石头变了水，然而并不是水；它是石头变了火，但又并不像火"，"这才是为革命输血，热烘烘却也冷默默。"（《石油是什么》）我想，或许可以借用这首咏石油的诗来概括公刘自己的新作的艺术风格。

1981年9—10月

---

1 2 《白花·红花》，上海文艺出版社1980年版。

郭小川诗歌中的时空意识

一

郭小川是中国当代少数认真而且诚恳地思考生活的诗人之一。这种认真和诚恳，在丰收的年代里给他的诗歌带来了独特的光华，在扭曲的年代里使他付出了沉重的代价。这种思考，体现在他的诗歌创作中，就是他那立意要通过诗"写出自己的全部哲学"的信念。

很多研究者都注意到了郭小川诗歌的哲理性，也同时注意到了他的艺术形式的独特性，却很少把两者联系起来加以考虑。比如说，六十年代郭小川对战斗人生的哲理思考，与他独创的"新辞赋体"之间，有什么内在的联系？撇开了艺术形式，从诗歌中抽出那些哲理性的警句或者内容，进行生活含义的分析，往往不可避免地会使内容本身贫乏化。而离开了诗人对生活进行艺术、哲学思考的独特角度，也不能充分阐释他在诗歌上的创新和追求。[1]

必须找到一种正确的叙述方式，一个恰当的"中介"，一个能举起郭小川艺术世界的"阿基米德支点"。那么，我们能不能透过对郭小川诗歌中时间和空间的分析，来有机地把握诗人对生活进行"艺术—哲学"理解的独特性呢？

这里所说的时间和空间，是指体现在他的全部诗作中的，诗人对大自然和人类社会的时空顺序的一种艺术感受。诗人心目中的世界是一个艺术的世界，他在自己的作品中对万事万物运动的客观属性——时间（瞬息、永恒、速度等）、空间（大小、高低、方位、体积、容量等）做出艺术的描写和表现。每一位有成就的诗人都有自己独特的时空感，它与诗人的哲学世界观和艺术世界观都有直接间接的联系，而在不同程度上影响着作品的艺术风貌。举一个最突出的例子吧："立在地球边上放号"的诗人，五百年一次从火中复活的凤凰，把日、月、星、宇宙都来吞了的天狗……简单的几个形象里显示出来的时空感，把狂飙突进时期的郭沫若勾勒得雕塑一般鲜明！ 一个过于窄小

---

[1] 写于 1959 年初的《月下集·权当序言》是研究郭小川诗歌创作的最重要资料之一，是他从"宣传鼓动员"走向自觉的诗人的重要标志。在这篇文章里他讲了"一连串的独特"，其中最主要的是：作者的创见必须是新颖而独特的，并通过一种巧妙而奇异的构思自然而然地表现出来。在这里，在郭小川的心目中，独特的内容和独特的形式是不可分的。

的空间（日、月、地球都被无限地缩小了），和过于凝滞的时间（在黑暗中沉睡了几千年的古国）与一个狂奔怒突、无限扩大的自我的尖锐对立——这无疑是"五四"精神高度集中而真实的体现。

郭小川在已经挣脱了千年桎梏的新中国里歌唱。诗人的内在自我与外在时空之间（相对地）比较协调、和谐。我们无法用寥寥几个形象就显示出他的特点。他的时空感有着与"五四"时期全然不同的风貌。与他的前辈相比，他不那么强烈，不那么鲜明，同时也就不那么简单。

二

"我几乎不能辨认 / 这季节 / 到底是夏天还是春天，/ 因为 / 在我目光所及的地方 / 处处都浮跃着新生的喜欢，/ 我几乎计算不出 / 我自己 / 究竟是中年还是青年，/ 因为 / 从我面前流过的每一点时光 / 都是这样新鲜。/……我把自己 / 看做巨人 / 辽阔的国土就是我的家园。"（《闪耀吧，青春的火光》）

这样一种单纯的、充满了新鲜的错愕的时空感，在五十年代初的中国是相当典型的。我们掌握了自己的命运，我们解放了九百六十万平方公里的土地。时间是属于我们的了，空间也是属于我们的了。时间被赋予这样一个历史性的空间形象，那就是：所向无敌的革命洪流。如果诗歌里的时间观念可以分为

"个人的时间""历史的时间""宇宙的时间"三类的话[1]，那么在五十年代的人们心目中，宇宙的时间已与历史的时间合而为一。而个人的时间呢？很简单，毫不犹豫地投入到历史的时间中去就是了。郭小川在《投入火热的斗争》《向困难进军》等诗篇中，向青年公民们所做出的，正是这样的"宣传鼓动"：

> 斗争
>
> 这就是
>
> 生命，
>
> 这就是
>
> 最富有的
>
> 人生。
>
> ——《投入火热的斗争》

正因为如此，郭小川在《山中》一诗中表现出来的焦躁不安，乍一看是由于空间的隔绝："我要下去啦——这儿不是战士长久住居的地方"；但细琢磨，却恰恰是由于时间的隔绝。

---

1 参看刘若愚《中国诗歌中的时间、空间和自我》："我们可以把中国诗歌中的时间观念分成三类：个人的，历史的和宇宙的。每一类都可以单独存在，也可以与其他一类或其他两类相结合。当然，一当我们说到时间的'观念'，我们就已经在使用空间的比喻了。还有，每一种时间观念都倾向于和一定类型的空间形象相关联。例如，个人的观念倾向于和房屋，庭院，道路等形象相关联；历史的观念和城市，宫殿，废墟等形象相关联；宇宙的观念则和河流，山岳，星辰等形象相关联。"

他不能置身于历史的洪流之外，他要走向沸腾的生活，在繁杂的事务中冲撞，为公共利益而争吵，在激动的会议里发言，到嘈杂的人群中去写诗。这种对历史的时间的眷恋，正是作为战士与诗人的郭小川的本色。

然而这一切，都还不是郭小川那一时期诗作的独特之处和深刻之处。作为一个认真而诚恳地思考生活的诗人，他的独特与深刻之处在于：他看到了一片和谐中的某些不和谐，看到了个人的时间与历史的时间之间的不尽一致。历史急遽地转换和迈进，把许多人裹进来奔向前去，也把许多人抛出了生活的轨道。在全新的历史时期，同样的人生思考在何其芳那里出现得更早，因为他是在气质上比郭小川更敏感细腻，艺术独特性的追求更执着的诗人。（可参看他那首1952年写了前五节，两年后才续完后四节的《回答》）郭小川同样是真诚地从个人切身经历出发，思考着同样严肃的课题：在不同的历史时期，面对不同的环境和考验，一个革命者的自我与历史与世界的关系。有限的个人生命，怎样才能与无限广阔的历史发展相通？无限的追求又怎样才能体现在个人有限的努力之中？这一思考构成了郭小川五十年代最具深度的几首抒情诗及叙事诗的主题。

与《山中》（1956.8—11.9）同时创作的《致大海》（1956.7—12），是诗人郭小川对自己人生道路的一次总结。"呵，殷红的大旗把我卷进了西北高原的风暴，……随后，一声号令把我喝上了战斗的岗哨。……而死神则像影子一样追踪着我，并且厉声逼问我——你是战斗，还是逃跑？我不久就被折服了。纵然我的心中也有过理所当然的烦恼；我再也不想到别处去了，因为我已经渐渐地与周围的世界趋于协调。"诗人也许认为，在战争年代里，自我与外在时空的一致较为易于做到。可是在新的历史时期，诗人从自身发现了这样多新的烦恼：倦怠、昏睡、无聊的争执，忧心忡忡，孤高自傲，无病呻吟而又无事奔忙……这样一种焦躁不安的情绪粗看是与五十年代一片清新平和的田园牧歌气氛很不谐和的。然而，恰恰是只有在郭小川这样一个真诚地面对生活、严格地反省自己的诗人身上，捉摸到时代精神内在的某些深刻之处：从战争的轨道转到和平建设的年代，一个革命者面临着许多新的矛盾。首先是，一个旧的自我与新的外在时空之间，已经有了许多不相一致不太协调之处。郭小川是采取自我反省的方式来解决这一矛盾的，他希望一切烦恼都在大海里得到神圣的洗涤："大海呵，在你的面前，我的心久久地、久久地不能安静，我并不是太愚蠢的人，可是为什么，为什么不能更早些开始你那样的灿烂的人生！"在这里，大海的空间形象时间化了，成为温暖、纯净、高尚、沸腾的人生的象征。这一象征把个人、历史与宇宙融为一体，使诗人激情奔放的人生总结带有那个年代的浓郁的青春气息。

在次年写作的两部叙事诗里，同一主题得到了进一步细致的展示。诗人更深地挖掘下去，发现个人（自我）与历史时空的不协调，在战争年代可能表现得更为尖锐些，而这一尖锐性则一直延伸到我们今天。这一冲突的艺术解决，郭小川在他的叙事诗中依然是采取对个人的内心的谴责这一方式。《深深的山谷》"用一个女人的口吻写一个知识分子在艰苦斗争中的动摇和幻灭"。（郭小川的《日记》，转引自杨匡汉、杨匡满《战士和诗人郭小川》）这个"有学问的""软弱无能的傻瓜"，在残酷的战斗中跳崖自杀了。死前对他的爱人做了如下的长篇独白：

> 你是这个时代的真正的主人，
> 你安于这个时代，跟它完全调和；
> 我呢，我是属于另外一个时代的人，
> 在这个世界里无非是行商和过客。

> 我毫不怀疑，你们会取得最后的胜利，
> 可是，这胜利并不是属于我的；……
> 我真诚地尊敬你，而且羡慕你，
> 你懂得战斗的欢欣和生命的价值。

但是：

> 我怕那无尽的革命和斗争的日子，
> 因为，那对我是一段没有目的地的旅途。

这是一个清醒的落伍者，人生的道路与历史的进程是那样格格不入！一声低沉的回响，诗人把他埋葬在"深深的山谷"

里了——应该说，那是时间的深谷。与抒情诗《致大海》不同，这里，情节的尖锐性把个人与时空的对峙、冲突提到了一个相当严峻的高度。

《白雪的赞歌》则是从道德操守的角度来探讨上述主题。一对夫妇在战斗中失散了，彼此生死未卜。经过种种曲折，丈夫战胜了拷打和死亡的考验，妻子战胜了感情的动摇和空虚，他们胜利地重逢了，他们"政治上和爱情上的坚贞"（郭小川的《日记》，转引杨匡汉、杨匡满《战士和诗人郭小川》）像雪一样的洁白，完全建立在这样一种信念的基础上："一切幸福取决于胜利。"个人的时间与历史的时间之间的某些游移和不融洽，被诗人看作是道德情操上重大考验的契机。个人感情的渺小与伟大取决于是否与历史进程相合拍。

郭小川自己对这几首诗是比较喜欢的。[1]它们通过人物感情上的纠葛，较为细腻深刻地写出了诗人对人生哲理的思考。概括来说，郭小川解决个人与外在时空的不一致的方式，是以前者无条件地适应后者来处理的。我们在他的诗中看到的多是对个人内心的严厉谴责，而很少看到外在时空有什么缺陷之处。这是那一时期郭小川人生思考的一大特点，这一特点也反映出中国知识分子在那大时代中痛苦转变的全部可贵性和深刻

1　见郭小川《月下集·权当序言》："老老实实地说，自己称意的诗作，至今还一篇也没有。比较喜欢的，倒有几篇，例如'白雪的赞歌'等。"

的局限性。

但是这一思考整整中断了（毋宁说是沉伏了）一年。这一年，《县委书记的浪漫主义》里的指点河山，《捷音报晓》里的"云霞缭绕"，《雪兆丰年》里的"好兴致"，很快就沉静下来。诗人开始觉察到了现实中严峻的一面：失误、缺憾，乃至饥荒。人间大地远不是那么辉煌。违反客观规律的行为受到了客观规律的惩罚，大自然是无情的。当他重新回到自己的主题上来的时候，他的思绪里多少蕴含了一些忧郁和痛苦。郭小川循着他哲学思维和艺术思维的"习惯道路"进行自我反省时，他无法再用历史进程的合理性来说服内心的烦恼。于是，他的目光越出了深深的山谷和洁白的雪地，投向浩瀚辽阔的星空。如果说，在《致大海》里，大海作为灿烂人生的象征与诗人的自我是一致的，躁动不安的大海洗涤了诗人的胸襟；那么，《望星空》里的星空却是异样的安详，神秘深广的空间标示出来的时间是"永恒"，宇宙的时间取代了《致大海》及叙事诗里历史的时间而与个人的时间相对峙：

> 生命是珍贵的，
> 为了赞颂战斗的人生，
> 我写下了成册的诗章，
> 可是在人生的路途上；
> 又有多少机缘，
> 向星空瞭望；

在人生的行程中，

又有多少个夜晚，

见星空如此安详！

在伟大的宇宙的空间，

人生不过是流星般的闪光。

在无限时间的河流里，

人生仅仅是微小又微小的波浪。

　　"天若有情天亦老""人生易老天难老"，这本是古往今来的一个普遍命题。然而出现在一九五九年（四月初稿，八月二次修改，十月改成）的这首《望星空》，却折射了当时相当深刻的社会心理内容。在大的失误和挫折面前，人（革命者）对自己的生命、意义、命运的重新思索、把握和追求，达到了当代文学史上前所未有的深度。这一点，由于受到种种社会历史原因的限制，恐怕连诗人自己都没有意识到。因为，诗人的本意是把这种情绪作为"虚无主义思想"来批判的。于是在诗的后半全力描写了灯光，使得"天黑了，星小了，高空显得黯淡无光"，这显然缺少艺术的说服力。《望星空》的批判者们无法理解，对生死存亡的重视，对人生短促的感慨，未必就是颓废、悲观、虚无。恰恰相反，有时深藏的正是对人生的执着和强烈求索，以及百折不挠的进取精神。《望星空》是继《致大海》之后的又一次人生总结，其间隔了三年的时光，我们明显地感觉到了诗人从焦躁不安到从容沉着的变化。超出了个人与历史之上的"宇宙意识"（借用闻一多语）的产生，以及包含着这种意识的惆怅和感慨使他的明朗豪迈平添了几分深沉，而郭小川一贯的革命理想主义又使他关于人生的思索并不流于颓唐。《望星空》是诗人的思考开始成熟的标志之一。可惜这一思考来不及结出更多丰硕的成果，就被外力的冲击阻断了它的深入。

一个有趣的、值得注意的事实是，与受到批判的《望星空》几乎是同时写出的叙事诗《将军三部曲》（《月下》，1959.2；《雾中》，1959.5；《风前》，1959.8），却受到评论界异口同声的赞扬。其实，如果我们把二者对照起来读，就不难发现它们之间的许多相通之处。将军的月下散步，仰望明月、青天，说："想想吧，世界多么久远！"是为了在大战前夕保持清醒。还有晨雾中关于生与死的思索，历史转折关头大军在风雨中的进发……在这三部曲里，宇宙的时空形象与人物之间比较协调，因而革命者的生死存亡，人生的责任、意义、命运以及与历史必然性的联系，也就得到艺术上比较完整的解答。它与《望星空》在评论界的不同遭遇，必然迫使诗人去捉摸、总结它们之间的成败得失。这就决定了郭小川下一阶级——二十世纪六十年代诗歌创作的主要倾向。

三

诗人的目光不再投向浩渺无垠的星空，而是执着于人间大地可见可亲可住可游的山川城镇了。二十世纪五十年代初"宣传鼓动"式的楼梯式，是诗人充满青春气息的理想主义的体现，呈现出来的是对时空一往情深的向往、憧憬；五十年代末奔放不羁的自由体抒情诗和精心结构的叙事诗，是诗人对人生、生命、命运不倦探求的体现，呈现出来的是有限的自我与无限的时空多种多样地对立与统一的可能性；那么，到了六十年代的"新辞赋体"，这种躁动不安的追索已完全被人定胜天的坚定信念所取代，不再是诗人向茫茫宇宙去探索生命的奥秘，而是无穷时空都已囊括在诗人—革命者的胸襟之中了。

这是与五十年代初大不相同的、自我与时空的又一次协调，诗人仿佛走过了一个上升的螺旋。五十年代初的协调是由于外在时空的吸引力，新的世界一切都充满了活力，与诗人青春的心灵相和谐；六十年代的协调则是由于诗人内在革命精神的强调和发扬，这种精神充实一切而又笼罩一切。诗人不回避外在时空里的险峻艰难，相反，诗人更多地写到这一面，为的是突出那包容一切的革命者的壮志豪情，把严峻和乐观纳入一种辩证地统一的模式之中。这就产生了最具郭小川特色的"新辞赋体"或"新歌行体"。

结构上的纵横捭阖、大开大合、严格对称；笔墨上的铺陈排比，连类描摹，一唱三叹；从这样一种诗歌语言结构里呈现出来的是怎样的一种时空意识结构呢？概括地说，我认为诗人往往是在一个足够大的空间形象里（三门峡、北大荒、塔里木、昆仑山等等），或者步步逼近，层层摹写，或者俯仰观照，往返回旋，从而把空间形象化为时间进程，"化景物为情思"，在把全景组织成一种回旋曲式的节奏的同时，写出革命者涵盖万物的政治化情怀。

俯仰观照，往返回旋。如《厦门风姿》，诗的目光流荡在厦门城与海防前沿之间，写出温柔与威武、秀丽与庄严、美的风姿与英雄气概之间的对立统一，角度和方位的来回变化，最酣畅淋漓不过地抒发了诗人的赞美之情。至于《甘蔗林——青纱帐》《青纱帐——甘蔗林》两首，北方的青纱帐和南方的甘蔗林完全是空间形象的时间化（也可以说是时间观念的空间化）。两者之间的反复咏叹，是香甜和严峻、遥远和亲近的对立统一，是诗人对战斗青春的殷切呼唤，是要把革命年代的精神渗透今天生活的愿望。在这里，时间率领着空间完成了一种"时空合一体"，使虚的时间观念获得实的空间形象，又使实的空间形象获得流动的美。

步步逼近，层层摹写。如《茫茫大海中的一个小岛》，地图上找不着，南海边看不见，到了附近也不辨虚实，停在岸边也摸不透，由大入小，极写其小；可是一登上这个岛，上山峰，下隧道，望海洋，就发现这里"装满了伟大的理想和英雄的气概"，"天再大，它也能装；海再广呀，它也能管"，由小见大，极写其大。《西出阳关》和《昆仑行》，出关，入山，愈行愈远，愈攀愈高，其景愈加壮观而其情愈加激昂，革命的豪情壮志像一个主旋律的反复吟唱，不断扩展，雄浑阔大的空间形象被音乐化、情感化了。

无论是步步逼近还是往返回旋，诗人的自我在外在时空里都俯仰自如，进退有序，有如鸟飞于天，鱼跃于渊。不再是人被宇宙无条件地吸引，也不再是人与宇宙的对峙、抗衡，而是人在时空中的自由自在的往返、流连，透出一种生生不息的辩证的革命精神，笼罩万物，涵盖乾坤。毫无疑问，这正是六十年代高度政治化的时代精神的体现——"占三尺地位，放万丈光辉！"（《祝酒歌》）这是郭小川自己的座右铭，它显示出来的正是这种从有限中获得无限，从无限中又回归有限的时空意识。

也正是在这一点上，郭小川获得了与中国古典文化的美学精神相通的地方。诗人艾里略说过："创造一种形式并不是仅仅发明一种格式，一种韵律或节奏，而且也是这种韵律或节奏的整个合式的内容的发觉。"（转引自宗白华《美从何处寻》）郭小川的"新辞赋体"或"新歌行体"与中国古典诗词的联系不仅仅在它的语言和结构，而且在由这种语言结构表现出来的与之相通的时空意识！不是像西方浮士德那样的彷徨不安的追求无穷，而是"俯仰自得，游心太玄"，在时空中往返回旋，从有限中获得无限，宇宙万物已经包容在诗人的襟怀之中了。《易经》里的"无往不复，天地际也"，古代画论里的"以大观小，大小相形，虚实相生"，文论里的"观古今于须臾、抚四海于一瞬"，诗论里的"神理流于两间，天地供其一目"，等等等等，构成了这一时空意识的哲学—艺术传统。郭小川成功地汲取了这一传统的精华。（应该指出，诗人扬弃了这一传统里"既出世又入世"的所谓"超脱"，他始终以革命实践的精神赞颂人间大地的战斗生活）在他写于六十年代的那些诗篇中，他的情思流荡在这样一些两两对立的空间形象之间：南方的甘蔗林和北方的青纱帐，茫茫大海和区区小岛，煤都安静的地面和喧腾的井下，"进去出不来"的大沙漠和整个世界革命……在一系列的铺陈排比、连类摹写中，他表达出一种包容宇宙的革命者的伟大精神。在《他们下山开会去了》（写于一九六四年，可以说是"文革"前郭小川写的最后一首诗）里，一本神奇的小书成了这一精神的集中象征：

　　　　世间再也没有别的珍宝，

　　　　比它的价值更为高昂！

　　　　生活和战斗，

　　　　无不在它里面闪亮；

　　　　过去和未来，

　　　　无不在它里面包藏；

　　　　理想和现实，

　　　　无不在它里面放光；

　　　　红花和绿果，

　　　　无不在它里面喷香。……

　　郭小川毕竟是一个认真而且诚恳地思考生活的诗人。对于人生、生命、命运的思索，必然以更加现实和尖锐的形式，重新翻腾在诗人的心中。写于一九七五年秋的《团泊洼的秋天》

和《秋歌》，应该说是诗人郭小川的绝唱，也是他继《致大海》和《望星空》之后的第三次人生总结。在这"矛盾重重的诗篇"里"充满着嘈杂"，在那个年代必不可少的一些口号下掩藏着真正的沉痛和激愤。诗人再次强调：这里"写出了自己的哲学"——"战士的歌声，可以休止一时，却永远不会沙哑；战士的明眼，可以关闭一时，却永远不会昏瞎。""我知道，总有一天，我会衰老，老态龙钟；但愿我的心，还像入伍时那样年青。我知道，总有一天，我会化烟，烟气腾空；但愿它像硝烟，火药味很浓，很浓。"不再是《致大海》里对温暖的人生的憧憬向往，也不再是《望星空》里面对无限时空的惆怅和追求，而是洞察人生奥秘、生死置之度外的从容和执着。诗人的"心胸烧得大火熊熊"，是一腔越出小小团泊洼而飞向晴空的激情。瞬间和永恒，生与死，有限和无穷，就在这一腔激情中碰撞出耀眼的火花。在中国革命的历史进程遭到史无前例的挫折而又面临新的转机的时候，这两首诗蕴含的历史心理内容具有惊人的深刻性。

四

郭小川（以及他的同时代人）首先是战士，革命者，然后才是诗人，文学家。他首先追求的是"斗争的文学"，然后才是"很多很多新颖而独特的东西"。（郭小川《月下集·权当序言》）而这种新颖，这种独特，恰恰是斗争所赋予他的，是他在斗争里体验和把握到并表现在自己的艺术里的。

他们经历了大时代的急遽转换，在大军挺进的行列里跨越了辽阔的国土。对于他们来说，空间的发现和征服是伴随着历史的时间进程而实现的，个人的人生道路也与这一进程融为一体。个人有限的生命通过革命事业与历史的必然性相通，从而获得无限的意义。就郭小川的诗歌而言，时间意识（尤其是历史的时间）显然比空间意识远为重要。如果说郭小川喜爱那些宏大雄浑的空间形象，也只是因为足够大的空间才能化为足够长久的时间历程，使诗人的革命情怀得以酣畅淋漓地抒发罢了。在这里空间的阔大并不是空间的胜利而是空间的被克服。空间形象总是在时间的率领下有节奏地呈现。

另一方面，以历史唯物主义作为自己的世界观的诗人，外在空间总是被视作实践的对象，改造、征服的对象，因而总是带有时代的、历史的和理性的印记。郭小川总是在同一空间的事物里看到历史阶段的纵向排列（如甘蔗林和青纱帐），在每一个现时的现象里看到过去的痕迹、当代的顶点或者未来的趋势。他对新生的欢喜和对陈腐的憎恨都是同样强烈的。他的"现在"总是联系着"过去"和"未来"，而且在这二者的往返回旋中表现极其鲜明的历史感和使命感。这样，空间形象的并列性往往在他的诗歌里化为时间过程的连续性。

这样一种艺术化了的时空感，这样一种理解世界的哲学—艺术方式，是郭小川艺术才能的最最有力之处，但同时也是他的薄弱之处。这一点使他对很多很重要的东西视而不见，现实的复杂性和多结构性往往不能进入他的艺术视野。他比他的同时代人多一点辩证法，懂得现实生活中严峻的一面，却使他以更加单纯的理想主义来平衡自己。他多多少少把世界简单化、单纯化了，把无比繁复的世界纳入了一种两两相对、相反相成的模式。诗人的自我与外在时空相结合的无限的潜在可能性被艺术地简化成一种或两种。郭小川的空间是宏大然而拥挤的（贺敬之的就比较空疏），充满了嘈杂和活跃的声音。时间空间的往返回旋，带来郭小川诗歌的气势和速度感，使他那种严格对称的结构和铺陈排比的笔墨不显得迟滞呆板，而是别有一种流动的韵味和沉着从容的气度。如果说诗的意境有高度、广度、深度之分，那么郭小川是属于那种风格横放的诗人，诗境以阔大为主，而缺少高远和深沉。只有在他的几部叙事诗中，能够以真情挖掘人性的深处，达到某种艺术的震撼力量。

从郭沫若的《女神》到郭小川的全部诗作，中国新诗里的时空意识发生了非常有意思的演化。这既是时代、社会变迁的投射，又是诗人们理解世界的方式的改变。郭沫若（早期）是彻头彻尾对中国传统时空观的反叛和挑战，郭小川则是对传统时空观的继承、扬弃和革命化的改造。近年来新诗里的时空意识又存了许多全新的变化，呈现出五彩缤纷、扑朔迷离的状态。在这种情况下，对现当代有代表性的诗人的时空意识，做一些总结和探讨，不会是没有益处的。

1983年9月27日二稿

艾青：从彩色的欧罗巴带回了一支芦笛

对于本文题旨来说，艾青这个名字的独特意义，似乎是他在进入诗坛时"相对纯粹"的文学背景。但这多多少少是一种错觉。

诚然，与中国新文学史上一切有成就的作家一样，艾青从不讳言他是在外国文学的直接影响下开始创作的。但是，与接触外国文学时就已具有深厚的中国古典文学修养的第一代作家如鲁迅、郭沫若等不同，艾青是呼吸着全新的文艺空气而长大的。"我所受的文艺教育，几乎完全是'五四'以来的中国文艺和外国文艺。对于过去的我来说，沙士比亚、歌德、普希金是比李白、杜甫、白居易稍稍熟识一些的。和我年龄相仿佛的文艺青年，都有相似的经历。"（《谈大众化和旧形式》）这一点决定了作为"五四"的儿女们的那一代作家的许多长处和短处。

在摆脱历史惰力方面的绝少羁绊，在汇入世界文学潮流时的创新勇气，用现代眼光观察现代生活时的敏锐方式，都是与他们在本民族的传统中扎根不深的短处交融在一起的。他们在自己的创作生涯中愈来愈深切地体验到了这一缺憾。像艾青，从四十年代后期起，就曾付出了卓绝的努力，甚至不惜弃绝了自己的长处来补此所短。

可是我们会不会一直夸大了其所短而对所长估计不足呢？且不说"五四"以来的新文艺已构成了战斗的同时也是民族的传统，而世界进步文艺尤其是无产阶级文艺本来与我们有着血肉的关系，即使是象征派等非现实主义的文艺流派，也可能并非与我们的民族传统毫无相通之处。正是在艾青身上我们看到，即使在仿佛最远离本国文化遗产的地方，民族传统也在（通过诗人不可替代的个人经历，通过大时代的催化和制约）潜在地发挥着作用。

否则，我们就很难解释，艾青从"彩色的欧罗巴带回了一支芦笛"，忧郁而又愤激的吹奏怎么会一下子轰动了三十年代的中国南方和北方。然而这只是下述更深刻的情势的必然结果：到了二十世纪三十年代，中国已成了整个世界不可分割的一部分。这不仅在政治的、经济的意义上，而且在文学潮流的意义上，都是如此。

一

我们知道，从一九二九年春到一九三一年一月底，青年艾青（从19岁到21岁）"在巴黎度过了精神上自由，物质上贫困的三年"。（见《艾青诗选·自序》）他半工半读，学习绘画、法语，并且接触到了法、俄大诗人们的诗。

这是艾青本人开列的，他在巴黎"爱上"的艺术家的名单：

莫奈，马奈，雷诺阿，德加，莫迪利阿尼，杜飞，毕加索，尤特里罗。（见《母鸡为什么下鸭蛋》）[1]

这个名单需要做一点重要的补充。"后印象派"的两位画家，高更和凡·高是不应遗漏的。艾青不仅熟悉他们的生平和艺术风格，而且在诗歌中也留下了他们影响的痕迹。（参看黎央《艾青与欧美近代文学和美术——有关往事的回忆和随感》）

在巴黎，艾青读了一些译成中文的俄国小说：果戈理的《外套》，屠格涅夫的《烟》，陀思妥耶夫斯基的《穷人》，安德烈耶夫的《假面舞会》等等。还买了几本译成法文的俄罗斯的诗：普希金诗选，勃洛克的《十二个》，马雅可夫斯基的《穿裤子的云》，叶赛宁的《无赖汉的忏悔》。也读了一些法国诗：《法国现代诗选》，阿波利奈尔的《醇酒集》等。其中，象征派

---

[1] 艾青把他们都列入"后印象派"（post-impressionism），这并不准确。

诗人波德莱尔、兰波、古尔蒙和维尔哈伦是值得我们注意的。此外，艾青曾受影响的英美诗人是拜伦、雪莱和惠特曼。（参看《母鸡为什么下鸭蛋》《关于叶赛宁》，以及周红兴《就当前诗歌问题访艾青》）

最后，还必须提到一部严格说来并非文学作品的书：《新旧约全书》。

这个名单已大致呈现出艾青所受的近代外国文艺影响的基本面貌。为了使进一步的分析不致流于琐细，有一个概貌在胸是必要的。

首先，流派（印象派、象征派、超现实派、未来派等）、体裁（绘画、小说、诗歌等）、国别（俄、法、比、意、英、美等）的多样性是显而易见的特点。因此，"综合性影响"即多方面造成的总效果是比一二位大师的"移植"更为重要的。同时，这里的多样性并不表现为杂乱无章的集合。存在着各种各样的亲缘关系：印象派画家与象征派诗人之间，超现实主义与未来主义之间，旧俄罗斯作家与十月革命诗人之间……理出其中的内在逻辑（体现到艾青的独创性劳动之中）将会是非常有益的。

其次，青年艾青当时"没有条件进行有系统的学习和阅读，只能接触到什么吸收什么"。（《母鸡为什么下鸭蛋》）因此，他接触的主要是作品而不是流派的宣言一类成体系的东西，所受的影响主要不是理论的灌输而是艺术的感染：情绪的共鸣、意象的启发、感觉的契合，等等。同时，这些艺术家并不是"整个地"进入他的学习视野的，他们的形象很可能就局限在艾青当时接触到的那一部作品之内。

再次，由于阅读法文诗和用法文译成的俄国诗的一个重要目的是学习法语，因而在阅读的过程中会不自觉地把这些诗"内在地"译成自己的母语。这必然在外形式上（如句法、诗行的排列，甚至标点的使用等）极大地影响艾青未来的"诗的思维"[1]。

但是，这个名单提示给我们的最重要的总体特征究竟是什么呢？

从马奈到毕加索，从波德莱尔到马雅可夫斯基，都经历了艺术史上极为错综复杂的发展。当我们透过青年艾青的眼光来注视他们时，感受到的却是骚动不安的当时当地的时代气氛。从二十世纪初起，巴黎就是各种先锋派艺术迭相更替的旋涡中心，无数才华横溢、心怀不满的艺术家聚集在拉丁区，从事着标新立异的创造。到了"红色的三十年代"，由于与法西斯政权的斗争和经济大萧条中劳资的冲突，知识分子普遍向左转，欧美正孕育着革命情绪的新高涨。这也促进了种种现代派艺术的分化。时代造就了两股潮流的有机汇合，它们的共同点是激扬的反叛情绪。把两者等同起来是错误的，它们之间的本质区别显而易见。但是，在很大的程度上，政治上的造反激发了并

---

1 "艾青的诗里运用很多的'的'字，是否与居留法国三年有关？法语的'de'字也是很多的。"（柳门：《中国抗战文学国际座谈会在巴黎》，1980）。

改造着艺术上的造反，决定着后者的发展趋向[1]。正是在这两股潮流的汇合点上，作为"地主的逆子"和"农人的乳儿"的青年艾青出现了。

在巴黎，他参加了世界反帝大同盟，听过这个组织的最早发起者、共产党作家巴比塞的讲话。他也参加过印象派头头莫奈的"独立沙龙"的画展。艾青说："强烈排斥'学院派'的思想和反封建、反保守的意识结合起来了。"（《母鸡为什么下鸭蛋》）

在那里，

我曾饿着肚子，

把芦笛自矜的吹，

人们嘲笑我的姿态，

因为那是我的姿态呀！

人们听不惯我的歌，

因为那是我的歌呀！

——《芦笛》

这是一个独立不羁的行吟诗人的形象。这一形象是时代气氛

---

1 参看蔡特金《列宁印象记》："混乱地激动，狂热地寻求新的解决办法和新的口号，今天'赞美'某些艺术和精神的倾向，明天'把它们钉在十字架上'！——那一切是不可避免的。革命正在解放那向来受压制的一切力量，把它们从深处推到表面上来。……"

与诗人个性相融合的产物，是双重反判的综合：艺术上作为一个青年艺术家对保守的、古典主义传反叛，政治上作为一个半殖民地农村青年对资本主义丑恶现实的反叛。上面提到的众多的艺术家，正是在这双重的反叛中成为青年艾青的知音、伙伴或引路人。这一双重的反叛成为他学习、接受近代外国文艺时的共鸣点、敏感点。它决定了艾青的择取、吸收、迎拒和扬弃。

辩证地理解这一双重反叛的消长起伏、曲折发展过程，乃是一个关键：艺术的追求怎样服从革命的追求，思想上的斗争又怎样体现为美学上的斗争。我们将从这一点上去把握前面提到的"综合性影响"的有机整体，尽管我们的叙述多多少少仍会是简单化了的。

二

诗人艾青在创作上受印象派绘画的影响是极带根本性的，它涉及了艾青感受世界和艺术地再现世界的基本方式。这一点至今未得到很好的阐述[1]。

在巴黎，绘画是他的专业，而读诗、写诗是"业余爱好"。

---

1 这里存在的困难是，目前能见到的艾青的美术作品非常之少，而诗与画两种艺术体裁之间的比较又需制定一套允当的标准和方法。无论如何，现代文学史上类似的现象是很值得研究的：以学习美术始而以诗名扬的还有闻一多、李金发等人。

绘画之余，他"开始试验在速写本里记下一些瞬即消逝的感觉印象和自己的观念之类。学习用语言捕捉美的光，美的色彩，美的形体，美的运动……"（《母鸡为什么下鸭蛋》）着重号是我加的。这段话明确地证明了艾青诗歌与印象主义画派从一开始就有的那种血缘关系[1]。显然，艾青开始写诗时是用语言来"作画"，而且是用印象派的画法来"画"的。如："紫蓝的林子与林子之间／由青灰的山坡到青灰的山坡，／绿的草原，／绿的草原，草原上流着／——新鲜的乳液似的烟……"（《当黎明穿上了白衣》）这不就是一幅捕捉瞬间印象的速写么？[2]

对于从小喜爱民间工艺品、从小画了"大红大绿的关云长"送给他的乳娘的艾青，对于在西湖艺专受过林风眠艺术熏陶的艾青，喜爱印象派绘画是很自然的事情。艾青说："我知道的印象派画家很多，但知道的诗人却很少。作为一个中国人，画是很容易了解的。"（柳门《中国抗战文学国际座谈会在巴黎》）在印象派绘画里最早出现了东西方两种不同绘画体系的交融：

---

1 莫奈："我想在最容易消逝的效果之前表达我的印象。"毕沙罗："要豪迈和果断地画画，最好不失掉你所感觉到的第一个印象。"塞尚："方法……就在于给你的感觉找出适当的表现方式，并在这些感觉的基础上创造自己的美学。"

2 参看艾青写于离法回祖国的路上的那几首诗：《阳光在远处》《那边》等。

写意艺术与写实艺术的邂逅。¹东方艺术的风格影响在高更和凡·高的身上最为鲜明。塞尚说过："高更不是画家，他只搞了些中国玩意儿。"²凡·高甚至用毛笔作画以模仿日本的技法。他们恰恰是艾青最喜爱的两位画家³。

艾青对"感觉""印象"的态度与印象派的不同之处，表现在这样一些论述里："诗人应该有和镜子一样迅速而确定的感觉能力——而且更应该有如画家一样的掺和自己情感的构图。""不要满足于捕捉感觉：感觉被还原为感觉，剩下来的岂不只是感觉吗？不要成了摄影师；诗人必须是一个能把对于外界的感受与自己的感情思想融合起来的艺术家。"（《诗论》）这样的看法更接近于"后印象派"的高更和凡·高。对他们来说，色彩不再是感觉印象的"记录"，而是"象征""暗示"，是欲望和激情的"表现"。印象派解放出来的色彩在他们的笔下成为原始生命力的燃烧。凡·高的画里，大地像沸腾的火球，树根痉挛地伸向地下，高树繁枝向着太阳舞蹈。艾青在《向太阳》一诗里高度推崇了凡·高

---

1 印象派画家们狂热地收藏并学习日本浮士绘大师葛饰北斋和喜多川歌麿的作品。一幅浮士绘木刻出现在马奈的左拉肖像画的背景中，另一幅出现在凡·高的《唐吉·老爹》的肖像画中，还有一幅出现在他的《一只耳朵扎着绷带的自画像》中，高更的《静物和日本版画》是另一个例子。参着赫伯特·里德《现代绘画简史》。

2 见宗白华译《欧洲现代派画论选》。

3 值得注意的是，这两位画家与艾青最喜爱的两位象征派诗人有着奇妙的"对应关系"："要理解兰波《灵光集》中的'神秘'一诗那种'晦暗、隐秘和不可解的东西'，在高更的画《雅各与天使搏斗》当中就有一把钥匙，而凡·高作品中那种心理冲突在爱弥尔·凡尔哈仑的诗中也可以找到。"贝玛丽·蓄窦《文学与艺术》。

"燃烧的笔"和"燃烧的颜色"。

当艾青从绘画转向诗歌时，印象派画家们的下述美学要求起了极重要的作用：迅速而准确地把握感觉印象，并将之清新而明晰地再现为视觉形象。[1]也许正是这一准则使他对象征主义诗歌中的"神秘主义"获得了免疫力。但是高更、凡·高强调主观情感对感觉的渗入，强调原始生命力的表现，以及伴随而来的对艺术家独立人格的推崇，则使艾青"从气质上"与象征派的诗人们达到某种接近。

正像高更笔下塔希提岛土人简单纯朴的生活形象，凡·高笔下炽烈阳光里农人劳动的画面，艾青对原始生命力的讴歌是凝聚在粗豪狂野的"一切流浪者"身上。不难感觉到《透明的夜》《卖艺者》等诗里汹涌着一种"蛮野"的气息。

作为地主的逆子，艾青从小"幻想到群山里做一个强盗"，为"终止一切不合理的制度，每天在仗义的冒险里高歌"。可是，他却成了诗人。他宣布："当我已遗失了竹叶刀的时候，我要用这脱落了毛羽的鹅毛管，刺向旧世界丑恶的一切。"（《强

1　有意思的是，对瞬间印象的捕捉，并不是中国绘画的要求，而是中国古诗的美学准则，国画要求"成竹在胸"，要求"搜尽奇峰打草稿"，要求"意在笔先"，古诗却要求自然意象的"特写性"，所谓"身之所历，目之所见，是铁门限"（王夫之），所谓"作诗火迫亡遁，清景一失后难摹"（苏东坡）。同样，国画一般不重视光、阴影、明暗，色彩变化，而古诗却相对地讲究光的变化造成的色彩效果和空气感："江暗雨欲来，浪向风初起"（何逊），"日落江湖白，潮来天地青"（王维）。我们看到，入迷地学习印象派绘画的艾青在这里与中国诗歌的美学传统不期而遇。

盗与诗人》)[1]他绝不放下自己的武器。

> J'avais un mirliton que je n'aurais pas éch-
> angé contre un bâton de maréchal de
> France.

艾青写于狱中的《芦笛》(1933)一诗用了阿波里奈尔的这两句诗为题词，译成中文便是："当年我有一支芦笛 / 拿法国大元帅的节杖我也不换。"[2]而后，艾青又不止一次地用李白的两句诗，重复了同样的意念(《诗人论》，1939;《了解作家，尊重作家》，1942)：

> 生不用封万户侯，但愿一识韩荆州。

这种诗人的自尊或自傲是浪漫派以及后浪漫派(即象征派)诗人突出的特征。浪漫派诗人辄以天鹅自喻，象征派鼻祖波特莱尔却把自己比作在海天自由飞翔，在甲板上受尽侮弄的信天翁："一旦堕落尘世，笑骂尽由人，它巨人般的羽翅妨碍

1　这首诗亦可叶赛宁的《所有的人都从小时候……》《小小的森林》等诗比较。

2　阿波里奈尔 (G. Apollinair，1880—1918)，不仅是法国现代派诗人的先驱，而且在现代绘画史上也有很重要的地位。他所开创的楼梯式诗歌后来由马雅可夫斯基发展为 种富有表现力的诗歌形式。

它行走。"(《信天翁》)象征派笔下的诗人形象，既高贵又卑贱，既严肃又放纵，一腔热忱而又满心颓丧，崇高的使命感与孤独的寂寞感同样浓烈。艾青也写道："他们常常鄙视人所珍贵，珍视人所唾弃，向君王怒视，又向行乞者致礼……我相信他们可能奉灵感为至圣，以露水与花瓣为餐，以草叶为衣冠；他们行吟；他们永远地流浪……"(《诗人论》)

　　由于诗人的个性，也由于他坎坷的遭遇，这样一种"诗人观"始终伴随着艾青的创作生涯。只是在认识了真正的"韩荆州"即工农兵之后，才有所改变。不难理解，只从手法等方面去谈论象征派的影响会是非常表面的。几乎任何诗歌都可能采用象征、比喻、暗示、烘托、对比、自由联想、拟人化等等艺术手法。而感受世界的方式以及与此相关的整个艺术气质，才是更根本的。我们知道，艾青自小"就感染了农民的忧郁"(《大叶荷，我的母亲》)；行在西湖边上，他常常"用自己喜爱的灰暗的调子，诚挚的心，去描画自己所喜爱的景色"(《忆杭州》)在巴黎，他又过着半流浪式的生活。象征派的浪子情调渗入到青年艾青的艺术气质中去是不奇怪的。在《画者的行吟》《雨的街》《我的季候》等诗中，正是秋雨残叶的感伤而不是通感、暗喻之类的技巧，让我们认出了象征派的印痕："如今啊，我也是个 Bohemien 了。"(《画者的行吟》)[1]然而艾青的忧郁毕竟不同于波特莱尔们"巴黎的忧郁"。艾青后来一再为自己所做的辩解是完全有道理的:"叫一个生活在这年代的忠实的灵魂不忧郁,这有如叫一个辗转在泥色的梦里的农夫不忧郁,是一样的属于天真的一种奢望。"(《诗论》,1939)

能不能把"消极""积极"弄成一种抽象的艺术标准呢?很多时候,"积极"的作品表现了虚假的乐观或只是善良的愿望,而某些所谓"消极"的作品却可能与那一时代最深刻的焦虑相联系。显然,在那样的年代,艾青的忧郁是一种更深沉的"力"的表现。艾青正是这样写道:"把忧郁与悲哀,看成一种力!把弥漫在广大的土地上的渴望、不平、愤懑……集合拢来,浓密如乌云,沉重地移行在地面上……伫望暴风雨来卷带了这一切,扫荡这整个古老的世界吧!"(《诗论》)把象征派无力的"忧郁"变成为有力的"忧郁"的,并不只是艾青一个人。戴望舒,甚至李金发都在抗战的高潮中转变了诗风——大时代的催化起了决定性的作用。

最能说明艾青心目中的诗人形象的,莫过于在他的诗作中多次出现的耶稣。这个形象,有时代表受难的中华民族,有时

---

1 《落叶集》(1982)里把 Bohemian 注为"流浪汉",似不准确。应译成"波希米亚人",特指"放荡不羁的艺术家"。

象征被叛卖的烈士或人类的救星[1]。但更多的时候，似应把他看作与《吹号者》一样，"只是对于'诗人'的一个暗喻，一个对于'诗人'的太理想化了的注解。"（《为了胜利——三年来创作的一个报告》）《圣经》故事的引用是整个西方文学的传统。把耶稣的形象作为一种象征，与新时代的革命联系起来，则是俄国诗人马雅可夫斯基、勃洛克、叶赛宁等人的首创[2]。深受这些诗人影响的艾青对这一象征性形象的偏爱，只能以他对个人与时代的关系的理解来说明。艾青不止一次地抒发了这样一种献身于时代的殉道精神："为了它的到来，我愿意交付出我的生命/交付给它从我的肉体直到我的灵魂/我在它的前面显得如此卑微/甚至想仰卧在地面上/让它的脚像马蹄一样踩过我的胸膛。"（《时代》）这种献身的激情，又是与拜伦、雪莱等浪漫派诗人一脉相通的。

作为一个殉难者兼救世者，诗人必须勇于审视现世的苦难、血和污秽，"必须把世界映进你深不可测的瞳仁之底"。（《诗论》）而"丑"和"恶"，作为审美范畴，却是由波特莱尔首先成功地引入诗歌的创作实践之中的。

1　艾青引用《圣经》或《圣经》故事的诗篇有：《一个拿撒勒人的死》（1933），《病监》（1934），《马槽——为一个拿撒勒人诞生而作》（1936），《笑》（1937），《火把》（1940），《播种者——为鲁迅先生逝世四周年纪念而作》（1940），《给姊妹们》（1942）以及《诗人论》（1939）。

2　如勃洛克《十二个》的结尾，在十二个巡逻的赤卫军战士（十使徒）的前而，出现了引路的耶稣的形象，他"拿着血红的旗子，带着白色的玫瑰花环"。

人将说：“我们都是拥抱着

我们的痛苦的基督。”

我们伸着两片红唇

允吻我们心中流出的脓血。

我肺结核的暖花房呀，

那里在150°的温度上，

从紫丁香的肺叶，

我吐出了艳凄的红花。

　　这不是波特莱尔的诗，而是艾青狱中所作《病监》（1934）中的两段[1]。在法国文学中，是浪漫派大师雨果首先确立了“丑”在艺术中的地位[2]。但他只是把“滑稽丑怪”作为崇高优美的陪衬和烘托。当波特莱尔直接从“丑”中生发出美来的时候，当时流放在盖尔勒赛岛上的雨果就对《恶之花》的作者大加赞扬，写信给他说：“你创造了一种新的战栗！”（史笃姆《波特来耳研究》）波特莱尔认为：“艺术有一个神奇的本领：可怕的东西用艺术表现出来就变为了美；痛苦伴随上音律节奏就使人心

1　据朱光潜先生的意见，《恶之花》亦可译成《病之花》。

2　《〈克伦威尔〉序》：“自然中的一切在艺术中都应有其地位”，“丑就在美的旁边，畸形靠近着优美，粗俗藏在崇高的背后，恶与善并存，黑暗与光明相共”。

神充满了静谧的喜悦。"在他的诗作中，充斥着长满了虱子的狗、衣衫褴褛的乞丐，以致骷髅、蛆虫、脓血，展现出一片"恶魔般的美"。

世纪末的浪子们以此向贵族文化的审美意识发起严重的挑战。新时代的东方革命者却改造了这一艺术武器，为解除大众的苦难而斗争。当艾青从"拥抱自己的痛苦"走向拥抱大众的痛苦时，他正确地写道：

苦难比幸福更美。
苦难的美是由于在这阶级的社会里，人类为摆脱苦难而斗争！（《诗论》，1979）

与波特莱尔对"丑"的描写充满了戏谑不同，艾青对苦难的描写渗透了同情或愤怒。《乞丐》《补衣妇》《赌博的人们》这样的诗篇不用说了，《人皮》《死难者画像》《纵火》更是以近乎冷酷的笔触，刻写了日本法西斯令人发指的罪行。如《人皮》（1938）：

无数的苍蝇
就在这人皮上麇集
人皮的下面
是腐烂发臭的一堆
血、肉、泥土，已混合在一起……

而挟着灰色尘埃的风

　　在把这腐臭的气息

　　吹送到遥远的四方去……

　　为的是要让同胞们记住，刻骨铭心地记住侵略者的兽行，记住仇恨和耻辱[1]。

　　如果说波特莱尔突破了浪漫派后期风花雪月的樊篱，揭示了现代大城市的种种罪恶，那么马雅可夫斯基就以更加大胆和奇兀的描写，在诗的领域里刮起"共产主义未来派"的旋风。在《穿裤子的云》（1915）里，诗人的心在燃烧，诗句冲出嘴唇就像"赤身露体的妓女们逃出着火的妓院，到处是皮肉的焦臭"！

　　马雅可夫斯基这种粗暴的诗风和惊世骇俗的新鲜比喻，在艾青早期诗作中的影响是相当明显的。他那不可遏止的政治激情，资本主义大都市生活的描写，以及与此相关的工业性比喻，则是艾青加以极好地消化的重要艺术经验。郭沫若曾在《女神》里赞颂近代工业文明，工厂烟尘被喻为"黑色的牡丹"。艾青却写道："烟囱！ /你这为资本所奸淫了的女子！ /头顶上 /忧

1　曾经有人指责艾青"有自然主义的倾向"，艾青认为："这是源于我的有些诗，采取了冷静的或是反拨的态度去写作的一种误解。"（《为了胜利——三年来创作的一个报告》）什么足"反拨"呢？"反拨的语言，是诗人向被否定的一面所提出的良心的质问。"（《讨论》）这很清楚地说明了艾青在把"丑"转化为艺术时的立场、动机。

郁的流散着 / 弃妇之披发般的黑色的煤烟……"（《马赛》）前者完全是中国古典式的、农业性比喻，后者则全然是现代人的审美意识了。这里不仅有着对资本主义文明深一层的认识，也见出艺术表现手段的进步和领域的扩展。

马雅可夫斯基以"未来的主人"的姿态出现于大都市之中，带着一种狂暴的豪迈。艾青却是以一个半殖民地农村青年的眼光来注视这一片喧嚣的。茫然多于眩惑，愤激多于赞叹，他的心情是矛盾的[1]。艾青最深沉的爱仿佛永远属于那"卑微的村庄，可怜的村庄"。这使我们想起了俄国诗人叶赛宁。

"由于我生在农村，甚至也曾喜欢过对旧式农村表示怀恋的叶赛宁。"（《艾青选集·自序》，1951）着重号是我加的。这段话有两层意思：对这位俄罗斯"最后的田园诗人"曾有过的共鸣以及后来的"清算"。也就是《没有弥撒》（1940）这首诗："让顽固的叶遂宁 / 看着那'铁的生客'而痉挛吧；/ 我们要策着世纪的骏马 / 在这旷野上驰骋！"这"清算"是冷峻的，充满了理性。可是共鸣毕竟是共鸣，它的基础是情感[2]。八十年代的艾青对叶赛宁有较

1　这一矛盾只是到了人民成为城市和乡村的主人的时代，才得到了解决。这种解决最鲜明地体现在艾青作于 1979 年 5 月的长诗《大上海》中。

2　近代工业文明对于田园诗具有某种"敌对性"，诗人的敏感和担忧有其合理的一面。这对懂得"环境保护""生态平衡"的我们来说，应是不难理解的了。其实赛宁也并不一味地反对"铁的生客"。《淡淡如水的月亮》一诗就表现了这样的矛盾心理："我不知道我将会怎样……/ 也许在新的生活里我毫无用场。/ 我希望：可怜贫穷的俄罗斯 / 穿上钢铁的衣裳。"

为允当的评价："从意象主义者们中间出来，以旧俄罗斯农民的眼光，看着暴风雪疾驰而至的心情迎接了革命。他的诗充满了哀怨，留给人们以难忘的纪念。"（《关于叶赛宁》，1981）艾青最为欣赏的还是他的抒情才华："他的诗，和周围的景色联系得那么紧密、真切、动人，具有奇异的魅力，以致达到难于磨灭的境地。"（《关于叶赛宁》）这也是艾青本人达到的境界。灌木林中鸟翅的悉索，高粱叶上圆润的露珠，篝火照耀下迷漫的白雾，这一切都亲切、熟识、感人，又都融入了艾青对自己这片土地儿子般的一往情深。

最值得注意的是叶赛宁这两首诗：《母亲的来信》和《回答》。艾青在《关于叶赛宁》一文中概略而完整地复述了这两首诗的内容。儿子未能守在家园"耕田扶犁"、生儿育女，双亲深感失望。叶赛宁回信说，他们根本不能明白他"活在这个世界上／应该做些什么"。他已卷入了革命这一"春天的急流"，用"战斗的笔杆发挥着威严"。艾青的《我的父亲》显然受到这两首诗内在的启发。上一辈人破碎的、黯淡的企望，诗人"奔走在解放战争的烟火里"时的决绝心情，是同样鲜明的。但艾青是把父亲的形象作为大时代里的一个典型人物来刻画的，这就使全诗成为与《大堰河——我的保姆》一样重要的姊妹篇。

叶赛宁与马雅可夫斯基，两位诗人几乎处处不同：一个是那么温柔，一个却如此粗暴；一个充满了怀旧和依恋，一个却向着未来大呼猛进；一边是旧农村白桦林的絮语，一边却是大都市钢与铁的轰鸣。倘若我们用刚健来弥补叶赛宁的忧伤，以沉郁来节制马雅可夫斯基的浮器，就可能大致地得到凡尔哈仑的诗风。艾青不止一次地说过："而我最喜欢、受影响较深的是比利时大诗人凡尔哈仑的诗，它深刻地揭示了资本主义世界的大都市的无限扩张和广大农村濒于破灭的景象。"（《艾青诗选·自序》，1978）

凡尔哈仑是艾青唯一翻译过的诗人。[1]他是象征派里诗风较为雄健的一位诗人，具有更多的现实主义倾向，有着令人惊叹的善于观察、精于描绘的艺术才华。像凡尔哈仑那样具体而生动地把握感觉，有机地组合富有蕴藉的意象，由此产生出多层次的联想，既繁复又单纯的总体艺术感受，乃是艾青最突出的艺术特长。从《旷野》《吊楼》《浮桥》等一系列诗篇中，我们不难发现这位比利时工人党党员所激发的大量灵感和激情。

而惠特曼的雄浑和宽广，就像最深沉的底色一样出现在上述所有诗人的背后。"我们喜欢惠特曼、凡尔哈仑，和其他许多现代诗人，我们喜爱《穿裤子的云》的作者，最大的原因当是由于他们把诗带到更新的领域，更高的境地。"（《诗的散史美》）用现代口语写自由体诗，产生的巨大容量、弹性和活力，为表现现代生活的哲学气氛和心理内容创造了条件。很难设想身处极端矛盾、激烈、多变的大时代的艾青，会不采用这种诗体来写作。惠特曼的诗接触整个日常的现代生活。他的总主题："平等"，使他嗜好用具象的充分列举来产生累积性的艺术

1　译诗集《原野与城市》，1948年上海新群出版社版，收凡尔哈仑诗九首：《原野》《城市》《群众》《穷人们》《来客》《惊醒的时间》《寒冷》《风》《小处女》。

效果。排比的爱好有时也给艾青带来过于松散和重复过多的缺憾；然而惠特曼的最重要影响依然是那对民主政治坚定而热情的讴歌与向往。

这是又一种笼罩全体的光辉。

在艾青面前闪耀着实实在在的新时代的曙光，理想不再是空泛的憧憬而是在日益变成现实。因此，波特莱尔对异域阳光的梦想，兰波对晨曦的追逐，凡·高对太阳神一般的崇拜，马雅可夫斯基与太阳的对话，叶赛宁对太阳光辉永存的信念，凡尔哈仑的熊熊火焰，就全部汇入艾青毕生不倦的"光的赞歌"之中。——也正是这对光明的追求，使苦难转化为美，忧郁产生了力，行吟者加入为人类争取解放的行列。

三

象征主义、未来主义的影响问题，从一开始就困扰着艾青诗歌的评论者。"耽美的艺术家"和"暴乱的革命者"，这二者能统一于一人之身么？（参看杜衡《读〈大堰河〉》、雪苇《关于艾青的诗》）象征派的感觉方法、形式和用语，会损害他的诗的本质精神吗？［参看吕莹《人的花朵》、孟辛（冯雪峰）《论两个诗人及诗的精神和形式》］这支从异域带回来的芦笛在经受颇为严峻

的检验。艾青本人也不得不一再为自己做一些解释[1]。其实，早在
《芦笛》一诗中，诗人就表白得非常清楚——

> 但我要发誓——对于芦笛，
> 为了它是在痛苦的被辱着，
> 我将像一七八九年似的
> 向灼肉的火焰里伸进我的手去！
> 在它出来的日子，
> 将吹送出
> 对于凌辱过它的世界的
> 毁灭的诅咒的歌。

从"波特莱尔和兰布的欧罗巴"带回来的芦笛，将会在"一七八九似的"革命里吹奏出健康的高亢的音响。这一点胡风在最早的评论里也已见得分明，但他讲得非常空泛而抽象："当然，明显地看得出来他受了凡尔哈仑、波特莱尔、李金发等诗人的影响，但他并没有高蹈的低回，只不过偶尔现出了格

---

1 《为了胜利——三年来创作的一个报告》："有的说我被象征主义所损害。他们以为我的手法，是象征主义的手法呢？还是我的气氛是象征主义的气氛呢？我不隐讳我受了象征主义的影响，但我并不欢喜象征主义。尤其是梅特林克的那种精神境界。我的诗里有些手法显然是对于凡尔哈仑的学习。（中略）我希望我们的批评家所非难的是诗上的象征主义，却不是诗的象征的手法。"亦可参看冬晓《艾青谈诗及写长篇小说的新计划》。

调的飘忽而已，而这也将被溶在他的心神的健旺里罢。"(《吹芦笛的诗人》)胡风未能说明也无法预见到：这将是一个多么痛苦而复杂的历程！

正如诗人自己再三强调的那样，艾青当然是现实主义的诗人，夸大象征派、未来派的影响是不妥当的[1]。同样不容忽视的是，象征派等影响之所以会存在、发挥作用并得到改造，仍然是时代深刻的特点与诗人个性相交叉的产物。艾青的革命现实主义诗歌因摄取了异域的营养（包括鲁迅所说的"世纪末的果汁"）而得到独树一帜的发展。然而并不是每一个诗人都先天地具有一个健壮的"胃"。是民族革命战争的血与火，使诗人得以在大众里熔铸了自己的芦笛。

对于一个民族来说，也是如此。有过因噎废食的时候，有过饥不择食的时候。可是中华民族却能够在短短几十年间迅速而锐敏地吸收世界文明的共同财富并与自己的固有文明融汇起来，实在是二十世纪大呼猛进的时代潮流使之然。正如运动有助于消化，一个停滞的民族是谈不到什么吸收的。而诗人艾青

---

1 智利诗人聂鲁达也碰到同样的责难，但他的解释稍有不同："有些人认为我是超现实主义者，另一些人则认为我是现实主义者。还有些人根本否认我是个诗人。这些人都有些道理但又有些欠斟酌。我并不赞成现实主义，在诗歌创作上我厌恶现实主义。""一个诗人，如果他不是现实主义者就会毁灭。可是，一个诗人如果仅仅是个现实主义者也会毁灭。如果诗人是个完全的非理性主义者，诗作只有他自己和爱人读得懂，这是相当可悲的。如果诗人仅仅是个理性主义者，连驴子也懂得他的诗歌，这就更可悲了。"有趣的是，艾青最喜欢的中国画家齐白石也说过几乎同样意思的话："作画妙在似与不似之间，大似为媚俗，不似为欺世。"

的艺术道路，就如同马雅可夫斯基从未来主义中，阿拉贡从超现实主义中，布莱希特从表现主义中，聂鲁达从现代主义中走出的道路一样，显示了二十世纪世界文学潮流的某些重要的共同特征。

1983年12月28日

道路：扇形地展开

——略论青年诗作的美学特点

一

　　笼统地描述一座树林毕竟容易些，尤其是当它罩着重重
"朦胧"之雾的时候。"只见树木，不见树林"当然是不对的，
可是"只见树林，不见树木"也未必能获得正确的认识。困
难在于我们面前的每一株树都有着自己倔强的身姿，正是它
们每一片叶子的摇曳和歌唱组成了一整座树林阔大的呼吸。
同一尺度的"修剪"也许会挫伤它们的生机，而一视同仁的
"施肥"也可能造成某种于事无补的"疯长"。诗歌理论要避
免偏颇，只有通过对崛起的新诗进行必要的"历史的和美学
的"分析。

　　我们所面临的题目使我意识到，如果不事先放弃从"唯

一的"或"固有的"美学定义出发，就会在过程的每一步都陷入非常可笑的困难境地。新诗以前所未有的纷繁复杂的丰富性呈现在我们面前，它们在我试图划定的那些个格子之间跳跃着，从一个格子窜到另一个格子，不肯就范。这正是新诗使人感到困惑不解的原因。这也许是新诗"从娘胎里带来"的一种素质。闻一多说："在这新时代的文学动向中，最值得揣摩的，是新诗的前途。"（闻一多《文学的历史动向》）郭沫若说："不定型正是新诗的定型。"（郭沫若《文艺论集》）新诗表现为一种"流动着的现实"，好像无数条以新鲜的声音歌唱的小溪，只有大海一样宽广的胸怀能够容纳这一现实[1]。

三十年来新诗问题的争论大都滞着在它的"外形式"上，尽管这些形式也"积淀"着内容，有时甚至是相当吓人的内容（例如：自由诗——小资产阶级的、格律诗——无产阶级的；或者，民歌体——人民大众的，长句子——洋腔洋调，等等）。

1　相当多的中年诗人注意到了并且强调了这一"流动的现实"："不论什么流派的诗，不论什么风格的诗，只要它能在精神境界上给我以滋养，只要它能在艺术上给我以美的享受，我都赞赏。不论什么题材的诗，不论什么形式的诗，只要它是创造性的成果，只要它是严肃试验的贡献，我都尊重（吕剑）"新诗到了从狭窄的弯弯曲曲的胡同中，走出的时候了。我赞成多方面的探索，赞成各种风格和流派的竞争，甚至赞成来一点加引号的唯美主义和形式主义。"（沙白）"当前中国诗坛上涌现出许多有才华的青年诗人，他们的崛起，标志着中国的新诗进入了一个新的历史时期。我认为新诗属于勇于探索、追求和开拓的青年一代的。我们四十年代和五十年代成长起来的诗人应当向他们学习，有勇气否定自己该否定的东西。"（孙静轩）见《百家谈诗小札》，《诗探索》1981 年第 4 期。

近年来青年诗作的崛起使得新诗的争论跨进了一大步，尽管"朦胧诗"这个词的发明和使用是如此朦胧而不科学，争论毕竟接触到了诗的"内形式"，即"有意味的形式"，因而是美学意义上的争论了。

罗列无法阐明丰富性。把一个个青年诗人的艺术个性和美学风格都排列出来是不可能也没有必要的（他们中有些还没有形成自己成熟的风格，有的仍在不断地"突破自己"）。本文的任务是从美学角度探讨一代人在诗的领域里怎样展开自己扇形的道路，以及为什么会有这样的展开，从中找出某种可能是规律性的东西。我认为，道路是在对传统的反叛和继承这两条扇柄之间展开的；这一展开从总体上显示了这一代人从外部生活到内心世界的丰富性；对这一丰富性能够进行"集大成"式的把握的诗人，才有可能深刻地理解，艺术地表现我们的时代，实现时代对这一代诗人的要求。

二

任何时代的一代新诗风，其开端都是以强烈的"否定"为主要特点的。

> 告诉你吧，世界
> 我——不——相——信！
> 纵使你脚下有一千名挑战者，

那就把我算做第一千零一名。

——北岛《回答》

六十年前刘半农用来描述"五四"前夕旧诗坛的两句话，竟又成了此时此地的精彩写照："现在已成假诗世界。……无非是不真二字，在那里捣鬼。"（刘半农《诗与小说精神上之革新》）假诗自有假诗存在的合理性，但是到了现今的中国，它与其他虚假的一切一样失去了历史的依据。高伐林写道："我是在造神运动中走上诗坛的——如果那也可以叫'诗坛'的话，我被人愚弄，我也去愚弄人。当我回头再找最初的诗时，发现它们在诞生的那天早上已经断气了……我悲伤。我不得不吃力地思索：这是怎么回事？难道，在现代中国诗注定是短命的？生命之树不是常绿吗？它的果实——诗呢？"[1]在否定中思索，这是一代人的特点，也是——代新诗风的特点。

是的，至少在它的开始阶段是这样。"忽然有一天——"徐敬亚恰如其分地表达了这一代人的心灵转折："我觉得这时代是属于我们自己的了。生活从凝固走向跃动，一切都在怎样地转换呀！我永远不会忘记：在我重新降生的几年里，我头脑中掀荡起的思想风暴，……我绕着圈子走过的每一个角落……我用粗糙的心，抚摸了生活的每一道坎坷。身边那些最普通的

1　《青春诗会》，《诗刊》1981 年第 10 期。

人们，那痛苦和沉思一起压入我的胸膛，我年轻的灵魂沉重起来。生活的巨大问号和诗的强烈冲动，放大了我狭小的心，一切都在我的眼前动起来……"[1]

历史在否定之否定中前进。新诗以否定开始自己新的历史行程就是理所当然的了。关键在于：否定了些什么？

我觉得，由于每一个青年诗人的经历，气质和艺术追求等等的不同，他们的否定各有其不同的侧重点，但是，他们共同的一点无疑是对假诗的深恶痛绝。连刚刚中学毕业拿起笔学写诗的才树莲，也有着如此朴素而又坚定的认识："我是农民的女儿，和爹妈一块种庄稼。写诗，我不能全部歌颂，我要说真话。"（《我说真话》）说真话，几乎成了一代诗人最基本的要求：是对诗风的要求，更是对诗人人格的要求。尽管"说真话"同样是老、中年诗人的共同要求（艾青写了《诗人必须说真话》，公刘写了《诗与诚实》），但是对于青年诗人来说，这更具有生死攸关的性质。最基本的常常是最重要的。对假诗的否定是扭转诗风的根本前提，唯有如此，我们才可能在新诗中袒露这样多各个不同的真实的艺术个性，也才有如此五彩缤纷的当代人内心世界的丰富性。因为是真情实感，就不仅仅是欢乐、豪放、明朗、昂扬，还有愤懑、悔恨、沉郁、悲愁，还有苦闷、彷徨、寂寞、感伤。一时代有一时代的喜怒哀乐，唯有

1　见《青春诗会》，《诗刊》1981 年第 10 期。

说真话才能使诗歌成为当代人情感的真实历史。丰富、复杂的真情实感，当然有丰富、复杂的表达方式。

于是，从最基本的要求出发，从内容到形式，否定的特征全面地表现出来了。

> 我的影子，
>
> 被扭曲，
>
> 我被大陆所围困，
>
> 声音布满
>
> 冰川的擦痕，
>
> 只有目光
>
> 在自由延伸……
>
> ——顾城《爱我吧，海》

有谁这样写过高山！这样多的诗以见所未见的模样涌现，新鲜而又令人激动，令人失去了平静，也令人气闷乃至气愤。"看不懂！"这是最直觉的反应。"李金发！"这是最便当的就近取譬。这是两点值得青年诗人注意的警告，各有侧重点但又互相联系。一是此时此地的读者的欣赏习惯，一是历史上对传统做了一次失败的反叛留下的教训。

青年诗人们的反应是敏感而又清醒的。"我的诗有人看不懂吗？那有什么办法呢？读者是有层次的，谁说诗只有一种？"（杨炼）¹这只是一种带有充分合理性的偏激。更多的是希望人们看懂：
"诗人不必夸大自己的作用，更不必轻视自己，他正从事着艰苦
而有意义的创作，让美好的一切深入人心。"（北岛）²"人啊，
理解我吧，……障碍必须拆除，面具应当解下。我相信：人和
人是能够互相理解的，因为通往心灵的道路总可以找到。"（舒
婷）³这里讲的不仅仅是诗，但首先是诗。青年诗人面临着至少
在表面上看来是互相冲突的两个任务：一是艺术的创新必然要
冲破旧的审美习惯，二是让新的艺术作品（从内容到形式）尽
快地"深入人心"。李金发的失败了的探索其积极方面的意义
就在于此。然而李金发当年和者盖寡，现今的"朦胧诗"却一
时有趋之若鹜之势。这证明了历史并没有简单地绕圈子，而是
处在上升的螺旋之中。我们必须从另一个角度来看看新诗的崛
起，即在它的发展过程中越来越明显的肯定的方面。

　　骆耕野的《不满》，写于一九七八年底，与本节开头所引
的《回答》相距不到两年，这首诗以更充分的篇幅展开了同样
是属于否定的主题，但其否定的冲击力已大大减弱，否定更多
地与肯定相联结，"不满"是憧憬和创造的同义词了。这当然
是由于社会政治生活的转机给了我们无限的希望的缘故。

1　杨炼《我的直言》，《福建文学》1981 年第 1 期。

2　《百家谈诗小札》，《诗探索》1981 年第 4 期。

3　《青春诗会》，《诗刊》1981 年第 10 期。

像鲜花憧憬着甘美的果实，

像煤核怀抱着燃烧的意愿：

我心中溢满了深挚的爱哟，

对现状我要大声地叫喊出：

——"我不满"！

一代人的否定不是冷漠的、虚无主义的扫荡，而是在劫后的废墟里清理自己的基础，寻求一切能够为我所用的材料（无论是土造的还是引进的），按照自己对现实生活的梦和深挚的爱，搭起新的脚手架。他们并不蔑视传统，只是对传统有自己的看法罢了。任何卓有成效的否定都来自对否定的对象有深刻的理解。"传统是长风，从涓涓细流到汪洋大海，不断容纳，不断扩展，不断改变，才能奔腾澎湃。"（杨炼）[1] "民族化不是一个简单的戳记，而是对于我们复杂的民族精神的挖掘和塑造。"（北岛）[2] 在他们看来，传统不是一个一成不变的固定概念，而是一个不断地否定、淘汰和不断地补充、丰富和创新的历史进程。

我们继承，也否定，

我们是新时刻表的

---

1 杨炼《我的宣言》，《福建文学》1981 年第 1 期。

2 《百家谈诗小札》，《诗探索》1981 年第 4 期。

开端，

我们将腾越过一切纪念碑的尖顶，

登上苍鹰也无法企及的高度，

宣告

青春的纪元，

让崭新的个性

崭新的风格

走向晨曦，

走向世界。

——张学梦《前进，二万万！》

　　无论否定和肯定，都是为了变革和创新，因而都应该是富有创造性的。每一个青年诗人都在这两条"扇柄"之间寻找属于自己的独特的道路。否定了些什么，肯定了些什么，在每一个诗人那里都是具体的，相互之间有着许多微妙的区别。

三

　　既然文学传统是一条长河，从纵的方向看，在它发展的每一个阶段，都留下了至今仍然富有生命力的东西。这些东西是积累（甚至沉积下来成为民族审美的心理结构的某些因素），也是演化（我们甚至能够利用一个"细胞"便培育出一棵新的"植株"来）。就新诗而言，情况更复杂一些。正如许多论者所注意到的，新诗的传统的源头有古典诗歌的，也有民歌的，更有外来诗歌的，而新诗自身六十年的发展也构成了一种传统。也就是说，从横的方面看，新诗的传统也不是单一的。由于传统的多元化，那么无论对于它的反叛或继承都必须产生多元的"变异"，就是不言而喻的了。

为了避免简单化地划定对传统的否定方面和肯定方面，避免简单化地界定传统中民族的因素和外来的因素，我想换一个角度来看传统，把它看作是人类艺术地"掌握世界"的历史过程，看作是人类在艺术领域中不断地解放自己的感觉和本性的过程。正如马克思所说："五种感官的形成是从古到今的全部世界史的工作成果。"(《1844年经济学—哲学手稿》，译文取朱光潜《美学拾穗集》) 由于社会实践的发展，人类已经能够在从感性到理性的许多层次上"掌握世界"。撇开具体地形成各个不同的创作方法和流派的历史条件不谈，我觉得在人类艺术地"掌握世界"的螺旋上，由于突出了其中的一个层次，便会从某一点上发展出"圆的切线"来。比如说，强调理性，产生古典主义；强调感情的倾泻，产生浪漫主义（包括感伤主义）；强调精确地描摹客观以及人的生理、遗传因素，产生自然主义；强调感觉（光和色彩），产生印象主义；强调表象通感、联想，产生象征主义；强调直觉，下意识，产生种种现代主义。它们的弊病在于割裂人的艺术思维的整体性，但它们在各自的层次上做出的艺术探索无疑丰富了人类"掌握世界"的方式，使其丰富性、复杂性与对象的丰富性、复杂性相一致。这样，我们就有了另外一种展开的方式，使我们能够更加直接地把握新诗创作道路的美学意义。

如前所述，首先被提到第一位的是感情——真情实感的抒发。一方面，固然是描写虚情假意的诗歌已经走到了绝路，另一方面，思想解放运动理所当然地激发人们感情的勃然喷发。"愤怒出诗人"这句话在那时成为时髦。《小草在歌唱》《将军不能这样做》等可以说都是愤怒的产物。然而愤怒是一种不能持久的感情。尽管舒婷也写《暴风过去之后》，但她"衷心地希望／未来的诗人们／不再有这种无力的愤怒"。她的诗作，传达了更为细腻丰富的情感，常使人想起忧郁的女中音，略带沙哑，然而亲切；感伤，然而宁静清澈。

> 呵，母亲，
> 我的甜柔深谧的怀念，
> 不是激流，不是瀑布，
> 是花木掩映中唱不出歌声的古井。
>
> ——《呵，母亲》

艾青在五十年代写下的一段话仍然适用于今天："我们的时代是一个新的时代，原是一个可以使感情充沛的抒情诗生长繁荣的时代；而这个时代却同样是处在非常激烈的斗争中，矛盾非常尖锐，各种新旧的观念在互相交替中，这个时代又需要人们以严格的理智来处理许多问题。"（艾青《诗论·诗与感情》）

这一对矛盾在我们的诗人面前应该说是更为现实和尖锐的。思考，在当今的中国，有更为重要的位置。李霁宇说："我们这一代是思考的一代，诗无思考，就不是我们时代的诗。……我写诗，首先是思考的结果。深思熟虑的思考比感情用事的热情好。诗友们常批评我的诗太冷静，我不得不冷静呵！有了思考，出了思想，才有主题、构思、形象和语言：不然，写出来的东西有什么意思呢？"[1]这一代人担着如此沉重的思索的责任，诗，绝不能放弃思考的权利。对他们来说，思想是比热情更为重要的品性。然而思考要求冷静，抒情诗的特性却要求着热烈，冷热不调的毛病在这一代人的诗作中几乎是不可避免的。单靠严格的理性来节制情感的一泻无余是不够的，水分过多与干巴枯燥都同样是抒情诗的大忌。然而古典诗词那种"不着一字，尽得风流"追求含蓄的意境的方式又是多么不够呵！

诗人们寻找思想和情感和形象相融合的新手法。庞德关于意象的论述仿佛给了他们以启发："'意象'是在刹那间所表现出来的理性与感性的情结。……正是这种'情结'的瞬间出现才给人以突然解放的感觉；才给人以摆脱时间局限与空间局限的感觉：才给人以突然成长壮大的感觉……"（艾兹拉·庞德《回顾》）读王小妮的诗，可以看到她十分注重写感觉，写自己对审美对象的瞬间反应，这种感觉不是纯主观的毫无依托的幻

1　《百家谈诗小札》，《诗探索》1981 年第 4 期。

觉，而是把敏锐的直觉组织成真实的生活画面，使感性的直接概括和理性的曲折渗透结合起来。

　　——我不知道还有什么存在

　　只有我，靠着阳光

　　站了十秒钟

　　十秒，有时会长于一个世纪的

　　四分之一。

　　　　　　　　　　　——《印象二首·我感到了阳光》

　　这就是突然摆脱时间和空间局限，突然成长壮大的典型例子。同样是意象和瞬间感觉的捕捉，在北岛那里表现为更多的"撞击""迅速转换"和"大幅度的跳跃"，这种"电影蒙太奇手法的引入"增加了诗的容纳量，但也造成了读者欣赏时一定的困难，北岛认为："诗歌面临形式的危机，许多陈旧的表现手段已经远不够用了，隐喻、象征、通感，改变视角和透视关系，打破时空秩序等手法为我们提供了新的前景。"[1]这也是许多青年诗人的共同观点。在他们的诗中，思想感情与形象的融合方式显然与传统的方式不同。传统的方式有如盐溶于水，水有咸味却不见盐粒。可是现在你明明知道水中溶有某种东西，

1　《百家谈诗小札》，《诗探索》1981 年第 4 期。

却说不出是甜，是酸，是苦，是咸，是五味的轮番来袭，五味俱全，其味无穷。就像歌德所说的："象征把现象转化为一个观念，把观念转化为一个形象，结果是这样：观念在形象里总是永无止境地发挥作用而又不可捉摸，纵然用一切语言来表现它，它仍然是不可表现的。"（歌德《关于艺术的格言和感想》）

> 宁静的地平线
>
> 分开了生者和死者的行列
>
> 我只能选择天空
>
> 绝不跪在地上
>
> 以显得刽子手们的高大
>
> 好阻挡那自由的风
>
> 从星星般的弹孔中
>
> 流出了血红的黎明
>
> ——北岛《宣告——给遇罗克烈士》

这里没有关于烈士本人的任何细节描写，然而形象和象征给予我们的暗示，几乎是"永无止境地发挥作用"的。谁能说这是脱离现实的诗呢？现实对于这一代人也许比什么都重要。"我不埋怨生活。在生活中，我得到的毕竟比失去的多。我得到过许多的欢乐，像海接受过最多的阳光；我尝过深深的痛苦，像海的每一滴水都是苦涩的；正是生活之风赋予我海样多的波涛——爱和憎掀动的感情！"（叶延滨）[1]他们经历了那么多，思考和观察了那么多，他们内心世界的丰富性来自外部生活的丰富性。当他们的诗笔描绘现实时，就具有现实主义的深沉的震撼人心的力量。

> 怪谁呢？怪谁？谁？！
> 没牙的嘴啃着屑糠的窝窝，
> 佝偻的腰背着沉重的柴草，
> 贫困——熬尽了她生命的最后一滴血，
> 枯了，像一根草……
> 不！这个回答，我接受不了，
> 延安，四十年前红星就在这里照耀！
> 她说过，当她还是一个新媳妇，
> 也演过"兄妹开荒"，
> 唱过"挖掉了穷根根眉梢梢笑"！
>
> ——叶延滨《干妈》

　　如实的朴素的描写，没什么通感、象征、隐喻，然而每一颗与人民相通的心都会在刹那间抽紧了，都会感到愧对老乡亲满头的白发。当然这里不是徒然的实录和临摹，而是渗透了诗

1　《青春诗会》，《诗刊》1981 年第 10 期。

人心血和热泪的"对现实的加入"。因此，也许不是摒弃现实主义手法的问题，而是现实主义复归和深化的问题，是现实主义开放的问题。这一点恐怕不只是一两个青年诗人的认识："好诗在于敢于、善于很好地，比较准确地揭示人的复杂的心理状态；人与人之间的关系，社会上的现实，粉饰、逃避它都是消极的、违心的，也就不可能是好的。"（王小妮）[1]"诗人应当面向世界，只进行自我的观照是不够的。应当从各种不同的角度，通过许多人的心灵和感官，感知认识和理解这个世界，之后，世界就会通过他而歌唱。"（江河）[2]当然，现实在每一个诗人的作品采取的是不同的折射方式。

一个诗人为什么选择这一个或几个路口出击而不是另外的一个或几个？主要是由他们各个不同的人生经历、气质，个性和艺术追求决定的。在这里，顾城的例子也许是最有兴味的。沙滩上长大的孩子，贫瘠的荒滩更激发了他才气横溢的想象力，他的诗构成一个梦一般奇幻的世界，几乎是仅仅属于他自己的，独特的童话世界。新诗风的实现完全不是出于模仿，无论模仿的是古人，洋人还是今人。[正如雨果说的："谁在模仿一个浪漫主义诗人，就必须成为一个古典主义者，因为他是在模仿。"（雨果《短曲与民谣集·序》）]新的诗歌的产生，是因

1　王小妮《我要说的话》，《福建文学》1981 年第 1 期。

2　《百家谈诗小札》，《诗探索》1981 年第 4 期。

为出现了新的诗人，用新的眼光看世界，对现实生活和诗本身有完全不同的新的看法的诗人。换言之，出现了历史地形成的新的心理结构，思维方式和相应的艺术表达方式。革命先发生在诗人头脑里，然后才出现在作品中。在这里，时代和诗人，本身无法估量的个性起着主要的作用。

四

我从一个非常狭窄的视角掠过诗的原野，在鸟瞰扇形展开的诗的途径时，发现他们的丰富性是由总体上的汇合造成的，具体到每一个诗人时就不免感到某种单调。在他们中间还没有出现本身就像一座森林一样雄浑多姿的大诗人。这一代诗人在艺术创新上具备前人所未有的有利条件，但也面临前人所无法想象的困难。如果我们理解这些困难，对他们就不会责之过苛了。然而生活总在为自己开辟道路，文学也是如此，每一条道路都在延伸、交错、汇合……

于是，"集大成"就成为新诗发展的必然要求。

不少青年诗人是意识到了这一点的。骆耕野在一次谈话中讲道：我们的时代是一个"集大成"的时代。仅仅表现感情已经不够了。必须表现一代人对自己，对时代的沉思。需要哲理，而且是大时代的哲理。但仍然要有感情，热情。浪漫派的热情，古典主义的理性，象征派的手法，史诗般的场面，现实主义的批判精神，都需要。要有多种美学原则的并存。

是的，这是时代本身的要求。艾青在一九八〇年七月与青年诗人的座谈中讲到时代的特点，认为现在正处于"开始开放的时代"，"假如能够写出这个开放的精神，就是反映了时代精神"。[1]开放的时代，要求我们的诗人有阔大的胸怀，恢宏的气魄，进行"集大成"式的创造！

　　这也是由诗人追求的最终目标所决定的。"我愿意尽可能地用诗来表现我对'人'的一种关切。"（舒婷）"诗人应该通过作品建立一个自己的世界，这是一个真诚而独特的世界，正直的世界，正义和人性的世界。"（北岛）不管他们在这里使用的词汇是否过于含混而宽泛，诗歌的使命既然是为了"人"，那么由于"人是一个整体，一个多方面的内在联系着的能力的统一体；艺术作品必须向人这个整体说话，必须适应人的这种丰富的统一整体，这种单一的杂多"。（歌德《搜藏家及其伙伴们》）如前所述，私有制的存在使历史上人的整体受到了片面的割裂，在艺术思维上表现为人的某一种感觉的片面强调。"因此，废除私有制就是彻底解放人的全部感觉和特性"，包括"视、听、嗅、味、触、思维、观照、情感、意志、活动、爱，总之，他的个体所有的全部器官，以及在形式上直接属于社会器官一类的那些器官"，这样才算是"用全面的方式，因而是

1　艾青《与青年诗人谈话》，《诗刊》1980年第10期。

作为一个整体的人，来掌管他的全面的本质"。[1]我认为开放时代的特点就是向着这样的理想迈进。诗人必须作为一个"整体的人"而歌唱，他的诗切莫忘记"向人这个整体说话"！

无论从时代的客观要求方面，还是从诗人的主观准备方面（经验的积累、理论的认识等等），是否都已经给了我们一种希望：集大成的时代必然出现集大成的新诗？然而"集大成"的呼唤并不抹杀每一条大道小路的价值，也不是要确立一种"主流"，一种"定于一尊"的文学样式。倘这样，就是愚妄而又可笑的了。百川汇大海，每一条河流都有自己的入海口，气象万千，风光旖旎。最有生机的文学也许就产生在这样的时代：整个社会正在孕育或进行深刻的历史变动，大胆地否定和创造性地肯定的矛盾猛烈冲击着全部意识形态——一切都可能发生，一切都正在发生。民族从曲折羊肠小道走出来，只见田野铺展在自己面前，多么辽阔宽广！

1982年4月

---

1 《1844年经济学—哲学手稿》，译文取朱光潜《美学拾穗集》。

"沉思的老树的精灵"
——林斤澜小说论（1978—1982 ）

> ……也还有少数真正的艺术家，飞翔在高天之下，波涛之上，只守着真情实感，只用自己的嗓音歌唱。波涛狂暴时，那样的声音当然淹没了。间隙时，随波逐流的去远了，那声音却老是清亮，叫人暗暗警觉出来，欢腾的欢腾的生命力。
>
> ——《林斤澜小说选·前记》

在当代作家中，再没有一个比林斤澜更让评论界既困惑又着迷的了。早在六十年代初，他的小说就以独特的成熟的风格，引起过人们褒贬不一的争论。中断写作十二年之后，近年来他写了三十余篇短篇小说，一篇一篇的有味儿，一篇一篇的让人捉摸不透。把他"前后分作两截的作品，放在一起来看，可真是两截呀，有着明显的变化"[1]。这一批数量、质量都相当可观的作品（在与他同年龄的作家中是首屈一指的），似乎没有引起应有的重视。思想的深邃和独到，艺术探索的多样和奇特，这一切成就几乎都是在评论界小心翼翼的沉默中取得的。打破沉默的评论家（往往是最有见地的），对他的作品却读得不细，论述是印象式的，学术性不强。林斤澜寂寞地，以惊人的耐心开辟着一条荆棘丛生的路。喜爱他的作品的人，也以同样惊人的耐心寄希望于未来。"时间，将助他一臂之力！"[2] "待若干年后人们冷静地回过头来，重新评价这段文学史时，林斤澜的小说将会受到重视。"[3]是的，相信时间的公正的人，都具有双重的信心——对于社会审美水平的发展，对于作品本身的艺术生命力，用林斤澜自己的话说："这好，这豁亮。这有浪漫主义气息。"

然而林斤澜是为现时代写作的作家。他的小说不仅取材于当代现实生活，贴近着现实生活，而且熔铸了与同时代人相通的真情实感。说到底，他那独特的艺术风格，也不完全是由作家本人的主观体验决定的，仍然是此时此地现实生活的产物。对于真正的作家，新形式只能是新的生活内容的必然结果。因

1　《山村寄语·代序言》，《〈北京文学〉短篇小说选1980》。

2　《时间，将助他一臂之力》，《文学评论》丛刊第十辑。

3　《此地无声胜有声》，《上海文学》1982年第6期。

此，一个扎根于现实生活的作家，他的艺术独特性是不容漠视的。如果同时代人不能阐明这一独特性，那就不仅表明，某种理解生活的角度、方式被忽略，同时也说明，进入作家独特的艺术视野的这一部分现实，却是我们的盲点。时间会给有生命力的艺术品以应有的报偿，时间却不会原谅买椟还珠、错失良机的人，他们不善于及时地珍视寂寞的探索者的劳动，把成败得失的点滴经验吸收到同时代人的文学发展中来。

他能等待，我们能么？

真情实感中提炼出来的魂儿

林斤澜是一个极其尊重艺术规律，不倦探讨艺术规律的作家。在一次讨论青年作家的小说的座谈会上，他说："艺术的内部规律中要有一个魂儿，这个魂是什么呢？我请教过很多老前辈，有一次我请教一位教授，他讲了一句话，叫真情实感。……真情实感是内部规律中的魂，真情实感是从你的社会生活里来的，也是从你的政治生活里感受到的，它又是内部规律联系外部规律的东西。……一切的结构，一切的语言，我们都是为了表现由真情实感提炼出来的魂。光有真情实感，没有提炼，就会焦点模糊。焦点两个字，我是从托尔斯泰那里搬来的。他说艺术作品中最重要的东西，是应当有一个焦点。又说所有的光集中在这一点上，或者从这一点射出去。又说这个焦点不可以用言语完全表达出来。它们完整的内容只能由艺术作品本身表现出来。"[1]

这段话很关键。对于我们理解林斤澜的创作实践，有方法论意义上的重要性。首先，我们必须通过细心捉摸作家的每一篇小说，从总体上有机地把握他的全部作品，去找到他从真情实感中提炼出来的"魂"，那个最重要的焦点。其次，我们又不可满足于这个抽象出来的"魂"，还要按照马克思的"从抽象上升到具体"的方法，考察这个"魂"是怎样渗透到他的选材、结构、人物、情节和语言中去的。同时，我们又不可过于生硬地坚执这个抽象的"魂"，去肢解作品的艺术整体，使它的丰富性具体性化为简单的概念，片面的规定。

这里涉及了近年来争论不休的一个问题：文学创作中的"主题"。争论不休的原因在于我们多多少少都把艺术创造的复杂过程简单化了。反映本质就得把偶然性冲洗得一干二净，为了主题鲜明就让每一个细节都成为它的对应符号，反对概念化就提倡无主题，强调形象思维就排除理性。"主题先行"还是"生活先行"竟也成了问题，仿佛创作过程可以从作家的生活实践中毫不粘连地剥离出来，仿佛主题的酝酿和成熟不是贯串于生活和创作的无尽环节之中。"主题"这个术语被我们弄得如此枯燥，如此僵硬，因此林斤澜用"魂儿"这个词，就亲切，水灵，有生气，是有血有肉的整体里跳动着、喧嚷着的东西了。

1　《小说构思随想（之二）》，《北京文学》1981 年第 3 期。

林斤澜把这个"魂"又叫作小说的"内里面"的东西,"有没有'内里面',就分出了高低"。而这个"内里面",是从生活的"内里面"来的,是扎在生活里,含辛茹苦,蒸酒酿蜜得来的,绝不能"凭空而来""传染而来""偷盗而来""耳提面命而来"[1]。他强调了"魂"所必备的两个特点:它应是作家自己的、独特的;它应是从生活中来的。

真情实感怎样提炼出一个魂儿呢?林斤澜举契诃夫为例:"契诃夫对当时小市民的生活有很多真情实感,他把它提炼到一块时就是庸俗。有人说他的小说主题都是反庸俗,反庸俗就是他小说的'魂'。"[2]我们必须把他提到的这个例子放到更广阔的背景下来理解。高尔基在谈到十九世纪的俄罗斯文学时讲过:"在俄国,每个作家都真是独树一帜,可是有一种倔强的志向把他们团结起来——那就是去认识、体会和猜测祖国的前途、人民的命运,以及祖国在世界上的使命。"因此,他认为,俄罗斯文学最可宝贵的主题是在于提出了"怎么办?"以及"谁之罪?"这一类重大的问题。作家的总主题总是在一时代民族的总主题制约下展开的,这一点具有普遍意义。我认为"五四"以来六十年的中国现当代文学,它的总主题是"中国向何处去?"每一个作家自己的总主题都是在这一时代的总主

1　《山村寄语·代序言》,《〈北京文学〉短篇小说选1980》。
2　《小说构思随想(之二)》,《北京文学》1981年第3期。

题制约下展开的。人们对我们的民族性格、社会心理、国家前途、人民命运，认识都在深化。对于"文化大革命"后从事写作的作家，无论他写的是什么题材，他对这一段历史的理解都必然影响他的全部创作。从思想内容到艺术风格，都将由于这一体验的深刻与否，独到与否，而分出高低。

林斤澜近年小说中，有一半是写二十世纪六七十年代中知识分子和农民的生活的。其余作品，或者历史跨度更大一些，写到了战争年代，或者只写这几年的现实生活，也无不与作家对过去的思考熔铸在一起。他说："我算算日子，整整十二年没有写作了。重理旧业，不光是生疏，还觉得堵塞。仿佛有些沉重的东西，搬也搬不走，烧化也烧化不掉。"[1]我觉得，这些"沉重的东西"，正是使作家的艺术风格发生极大变异的原因。重要的是，他从这些沉重的东西里，提炼出什么样的"魂儿"呢？

在本节开头所引的那次谈话里，林斤澜讲道："有位前辈作家说，……感受很多，要写好，得先提炼出一个意念（和这里说的魂差不多吧），他提炼的结果是一个字——'变'，有人把感受提炼为'疯狂'。"[2]我们不妨大胆揣测，他所说的"有人"，就是林斤澜本人。

有作品为证。题为《神经病》《邪魔》这样的小说不用说了。

---

1 《两个再认识》，《人民文学》1982 年第 5 期。

2 《小说构思随想（之一）》，《北京文学》1901 年。

《卷柏》写了一个精神病顽症病人。《肋巴条》里老队长的老伴在那年月里气疯了。《阳台》《一字师》的主人公都有着不合时宜的怪癖。《腾身》里的老太太动辄发神经。《记录》的结尾是这么两句："建议：送精神病院检查。医生提问：谁是病号呀？"林斤澜围绕着这么个独到的"魂儿"，写了一系列的小说。真好像他笔下那个《肋巴条》里的老队长，当人们问起他的老伴的病怎么得的，他冷静地、简简单单地答道："感冒。"

> ……感冒两个字，是他沙里淘金般淘出来，又经过千锤百炼，这是精华，他再不给多添一点废物，也不给减掉一点光彩。只是变着法儿，对付不同的惊讶疑问，一会儿是一叠连声：
> "感冒感冒感冒……"
> 或是拉长语尾：
> "感冒——"
> 也有一字一顿的时候：
> "感，冒。"

"疯狂"主题在林斤澜笔下，以冷峻、严厉、深沉、尖刻、嘲讽、诡奇的笔调，得到了反复多样、丰富具体的变奏，写出那个颠三倒四的年代里，可悲可怕可笑的疯狂气息，塑造出一批"很不正常的生活里，活出来的很正常的人"。林斤澜不写悲欢离合，哀婉感伤，却专注于发掘表面冻结了的心灵深处，生命与人性的尊严，自由与责任的分量。他不写血淋淋的专横残暴，阴险毒辣，却勾勒带疯狂气息的思想、理论和举动，揭示其必然灭亡的历史特征。

这是思考的文学，有着与当代文学相通的思考和理性的特征。由于这个深刻独到的"魂"，使他的思考具有独树一帜的光彩。他不像刘心武那样夹叙夹议，呼唤着给被污染的灵魂金色的"立体交叉桥"；他也不像王蒙那样，裹着大量的回忆、俏皮话和新鲜感受的生活之流，咏唱失而复得的新中国的青春。他的思考完全渗透到艺术形式里去了，产生了一系列艺术变形的特点：奇特夸张的人物形象，突兀跌宕的情节，客观、冷静、非严格写实的手法，浓缩到了不能再浓缩的结构，简洁冷隽的白描语言，甚至某些细节的不真实和非逻辑性。这一切都是为了把那些沉重的东西，"搬也搬不走，烧化也烧化不掉"的东西，搁到读者心里去。让同时代人都来咀嚼民族的苦果，思索时代的总主题。

正是在这一点上，林斤澜的小说接通了中国现代文学的伟大源头之一——鲁迅的《狂人日记》。鲁迅，作为中国文学史上崛起的高峰，他的光辉照耀着半个多世纪以来中国新文学的发展。我们读高晓声时想到《阿Q正传》，读张洁时想到《伤逝》，读湖南作家群时想起了《故乡》《风波》，读王蒙时想起了鲁迅的杂文。鲁迅开辟了中国现代小说的多种源头，无论主题的延续，人物典型的积累，艺术样式的丰富，风格的熏陶，都可以在他那里找到永不衰竭的生命之泉。而《狂人日记》，则是对古老中国发出的第一声彻底的不妥协的抗议，那"忧愤深广"的声音透过六十年烟云仍响在我们耳边。鲁迅一气儿写了三个各具特色的神经病：《狂人日记》里的狂人，《长明灯》里的疯子，《白光》里的陈士成。他对这一特殊性质的艺术形象的关注，不能仅仅用先生精深的病理学知识和对俄罗斯文学（果戈理、安德烈耶夫）的爱好来解释。这更应是鲁迅对中国社会历史独到深邃的理解和洞察的产物。"狂人"主题在现当代文学史上的延续演变是一个很大的题目，这里只需指出如下一点也就够了：如果说，鲁迅经过了辛亥革命的失败深刻体验了中国封建主义的顽强性，那么，当代人，更体验到了这一顽强性的可怕！这一体验从内容形式两方面都得到了深化。因此，林斤澜的小说不仅师承了先生忧愤深广的思想主题，而且从艺术上延续了"表现的深切和格式的特别"，也就是顺理成章的了。

很不正常的生活里，活出来的很正常的人

人物形象往往是作家思想艺术的结晶。林斤澜笔下的人物大都有着几分奇特。不是像铁铸一般冷静而沉默，就是飘飘摆摆，眼睛闪着怪异的微笑。倘若我们以为从"疯狂"主题出发，作家写的必然都是狂人，那就大错特错。恰恰相反，林斤澜笔下的主人公大都是很清醒的正常人（《卷柏》除外，这一篇在后边还要谈及）。林斤澜在这里仿佛只用了最简单的艺术手法：

人物和环境的强烈对比，就达到了一种震撼性的艺术效果。

　　细琢磨，就不那么简单。人和环境的不协调，可以是人不正常，也可以是环境不正常。一般的心理，认为环境是死的，人是活的，人不能适应环境是自个儿出了错。用《阳台》里的话说，是"不合身份，不合时宜，不知好歹，不知死活"。不少读者觉得林斤澜的人物不太真实，原因就在这里。有一位老师说："看见学生的大字报错字连篇，自然很痛心，但那时绝不会去改它的。"这也不无道理。这就用得着作家提炼的那个"魂"了，否则我们无法理解他的匠心所在。在某些年月里，作家经历苦难，却有一种禀性，一样品格，一种信念像真金火烧不化，永难磨灭，不屈不挠。那必定是一种非常强烈，非常固执，与生命熔铸在一起的东西，林斤澜把它提炼出来，作为人物性格中的主导特征，加以夸张、廓大、渲染，以致成为一种怪癖，一种无意识的举动，一种永恒不变的品性。这就是林斤澜小说人物中最具"林斤澜特色"的东西。

　　但是这样写要冒双重风险。首先，环境与人物的不协调，很可能破坏其中之一的真实感。倘人物是真实的，环境就像插在人物背后的风景画片。倘环境是真实的，人物就像皮影戏。显然，过去的经历记忆犹新，作家略略几笔就能勾出真实的环境气氛，于是人物的真实性就很可怀疑了。其次，夸大人物性格的主要特征，是写实小说的大忌。有一个现成的贬词叫作"类型化"。这种人物表现一种单一的思想或品质，在小说里从头到尾其性格是不发展的，一出场我们就认得他们，合上书他们也跑不掉。

正是在这里，表现了作家"一意孤行"的艺术胆识。

首先，林斤澜坚持他的人物是正常人，这从他对"神经病"这一称呼所采取的嘲讽口吻就可以知道。我们也同意，并且争辩说："如果……"作家会打断我们说，在他看来，正常的就是真实的。在不正常里活出来的正常，比我们通常理解的真实还要真实，是深一层的真实。

其次，林斤澜正是要写出瞬息万变的政治风云里始终不变的品格，突出那一点貌似平常却是民族性格里永难磨灭的可贵之处。为了强调这一点，他笔下的人物甚至连外貌也几十年没有丝毫的改变。《一字师》里，语文老师吴白亭，几十年都是那么个小老头，胖胖的白里透红的指头，点到错字上，落下星星点点的粉笔灰。《肋巴条》里的老队长，"他脸上一道道皱纹，横的竖的能连成圈儿，一圈一圈好像那叫作'螺丝转儿'的烧饼，多少年来就是这个样子，仿佛十五岁上就这样，现在五十了也还这样，他没少也没老"。这些人物使我们想起大地上的山峰，铁铸一般沉默、坚定，多少风雨过去了，还是耸立着，"天欲堕，赖以柱其间"。这就是中国的知识分子，中国的农民，中国默默无闻的脊梁。

再次，由于正常的人物与不正常的环境之间的这种微妙的对比，使人物单一的性格特征也呈现某种复杂性，显示了"正常中的不正常"和"不正常中的正常"。像《阳台》里的"红点子"教授，"他不但眼神，连身上都有一种奇异的光彩，……

断不定是疯狂的邪光，还是创造发明的光芒。这两样好像是有不容易区别的时候，试看弹钢琴的，弹到手舞足蹈的霎时间……"，"要说红点子的神经是正常的，怎么连几岁的小学生都不如？有专政队里发展党员的吗？要说他的神经是不正常的，他怎么不胡说别的呢？"这就使得人物性格多了一层因素，微微隆起，向立体化过渡了。

真正的艺术家从来不照着"文学概论"写作。他们往往"冲破一切传统思想和手法"，自铸伟辞。我们最常犯的错误之一就是，完全忽视短篇小说这一体裁的艺术特性，把主要是根据长篇小说创作实践归纳出来的艺术准则，变成一种"学究式的尺度"，来硬套在短篇小说上。短篇小说可以完全不描写环境。人物必须鲜明有力，一出场就抓住读者，却不一定要展开他的性格。即使是长篇小说里，有许多"类型化"的人物，如狄更斯的匹克威克，《三国演义》里的莽张飞，也一直活在世代相传的人们脑海里。这种经过夸张、渲染的性格，能包含的内容比一般批评家所想象的要丰富，其生命力也不比那些离开了他的环境、出身和成长的全部细节就说不清的复杂性格弱。林斤澜笔下的人物，鲜明有力，易记，但又大都具有冷静、寡言、深沉、内向、坚韧的特征。这种性格不那么表面化，不那么单一。作家又用自己强大的思想力量和感情力量使他们"抖动"起来，使你并不发觉他们的"单薄"。但是，这种经过夸张的、不发展的性格，必须是喜剧性人物才是最成功的。如果是正剧或悲剧性人物，每次上场都高喊"我要复仇"或"我痛苦死了"，读者就受不了。这就是为什么《一字师》里的吴白亭比《阳台》里的红点子更令人可亲可信的缘故。

这里论及的只是与林斤澜的那个"魂儿"有最直接关系的那些人物形象，远远不能概括他的小说人物的全部丰富性。为了把握线索，我们必须同时看到许许多多线索以外的东西，但是在叙述时只能专注于与线索有关的部分。以上我们论述了作家独到深邃的"魂"渗透到人物形象时产生的特点，这就接触到了林斤澜最重要的艺术手法——艺术变形的规律。

"我自己的东西不完全那么写实"

人物性格的夸张是一种艺术变形，它的生命在于真实。既是客观真实的廓大，同时也是主观真实（真情实感）的灌注。从根本上说，等同于生活真实的艺术是不存在的。艺术（广义地说）就是变形。用文字来固定"流动着的现实"就是一种变形。用短篇小说的有限篇幅来"舀取"广阔的生活之流就是一种变形。但是我们这里讲的是狭义的、与"写实"相对而言的艺术变形：包括夸张、扭曲、抽象、幻化、写意等等艺术技巧和手法，可以在中国古典画论和戏曲表现中找到它们的美学渊源。如果我们不认为文学只是现实的抄袭，就应该重视艺术变形的规律。因为作家的艺术个性和艺术创造的主观能动性，作家的思想感情力量和主观倾向，无不与这一规律有关。而自觉地运用艺术变形规律的作家，更能达到现实生活内在的真实。

林斤澜的《头像》（获1981年全国优秀短篇小说奖）对于研究者来说是一篇很值得重视的小说。他写了一个默默无闻的雕塑家梅大厦，住在大杂院里，像个老泥瓦匠，生活上还是个老光棍，身衰体弱，却有一双"皮肤紧绷，肌肉鼓胀，伸缩灵活的年轻的手"。这双年轻的手在寂寞中固执地追求着艺术的创造。"在着力民族传统之后，追求了现代表现之后，探索着一个新的境界。"林斤澜精心描绘了梅大厦创作的一个木雕头像：

> 这是一块黄杨树顶，上尖下圆，留着原树皮，只上尖下圆地开出一张脸来。原树皮就像头发，也可以说是头巾从额上分两边披散下来。这脸是少妇型的长脸……那比例是不写实的。头发或者头巾下边露出来的尖尖脑门，占全脸的三分之一，弯弯的眉毛，从眉毛到下边的眼睛，竟有一个鼻子的长度。我的天，这么长这么长的眼皮呀。眼睛是半闭的。这以下是写实的端正的鼻子，写实的紧闭的嘴唇。这是一个沉思的面容。没有这样的脑门和这样长长的眼皮，仿佛思索盘旋不开。森林里常有苍老的大树，重重叠叠的枝叶挂下来，伞盖一般笼罩下来，老树笼罩在沉思之中。这个少妇头像，是沉思的老树的精灵。

这个头像如果不能概括林斤澜自己全部作品的艺术特征，也相当凝练地表达了他所刻意追求的艺术境界。作品的"内里面"的东西，生活的底蕴，作家的匠心独运，不在写实的鼻子和写实的嘴唇那儿，而在那长长的眼皮，那半闭的眼睛，在那长长的眼皮的后面。你不由得相信，这沉思的眼皮一抬起来，就会"好像打个电闪，真伪好丑立刻分明……"而所有那些非写实的部分，都建立在写实的基础上。如果说纯熟精到的写实部分构成了有生活实感的基本层次，那么非写实的部分就突出了作品的思想层次或哲学层次。

小小说《卷柏》篇幅最短，结构也相当单纯，最能说明上述特点。写的是一个顽症精神病人，含冤坐了十年牢的厨师。在医院里，经常蹲在墙根里，屈膝贴胸，下颌搁在膝盖上，双手放在脚面上，一言不发。这一症状的描写具有病理学意义上的严格真实。这是所谓"胎儿姿态"，是一种对外界一切都持警惕的自我保护姿态，是精神病里的危症。作家却从这里生发出一个寓意，一个象征："我是卷柏。"卷柏是厨师家乡山岩上的一种蕨类植物，在大旱之年曲蜷着灰蓬蓬的叶子，待到有了水分，便又舒枝展叶，活过来了。人变卷柏，卷柏变人。这里与卡夫卡《变形记》里小资产阶级卑微恐惧的心理异化不同，歌颂的是顽强的生命力。着眼点不仅在控诉封建法西斯造成的人性异化，而且在探索正常人性复归的现实可能性。以实出虚，化实为虚，虚实相生。多了一个象征的层次，便大大加深了作品的思想容量。这种手法运用得好，比平庸的写实更能鲜明有力地说明内在的真实。在《斩凌剑》里，卢沟桥的十一个桥墩也构成一个象征，却由于虚大于实，没有取得应有的效果。

艺术的变形，常常带某种必要的抽象。无论小说家如何标榜作品直接符合生活真实，他也不可能把繁复的生活拖泥带水地移到纸面。他必须剪裁、删除、选择、集中。文学概论告诉我们这是形象思维的典型概括过程，不同于逻辑思维的抽象。在这种典型概括中，艺术家对事物的普遍本质的认识是与对事物的丰富个性特征的直接把握联系在一起的，忌讳任何苍白、稀薄的抽象化思考。然而，有时候，在保持所有这些鲜枝嫩叶的生动性的同时，却有必要来一点去除水分的蒸馏，一点艺术的抽象，取共性而撇去任何个性。例如《阳台》的开头，讲到为迫害红点子教授卖过力气的人有十来个，但多数是好人。"真把张三李四一个个写上去，那多不合适。就写一个我吧，打人是我，骂人是我，折磨人是我，种种坏事，都是我干的得了。可巧有的坏事，一个人三头六臂也拿不下来，这可怎么办好？索性写'又一个我'，'另外一个我'，'两三个我'，'十几个我'。"地点呢？"还是商量商量，先不提南方北方好不好，不说是学校还是机关怎么样？"就像《阿Q正传》开头那貌似"开心话"却大有深意的"考证"，最后只剩下一个"阿"字准确无误，这里唯有小说的主角，红点子教授决不含糊。

在这里把张三李四等等抽象为"十几个我"，把具体地点也一概略去，就把特定的"这一个"，变成了具有普遍性的"一般"。艺术的抽象把人物和情节从特定的地点和狭窄的"真实"里解放出来，使红点子的遭遇带有几分那一年代里所有正直的知识分子普遍的性质。同样，在《记录》里时间、地点、肖像描写、动作都全部略去了，只剩下一个无名无姓、盛气凌人、愚昧狂妄的审问者，和一个名叫曾一同的受审问的知识分子。这一可悲可笑可怖的审问就超越了具体的时空，而获得了更加广泛的真实性。在《神经病》里作家用张三李四王五来命名他的人物，也是有同样的用意在的。

林斤澜说："我自己的东西不完全那么写实，但我喜欢写实主义的写法。"[1]岂止是喜欢而已，林斤澜能够纯熟地写出严格的写实主义小说，像《膏药医生》《开锅饼》《头像》《肋巴条》都塑造了栩栩如生的有个性的人物。有过素描写生的严格训练的画家，画起写意画来也许更能挥洒自如。非写实的成分也是建立在坚实的基石上，是现实生活的升华、结晶，并不显得虚玄、缥缈、神秘。即使像《火葬场的哥们》这样的情节离奇的"口头文学"，林斤澜也能点铁成金，通过特定环境中人物性格、心理的逻辑，铺垫得合情合理，有根有据。因而艺术变形是为了追求艺术真实，内在的真实，是符合作家严峻的现实主义精神的。

与此相关的是作品中的主观客观问题。老作家孙犁在《读作品记》里写道："在谈话时，斤澜曾提出创作时，是倾向客观呢，还是倾向主观？当时我贸然回答，两者是统一的。看过他一些作品，我了解到斤澜是要求倾向客观的，他有意排除作

1　《小说构思随想（之二）》，《北京文学》1981 年第 3 期。

品中的作家主观倾向。他愿意如实地、客观地把生活细节展露在读者面前，甚至作品中的一些关键问题，也要留给读者去自己理解，自己回答。"[1]表面看来，林斤澜是一个冷静的，不动声色的作家，他的笔更像医生的解剖刀。其实，他的主观倾向相当强烈，只不过是用冰一般的冷峻包裹着罢了。这一倾向不是通过直抒胸臆，而更多的是从选材、夸张、集中——艺术变形中表现出来。艺术家是一面凸透镜，事物成比例的变形标明了他的"折射角度"——他的主观倾向。这一倾向直接的"可见因素"就在于他的语言风格，他的"语气"。

作品的"语气"表明作家对笔下人物、事件、气氛的评价，标出作家与作品之间的距离，同时也就确定着读者与作品之间的距离。林斤澜以冷峻、嘲讽、诡奇的笔调，有意使读者与作品保持一定的距离。他希望读者以挑剔的、紧张思索的目光，注视他笔下展开的一切。小说里所讲的，读者也完全应该参加进来，用自己的想象加以补充、改造、重新组合。就像《膏药医生》里听故事的青年人那样，不必执着于"非是非不是"。林斤澜的嘲讽语气又是他对历史的理性思索的产物，是对疯狂和荒诞的蔑视。无论《法币》里的反语，《问号》里的冷嘲，《神经病》里的幽默，都蕴含相当深刻的思想力量。虽然林斤澜说"这一段生活甜酸苦辣咸——五味

1　《读作品记》，《北京文学》1981年第2期。

俱全。也因此给描写带来了困难，好比这五味，以哪一味为主呢？不好调配"，但他还是着力去写出五味俱全中那难得的"酸甜酸甜味儿"[1]。因此，他的小说，冷峻中有暖色，压抑中有力量感，经看，耐嚼。

"小说原是有各种各样的"

林斤澜小说的独特风格，他的艺术追求和创新，产生于对"图解文学"的深刻反思和再认识之中。

"图解文学"是违反艺术规律的产物，是经济主观主义和哲学唯意志论在文学上的对应物。早在二十世纪五十年代，林斤澜就记取一位前辈作家的告诫，晓得"他们那时搞写作，是从生活中自己去摸索、分析、评价才得出结论的。……只有你从生活中找到了最感动你的东西，才能表达出你对生活的感受，对人生、对社会的看法"。[2]之后，他又语重心长，多次讲道："我们又往往不容易摆脱'图解'二字，图解思想，图解主题，图解政策，图解工作过程，图解长官意志……"[3]到了一九八〇年，他在积极深入农村生活，写他熟悉的农村题材的

---

1 《神经病》，《北方文学》1979 年第 11 期。

2 《漫谈小说创作》，《芙蓉》1981 年第 1 期。

3 《短简》，《北京文艺》1979 年第 4 期。

同时，又不无先见之明地提醒人们注意："'图解'这位神通，可不可以唤它回来？""我们这些人以往在这头走的冤枉路多了，吃的亏大了，不免多操一份心，怕它唤之即来，挥之不去。实际在有些地方，它现在也还直摵摵地戳着呢。"[1]

在当代作家中，像林斤澜这样郑重、严肃地总结"图解文学"的全部教训，对之保持高度警惕的，恐怕还不多。事实证明林斤澜的担心并不是多余的。可以说，摆脱"图解文学"，是社会主义文学健康发展的必要前提。"图解文学"的根本要害，在于作家没有自己的"魂儿"。它带来艺术内容的苍白和抽象。它更带来对短篇小说艺术形式的直接危害：由于素材缺乏内在联系，结构必然松散无力；人物是政策条令的化身，人物关系既臃肿又单调；情节被冗长的过程取代，细节则琐碎地组成一幅黯淡的画面。多年来人们对于"短篇不短"的责备，对于公式化概念化的不满，只能是"图解文学"的直接后果。

回顾林斤澜写于二十世纪五六十年代，至今还有生命力的那些成功之作，再考察他近年来的艺术探索，他对"图解文学"再认识的意义就更清楚了。与"图解文学"的千篇一律相反，林斤澜的小说几乎一篇有一篇的形式，我们很难将他的小说形式归类。他的小说总是从内容出发选择最适宜表现自己感情的形式。在这里，我们涉及了一个至今极少为人们所注意的题目，

1　《送下乡》，《文艺报》1980年第5期。

即短篇小说艺术形式在中国现当代文学史上的宏观发展。在本文范围内我们不能对此做出哪怕很有限的说明，我想仅仅指出这样一点：林斤澜小说艺术探索的一方面意义，就在于延续了鲁迅所开辟的现代小说绚烂多彩的艺术道路，探求多种多样的途径，以发挥短篇小说的艺术特长，来容纳日趋复杂多变的当代现实。

我们知道，短篇小说在西方是史诗和戏剧等宏大形式之后才兴起的体裁，在中国却是长篇小说等宏大形式的先驱。中国古典的长篇小说一直保留着"短篇连缀"式的结构，短篇小说则一直延续着有头有尾讲故事的程式。现代意义上的短篇小说起于并成熟于鲁迅的《呐喊》《彷徨》。鲁迅的二十余篇小说，几乎每一篇都创造了一个新形式。如此短制，却能表现如此深刻的思想内容，容纳如此广阔的时代画面，又无不具有完整、和谐、统一的形式美。中国古典的短篇小说的美学形式解体了。在鲁迅那里，有的是横断面，有的是纵切面，有的只是一个场景。有的多用对话，有的近乎速写。有的采用由主人公自述的日记，手记体，有的采用由见证人回述的第一人称。有的则用作者客观描绘的第一人称。有的抒情味极浓，有的却是强烈的讽刺。有的专析心理，有的带明显的思辨色彩。写实为主，又兼融浪漫和象征手法。

当今作家的任务不仅在于复苏鲁迅的多样化的现实主义传统。就短篇小说而言，它的作者正经受着越来越严峻的考验。相对凝练单纯的体裁与繁复庞杂的现实之间，存在越来越尖锐的矛盾。在浩劫过后从事写作的新老作家，他们对生活的整体性认识尚未达到长篇小说所能容纳的高度，而巨大的历史内容和丰富的心理内容，用短篇小说来驾驭又有极大的难度。这就产生了两种趋向：一种是中篇小说的崛起，一种是短篇小说的"置之死地而后生"。固守短篇小说的陈旧程式，就要冒把新的生活内容陈旧化、简单化的危险。为新的生活内容寻找适合作家艺术个性的新形式，就必须冒失败的风险，顽强地探索前进。由此产生了短篇小说领域内颇具规模的"风格搏斗"。王蒙是能够写"典型的"短篇小说的作家，二十世纪五十年代的《冬雨》，复出之后的《最宝贵的》，都是短小精悍的佳作。但是在这场"风格搏斗"中，他却另辟蹊径，倾向于写"那种虽写断面，却能纵横挥洒，尽情铺染，刻画入微的长而不冗，长得'过瘾'，长得有分量的'长短篇'"[1]。他的探索取得了一定的成功。林斤澜坚持的却是另一条，也许是难度更大，成功的"保险系数"更小的道路。那就是，在剪裁提炼当代现实、容纳更多的历史内容、心理内容的同时，坚守短篇小说简洁有力的艺术风格。

简洁，是林斤澜艺术风格中最基本的要素，又是他三十年小说创作中贯串始终的风格特点，更是他立足于民族传统来吸收现代表现的一个标记。在本文前几节中，我们已经看到这一要素在主题锤炼、人物刻画、环境描写、表坝手法等方面所起的作用，

1　《〈北京文艺〉短篇小说选1979·序》。

一种熔铸性作用：凝练到可用一个词概括却又无法用文字说尽的主题；用写意的白描手法夸张了性格特点的人物；省到了无法再省以至在抽象中"消失"了的环境描写。我们还会发现"简洁"在他的结构和语言方面所起的更明显的风格作用。简洁可以说是短篇小说理所当然的风格要求，但林斤澜对它的坚执固守却到了几乎是苛刻的程度。我们读他的小说时感觉到的某些冷涩、晦暗、糅合不匀净之处，就是这一"风格搏斗"的痕迹。是那大容量的当代现实在简洁的外壳中挣扎、沸腾、咆哮。是短篇小说的艺术特长在新的蜕皮中产生的疼痛和不安。

但是，林斤澜不是一个为风格而风格的作家。一方面，风格是"一种逐渐形成习惯的对于题材的内在要求的适应"（吕莫尔《意大利研究》）。另一方面，风格"只不过是思想的最准确最清楚的表现"（左拉《实验小说》）。写于一九七八年的《小店姑娘》《悼》《竹》《开锅饼》和《膏药先生》，既是二十世纪五六十年代风格的延续，又是新的艺术探索的开始。似作家对现实生活的理解、提炼尚未达到新的高度。其中《竹》的字数将近三万，反映的生活跨度长达半个世纪，采用书信体双线结构，实写了革命斗争历史，虚写了"文化大革命"，人物和事件有传奇色彩，也有抒情性浓郁的象征。思考的深化是在一九七九年。《法币》《问号》《记录》《绝句》《微笑》五个短篇都只有四千字左右，却结构完整，内容充实，入木三分，正是作家独到的魂儿已提炼出来的标志。如《问号》只是一个场面，却写出了"最最最革命"中的"最最最恐怖"。一九八〇、一九八一两年，形式更加多样化，视野更加开阔，探索更加多方面。《酒言》借老队长酒酣耳热中一席肺腑之言，叙农村二三十年沧桑多变，是近年来描写农村变化的小说最短又最独具一格的一篇。写变化的同时又不回避新问题新矛盾，包含的思想内容相当丰富。《辘轳井》分上下两篇，一亩菜园子里透出来无限绿意，二十多年世事浮沉中断而又续，小说不重情节也不重在人物刻画，却着力在抒情、意境上下功夫。《寻》也是一篇历史跨度二十余年的小说，像电影里的闪回镜头，山雨中一双粉红的雨靴，引出悲欢难诉的往事与严峻的现实相糅合，紧凑的对白里压缩了多少历史的心理的内容，你很难相信能为一篇五千字的小说所容纳。一九八二年的创作又有新的特点，《邪魔》《腾身》都把多种矛盾集中于一时一地，愚昧迷信、派性残余和新的唯利是图，旧矛盾新问题纠结着难解难分，展开富于心理深度的冲突，却把最有光彩的场面放到结尾，让不动声色，永难磨灭的崇高品性脱颖而出。"戏剧—小说"式的艺术结构，精彩的对白、独白、潜台词构成小说内在的紧张和美，无疑是林斤澜对当前艰难地腾身起飞的现实复杂性，有进一步深刻理解的艺术体现。

从上面相当简略匆促的论述中也可以看出，林斤澜小说形式的变化极其多样，而且发展并不是直线式的，但共同的特点就是力求最大限度的简洁和集中。简洁要求结构上高度紧凑，不是全景的浓缩，而是一个角度的透视，一个片段的截取。简洁要求精练的对话。林斤澜是从戏剧开始他的创作生涯的，这方面的经验于他大有帮助。他尤其喜欢把往事、回忆用精练的对白或独白道出，历史内容在口语中产生逼真的现实感，活在眼前人物口中的历史，因而也就是在现实中仍然发生作用的历史。简洁要求省去一切可有可无的细节、铺垫、过渡，有时在我们看来必不可少的环节也被略去了，猝然的中止常常使人摸不着头脑。简洁要求一以当十的细节，组成一个有机的整体，拿掉其中一个就会显得不完整。但细节的多重暗示性常使我们感到小说内部过分拥挤。简洁要求重视小说的开头和结尾，使之鲜明有力，耐人寻味。林斤澜认为短篇小说要像体操运动员的表演，在三五分钟里，"一下子抓住人，最后给人一个印象"，因而要抓好两头[1]。但有的结尾未免过于雕琢。

老舍说过："短篇想要见好，非拼命去作不可。"林斤澜的短篇是拼了命来作的，他的努力证明了：艺术地表现我们时代的复杂内容，表现我们当代人的性格心理，仍然可以做到短而充实，短而有力；在那些最见功力的篇什里，也能做到短而自然。唯一的办法就是发挥短篇小说的艺术特长，适应生活丰富多彩的侧面，适应作家的艺术个性，去写多种多样的小说。林斤澜说："小说原是有各种各样的，我的意见是各路都可以产生杰出的作品。"[2]"拿来主义好不好？好。翻箱底思想好不好？好。尖锐，厚道。清淡、浓重。热情奔放，冷静含蓄。大刀阔

1　《小说构思随想》，《北京文学》1980 年第 11 期。

2　《漫谈小说创作》，《芙蓉》1981 年第 1 期。

斧，小家碧玉。变幻莫测，一条道走到黑……都好都好，都不容易……"[1]

林斤澜的艺术发展可能还会是"变幻莫测"的，他的艺术探索却不会停止。"有好心人规劝探索者，不如回头走先前的道路。否，这是生活的'内里面'决定的，也是艺术的'内里面'决定的。如果停止探索，还叫什么创作呢？老是轻车熟路，对作家来说，他的创作生命也只是'夕阳无限好'了，或者'停车坐爱枫林晚'了。"[2]寂寞的探索者在写作时处境比一般人想象的更困难，他缺少同伴的竞赛、切磋和反驳，他可能走冤枉路，从一个点岔出去很远又绕回来，他难免煮夹生饭，对作品的成功抱着相当固执却又不太有把握的愿望。然而，探索的路仍在延伸，延伸——探索者，青春常在！

1982年12月26日

1 《写在读〈蒲柳人家〉之后》，《文艺报》1981 年第 10 期。
2 《山村奇谱·代序言》，《〈北京文学〉短篇小说选 1980》。

我读《绿化树》

一

这一代人——用《绿化树》里的话来说——"真不易！"外在的磨难不用说了，"饥饿"几乎成为一切磨难的象征。那么，内在的曲折历程呢？我们知道，这一代人与新中国一起进入自己的青春期。在他们身上，带有那个历史青春期最本质的特征：单纯、真诚。面对着这份单纯和真诚，你不禁会把"钢铁是怎样炼成的"下降为一个更基本也更严酷的问题：他们是怎样"活"过来的？他们会告诉你说，靠的正是这份单纯、这份真诚。我们看到，这是经历了理想轰毁、灵魂再生、人格复活等一系列复杂过程之后，螺旋上升了的单纯和真诚。正是在这一点上，《绿化树》达到了同类作品所未曾达到的心理深度。

饥饿竟会成为"一种有重量、有体积的实体，在胃里横冲直闯"，经历过特殊的困难年代的同时代人，都体验过这种"从心底里，而不是从胃里猛然高涨起来的食欲"。然而，正是饥饿把"生存问题"提到了一切问题的首位，使生存成了生存本身的目的，因而成了章永璘心灵历程的一个转折点：沿着"狼孩"堕落下去，还是"超越自己"，走向"天堂"？如果不是这样的话，有关"饥饿"的描写也不可能达到如此的艺术震撼力量。正是在这个转折点上，在无数的忏悔、内疚、自责、反省、探求之中，出现了马缨花、海喜喜、谢队长，出现了《资本论》第一卷，出现了由这两者的奇妙结合而产生的"顿悟"。

在展示这一艰难的精神历程时，张贤亮很好地把稳了那一代人真实的心理气氛。出身问题始终像浓重的阴影笼罩着章永璘思考的每个问题（中华人民共和国成立时他只有十二岁）。在苦难中，他默念着："我所属的阶级覆灭了，我不下地狱谁下地狱？"他为"血液中已经溶入资产阶级的种种习性"而吃惊，意识到"先天的遗传是自然的，而后天的获得性也能够遗传下去"。他"抱着一种虔诚的忏悔来读《资本论》"，产生了一种"被献在新时代的祭坛上的羔羊的悲壮感"。甚至在章永璘"自觉地"决定和马缨花结婚了，张贤亮也没有忘记写上这样一笔："我还这样想，我和她结婚，还能改变资产者的血统，让体力劳动者的新鲜血液输在我的下一代身上。"此外，还有伴随着对"筋肉劳动者"的自惭形秽，时时把精致的欧洲文化与黄土高原比较原始的文化做着相当片面的对比，等等。

在我看来，这一代人精神历程的最艰难之处，就在这里。马克思主义在不同的时代有着不同的命运。一个是马克思主义被公开宣布为异端的时代，学习马克思主义要冒着生命的危险。前辈们主要是在救国求存、改造外部世界的革命实践中掌握了马克思主义。一个是马克思主义被庸俗化、实用化、教条化的年代，这一代人基本上是在改造内部世界的自我鞭挞中开始了寻求真理的道路。到底哪一条道路更艰难些呢？这真是一个值得思索的命题。

　　如果设想一下，某个二〇〇〇年出生的章永璘的曾孙或曾外孙，他在向着"每个人的自由发展是一切人的自由发展的条件"那样一个"联合体"的辉煌目标大踏步前进，他几乎不再晓得"夹着尾巴做人""劣根性"等专有术语为何物，他还能为他的曾祖这些既崇高又蒙昧的心理历程而感动么？无论如何，他将了解到，曾经存在过这样一个扭曲的年代，生活过无数章永璘们。张贤亮在《绿化树》里，以心理学上的极大真实性，重现了这个既悲壮又充满了诗意的年代。

二

　　但是，张贤亮在《绿化树》里达到的心理学上的极大真实性，却是付出了一定代价而取得的。

　　显然，二十世纪八十年代的作者，其思想水平，心理状态已大大不同于二十世纪六十年代的章永璘。他已经懂得了知识分子是工人阶级的一部分，懂得了知识分子的阶级属性是以他的经济地位和为谁服务，而不是以他的"血统"来决定的，懂得了"马克思主义这一革命无产阶级的思想体系赢得了世界历史性的意义，是因为它并没有抛弃资产阶级时代最宝贵的成就，相反地却吸收和改造了两千多年来人类思想和文化发展中一切有价值的东西"（《列宁选集》），等等。从这样的思想高度去看章永璘的精神起点，不难从诚挚中发现幼稚，从单纯中看出可笑的一面。但是《绿化树》并没有从艺术上解决由于这二十年的时间差而带来的内在矛盾。

首先，作品是用章永璘的第一人称自叙的角度来展开的。在这种角度里，作者能极为真实地深入地再现青年知识分子当年的灵魂深处的每一次细微的震颤，使之与主人公所处的社会环境、具体处境，与人物的性格逻辑、思维逻辑都丝丝入扣。与此同时，读者也就很难把今天的作者与二十年前的章永璘区分开来，把作品的思想倾向和人物的心理状态区分开来。

其次，作品前边的"题记"和《绿化树》的最后一节标示出来的时间都是八十年代，它们与夹在中间的大段描写（不是回忆，而是描写），都是使用同一个时态，即现在进行时态。这表明作者是把"过去"也是作为"现在"来看待的，并没有从艺术上显示出时间进展的阶段性。

再次，《绿化树》是用正剧的抒情语气来展开的。这种语气不可能使用嘲讽、幽默、反语等艺术手段来拉开作品内容与作者与读者的心理距离；恰恰相反，它把你拉进去，经受同样激烈的心灵震撼，在无数的忏悔、内疚、反省之中寻求一条获得新生的道路。这种正剧的抒情语气展示的是一个经过诗意化的世界。它使你感动、共鸣，却无法展开紧张的思索，意识到章永璘的心理世界中可能有什么偏差。

这是每一个表现历史题材的作者都要面临的"二难局面"。或者，把历史人物的思想境界拔高到自己今天的水平，使他按照今天的思维逻辑去展开他的世界，这样就必然使历史的真实性丧失殆尽；或者，把自己的思想水平降低到历史人物的境界，从而也降低了作品的思想性。但是，当代小说的艺术发展，已经从技巧上成功地、多方面地解决了这一内在矛盾（这一点在此无法多谈）。从张贤亮的其他作品来看，他对这些技巧应该是了解的，熟悉的。

然而，小说作品中的叙事角度、时间意识、美学情调（语气）等等，难道仅仅是艺术技巧问题么？

在我看来，技巧就是作家对生活素材的评价方式和处理方式。技巧就是作家通过这种评价和处理紧张地寻找思想主题和发展这一主题的艺术手段。作家在《绿化树》中没有"艺术地"意识到要把八十年代的自己与六十年代的主人公区分开来，很可能跟如下一点有关：他从心理学的极大真实性直接上升到历史哲学或人生哲学的真理性时，也许过于匆忙和急促了。

三

急促地上升难免留下空白。前来填补空白的却往往并不一定是真理。

剔除了那些只属于六十年代的章永璘而不属于八十年代的作者的东西，联系《唯物论者的启示录》的总体构思，我觉得《绿化树》里有两个问题是值得探讨的——那就是对苦难的"神圣化"和对农民的"神圣化"。这两个问题其实是交织在一起的。

"在清水里泡三次，在血水里浴三次，在碱水里煮三次。"这一代人经历的苦难行程与旧俄时代的资产阶级知识分子是多么不一样呵！不是由于异族的入侵，也不是由于敌对阶级之间的战争，这种把大批知识分子抛入"清水、血水、碱水"的举动完全是历史上的"依赫梯亚尔"，并不是必然的，不可避免的。对这种苦难难道不应该抱更为清醒的态度么？把这段生活看作是"为了一个光辉的愿望而受的苦行"，看作是"历史必须要我们付出的代价"，有的同志认为这里有"左"的影响或痕迹；我更愿意从心理学上的原因去理解它。苦难的艺术表现绝不仅仅是对苦难的控诉。当你细致入微地描写如何经受苦难和如何从苦难中走出时，你多多少少就把苦难当作了"艺术观照"的对象。这对一部艺术作品来说根本是无可非议的。经受过苦难的人回过头去，为自己的耐受力而感动，他们不由自主地把苦难"神圣化"，甚至产生了"要追求充实的生活以至去受更大的苦难的愿望"。这一切都是可以理解的。然而，倘把这种心理学上的真实性当作历史哲学或人生哲学上的真理性，那就很可怀疑了。苦难就是苦难，苦难本身是没有什么意义的。倘在一个永恒的无法消除的苦难中宣布苦难具有意义显然是残酷的欺骗，由此可见苦难的意义只能是一种事后的追认，是人们战胜了苦难之后的心理反应。然而，人们可以而且必须"预支"这种意义，把荆棘丛生的原野当作通向红地毯的铺满鲜花的路。否则，他们不可能熬过浩劫而生存下来。但是，从这里并不能得出结论，说这是这一代知识分子通往马克思主义的必由之路。好的结果常常使人把坏的过程合理化，并且把目的论的东西引入历史哲学。

是什么使苦难转化为"充实的生活"呢？作者通过两个侧面来回答这个难题：一是马缨花们的"耐力和刻苦精神"，一是章永璘的"超越自己"。"在人身最不自由的地方，思想的翅膀却能自由地飞翔。"《绿化树》不止一次地描写了这种"自由地飞翔"。在作者看来，"如果具有自觉性，人越是在艰苦的环境，释放出来的能力也越大"。他认为，只要主观上有了自觉性，痛苦与欢乐就"到处可以随时转换"了。受压抑的不公正处境，贫困和饥馑的外在世界，便在这种"主观辩证法"中被扬弃了。"客观辩证法"无从展开，唯有思想可以展翅飞翔。

在这种情势下，与理念世界相对应的感性世界的组成者：马缨花、海喜喜、谢队长们，被强调的便是被"现实"认为"最好"的一面，勤劳、刻苦、任劳任怨、善良、质朴，甚至他们的粗鄙、落后、愚昧、逆来顺受，也被诗意化了。在新文学史的不同时期，鲁迅、赵树理、高晓声都曾以"哀其不幸、怒其不争"的清醒态度，沉痛地批评了、表现了中国小生产者本身的弱点，并对他们在新的时代可能表现或已经表现的历史主动性和首创精神寄予殷切的期望。《绿化树》里的农民形象却以传统的美德受到我们的赞美。诚然，人们为了贬抑知识分子，曾在文艺作品中塑造了一批虚假的"劳动者的庄严高大形象"，在这种作品中，矛盾的解决显然顺利得多。而《绿化树》里的农民形象却真实，真实的形象要求着真实的相应复杂的审美评价，矛盾的困难解决并不能借助于诗意化来实行。

与其说这里也有着"左"的影响和痕迹，不如更深入地从一代人的文化心理结构中去探讨。显然，张贤亮从俄罗斯文学里继承了很多东西。说中国文学和欧洲文学中，"这样鄙俗的、粗犷的，似乎遵循着一种特殊的道德规范，但却是机智的、智慧的、怀着最美好的感情的体力劳动者，好像还没有占上一席之地"，这并不符合事实。想想列宁所说的，在托尔斯泰这位伯爵笔下，出现了"真正的农民"吧！想想《战争与和平》里的农民卡拉塔耶夫吧！敦厚、尊严、粗鄙、智慧，导引着俄国知识分子的良心！这是对资本主义的残酷现实失望之后回过头来产生的对农民的"神圣化"（卢那察尔斯基《论文学》）。与此相对应，在俄罗斯文学中，知识分子的忏悔成为很重要的一个主题，一直影响着中国现当代文学中的许多作品。在我看来，在《河的子孙》里达到一定深度的"农民观"，在《绿化树》里却有所下降，这很可惜。

四

可是，想要准确地评价《绿化树》，无论如何，是为时太早了。作为九部"系列中篇"中最早发表的一部，应该只是那个宏大整体中的一部分。艺术作品的有机性就在于它的整体不能由部分来代表，甚至也不等于各个部分的总和。但是，作者敢于把它单独地最先发表，表明他相信作品本身具有独立的完整性。我们根据作者的"题记"标示的总体意图来探讨这部作品，也就不算是一种苛求了。

1984年10月6日

"若是真情，就经看……"

——读韩蔼丽的小说集《湮没》

韩蔼丽的作品不太多，可是，这不太多的作品——用为她的小说集写序的老作家林斤澜的话来说——却"经看"。

她的第一篇小说《湮没》，写于一九七九年五月，如今读来，仍然觉着它比同类题材的作品多了一点什么。二十多年前的一场历史性悲剧，使相爱着的一对青年人，在火车上诀别。是生离，却也成了永别。那位忍辱负重的蔡源，为了不拖累自己所爱的人，不得不用谎说另有所爱的办法，来"推开"她，使她能去寻找新的幸福。这里的心理氛围便已相当复杂：为了爱，不得不借助于恨；正是这恨，又反衬出那镂骨铭心的爱。但是，何兰却再也没有找到属于自己的幸福。他的影子，始终跟随着她，横在她和别的人中间。这样，一个人的自我牺牲，并未给另外一个人带来幸福，悲剧仿佛又深了一层。你不禁会问：既然爱情是属于双方的事情，单方面的自我牺牲是否可能呢？拔起一棵同时长在两块心田的花苗，难道不是同样地伤害了两颗心么？小说迫使你用相当复杂的眼光来看待这位不幸的主人公的自我牺牲。很难判定蔡源的这种"推开"是由于软弱还是坚强。

你会想起俄国十二月党人的妻子们，那些跟随着流放的行列步步踏向西伯利亚雪原的可尊敬的妇女们，坚贞的爱情支撑了囚徒们的信念和生命，他们也为这爱情而骄傲。而蔡源却在这爱情面前怀着深重的罪孽感。也许，那毕竟是另一个时代的故事了：显然，为天堂而战的勇士们有足够的自信含笑死去；在天堂里受到处罚的无辜者却似乎并无这种福分。这样，你才能理解，为什么蔡源不忍心带着自己的心爱者一起去为"莫须有"受苦，为什么何兰竟然也相信了他那临时编出来的并不高明的"鬼话"，"昏昏沉沉地捏着半张照片下了车"，而且后来也一直没有对此产生过怀疑。在这"鬼话"以及对这"鬼话"的信以为真背后，有着多么浓重的历史阴影！诚然，人生最大的悲哀莫过于为自己献身的事业所不容，然而，这里并不仅仅是一个有才华的青年人在逆境中默默无闻地消失的故事。小说的"焦点"是爱情被湮没的悲剧，悲剧的制造者不单是那个时代的风雨，也有当事人自身的原因；而当事人下得了这样的"狠心"，又只能在时代的风雨中去寻找解释。于是，我们就透过爱与恨与悔紧密交织的心理气氛，触到了某种极深沉极本质的东西。

同样地，你不得不用相当复杂的眼光来看待《眸子》里的那个"她"，那位有着一双富有特点的细长的丹凤眼的电影演员。"存乎人者，莫良于眸子。眸子不能掩其恶。胸中正，则眸子瞭焉，胸中不正，则眸子眊焉。听其言也，观其眸子，人焉廋哉。"韩蔼丽用《孟子·离娄》中的这段话来做小说的题叙。可是，读着小说里逐渐展开的一切，你会感到孟老夫子的话未免有点简单化了，这里出现了一个很难用一般的道德"善恶"和胸中"邪正"来判断的复杂形象。"当这群星星里最亮的一颗，这片灯光中最亮的一盏"，"当个叫人一辈子忘不了的演员"，也许此中是有不少少年人的狂妄和虚荣，可是你能说这里就没有某种崇高的、合理的追求么？"不想当元帅的士兵不是好兵"，这句名言已被引用得滥了，然而"想当"并不等于"当上"，谁又能讲清楚现实生活中手段与目的之间那种复杂至极的辩证法呢？同时，我们的艺术界、我们的社会，是否一定要把她一出校门就"栽了个大跟头"看得那么重呢？一连串的挫折，却难免使人把命运的改变寄托在莫名其妙的"补救"方式上，比如，在眼皮上动手术之类。在与命运所做的几乎绝望的搏斗中，人会做出多么蒙昧（却又带几分悲壮）的举动来呵！透过一种爱也不是恨也不是的难以言传的心理气氛，韩蔼丽与给我们的仿佛并不是一个由于"个人主义""虚荣心"，而在"沉沦的道路上越滑越远"的女演员的故事，而是一个有着更为深沉的蕴含的人生悲剧，一个要强的弱者，一个奋斗的失败者，由于不单是她自己的原因，一颗星星来不及闪亮就熄灭了。

　　"要爱自己心中的艺术，不要爱艺术中的自己。"这是斯坦尼斯拉夫斯基极为精辟的警句。然而，"自己心中的艺术"与"艺术中的自己"两者，并不是常常可以分得那么清楚的。小说《A角》把《眸子》所触及的主题从空间上、时间上都加以扩展、深化。从写一个演员到写三个演员，而且是三代不同年龄的舞蹈演员。记得鲁迅先生说过大意如此的话：人类血战前行的历史，就像煤的形成，当时要耗费大片林木，所得却只有一小块。我想，艺术，也像历史，奉献与补偿之间并不是等价的。芸芸众生在舞台上来来去去，洒下多少心血和汗水，有过多少痛苦和欢乐，遭逢多少挫折和成功，真正的艺术高峰仍然寥寥。A角林霓，B角程虹，C角蔡晓琴，也不过是这个巨大的发展链条上的三个小环儿罢了。但是，正如煤的燃烧重现了整座森林的呼吸，芸芸众生的努力永远是不容忽视的。当你和他们一起，"想到了流过的汗，扭伤的腰，身上的块块青紫；想到了一家三口、四口、两代、三代合住的十六平方米；想到了每到月底演出归来煮一点泡饭就是夜宵，夜宵费用来度过月底了，发的巧克力还得留给小儿子；想到跳了半辈子，一辈子，跳不动，转业干什么？只得夹在一群十三四岁的小学员里，扛杆枪，扬起盾，像木偶似的列队穿场，踽踽而行"，你发现这一切，不正是透着庄严，透着神圣，透着一些闪光的、灼热的，应该用歌、用诗来赞颂的什么吗？韩蔼丽把所谓"个人恩怨"背后的社会历史氛围写得那么透彻、那么深沉，使得三代演员的心理冲突远远超出了诸如"新老交接班""让贤"一类的表面化主题，向我们展示了渗透了奋斗的艰辛的、艺术家深邃的灵魂。这灵魂并不纯净如水晶，正因为有杂质，所以它是真的灵魂。

舞台，太广阔了，又太狭窄了。几千年的故事都能在这里搬演，崇山峻岭、长江大海都能在这里重现，可是，一出戏里，上了 A 角，就上不了 B 角……艺术家的心灵仿佛也是这样：她想通过艺术去拥抱整个世界，可是除了艺术她又什么都不管不顾。人情冷暖，世态炎凉；浩劫，使人心变得冷漠，变得僵硬。可是，在没有人与人之间的温暖、没有对生活对人们的热爱的地方，也可能有真正的艺术么？"红舞鞋"的出现虽然有点落俗套，立意却深刻。"要爱自己心中的艺术"，是的，但这还不够。因为艺术并不只存在于自己心中，它还是千百万人的事业……三代演员构成的小小的链环，却使我们想到了历史发展的那个巨大的、无尽的链条，想到了艺术舞台之外的许多许多事情。而这一切，又是透过 A 角林霓激动而又不安的心理气氛展现出来的，作品传达出一种很强的"动力感"，驱使你以同样激动而又不安的心情去思索，去探求。

几乎每一篇小说都是这样的，《米兰，我的》《田园》《父亲》《强者》，都提供了一幅幅耐琢磨的画面，费导思的蕴含，无法对之"爱憎分明"的人物，复杂而又统一的美感。包括中篇小说《苦茶》：在有着几分神秘感的深山佛寺，发生的却是充满人间温暖的现代故事。太平寺里的对联几乎全是用大白话讲日常道理："种瓜得瓜种豆得豆，靠山吃山靠水吃水"；"处己何妨真面目，待人总要大肚皮"。是伦理化了的宗教，还是宗教化了的伦理？似乎都与小说的立意无关。小说中的"我"——方老师，在太平寺里幸遇的山茶嫂、国师父、蔡和尚，也并无多少宗教气息，全是世俗人间里有血有肉的凡人，遵循的却正是如此淳朴实在的道德准则。正是他们朴实如泥土的道德光辉，使曹家婆娘冠冕堂皇的"政治警惕性"显露出令人生厌的色彩。同时，你会感叹，人的生命力如此倔强，仿佛靠自己心中的一线阳光也能在浓云蔽天的乱世里生存下来，山茶嫂甜美的山歌，就像那叫不出名字的苦药却能起死回生，它使方老师精神复苏，参透人生。这种参透，却又很难用理性的语言来概括，来转述。长流不息的江水，终年不凋的松柏，萤火从山涧中流淌而出，似与天宇的银河汇成一片，还有那攀登而未遇的、峨眉绝顶的佛光……伴随那甜美的嗓音，柔和、忧郁、惆怅，略带一点沙哑，就像从我们民族的意识深处升起来似的，那古老的有如历史一般悠久的山歌，久久地久久地萦绕不去。韩蔼丽总是想超越自己的素材，在有机地熔铸它们的同时，一种独特的意绪情感就好像从有限时空的制约中挣脱出来，向更深更远处升华。尽管在《苦茶》里，主人公的感受和议论，似乎太多了一些，太松散了一些，那思绪，那感情，却真切、诚挚、令人爱读。

林斤澜在序里概括得好："她凭真情写作。写法是率直说出来，有多少说多少，说到哪儿算哪儿，随处可以有倒叙，随时会岔开又拉回来。这种写法当然是第一人称最方便，因此哪儿都有个'我'，这个'我'或是南方人或北方，或男或女，但大都善良又清高；随和又别有固执；没有城府又隐隐有所追求。"

韩蔼丽作品在形象、意境、思想主题等方面的"立体化"，很大程度上得力于这种以"心理结构"为主的写法。"我"的性格心理的并不单一，使思绪里总渗透着激动不安的气氛。那思绪时时来去于现实与历史、描写与回叙之间，却又是为了向未来、向"新的一天"迈进；那思绪时时往返于自我与他人、个人与社会之间，却又总是挣扎，力图超出具体的人物冲突，向更深厚的社会历史中去追根溯源；那思绪时时徘徊于爱与恨、自尊与自卑、反思与探求之间，那感情的烈焰由火红而白炽，而幽蓝，终于透出一丝儿清凉，不绝如缕，沁人心脾。你不禁会想起《A角》里描写到的化妆室里的那些镜子：这一面镜子里有那一面镜子，又一同照到另一面镜子里去，说不清这里有多少面镜子。初看令人觉得模糊，细体会却产生了丰富。

奇怪的是你在总体上却总是感觉到一种单纯，甚至是一种过于单纯的单纯。所有的往返回旋，最后都汇成一个"合力"，那么急切地奔向明朗的"新的一天"，奔向纯净化了的理想。韩蔼丽先借这种追求美和善的急切愿望，来驾驭她笔下众多复杂的对比关系，来统率几个声部此起彼伏的旋律，存时不免"为难"了、"勉强"了她的人物（如《田园》里的霞霞重返草原），但这毕竟是使作品成为有机的整体的最重要因素，是作品中的"魂儿"。有了这个"魂儿",才能使作品"形散而神不散",灵气贯通,浑然一体。

这却是散文化的小说创作中最是"说来容易做来难"的事情。注重情节发展的小说,已总结出一套规律,如何引出矛盾,如何发展冲突,如何推向高潮,如何制造悬念,如何使矛盾得到解决,相当完备。作者(因而,读者)也借助这条情节线把纷纭的事件加以组织、整理,终于形成一个牢固的、完整的有机体。散文化的小说创作却似乎无章可循,仿佛"最高的技巧"真的是"无技巧",只能得之于天,至多也只能苦练多年然后豁然悟之。你看学士苏东坡说得多么轻巧:"吾文如万斛泉源,不择地而出,在平地滔滔汩汩,虽一日千里无难。及其与山石曲折,随物赋形而不可知也。"(《文说》)他又说:"大略如行云流水,初无定质;但常行于所当行,常止于所不可不止。文理自然,姿态横生。"(《答谢民师书》)可是,散文既然"不散",总是有它的基本规律在的。作品的"魂儿"究竟如何自然地而不是生硬地充盈于字里行间?究竟如何驱动笔下的众多"碎片"按照最理想的路线展开、流动、交错、相映,逐渐融会成震撼人心的"艺术打击力量"?究竟如何判断何处"当行",何处"不可不止",从而使貌似零散的作品却有一个恰到好处的开始感和结束感,因而也就具有一个整体感?等等。这一切无疑都是散文化的小说创作和评论中值得探讨的问题。中医里有"经络理论",认定人体内的"气"是按照一定的经络路线运行的。这一理论至今未能得到解剖学上的支持,却在针灸、按摩、气功等无数实践中得到验证。我想，文章里的"气"应该也有它运行的"经络路线"的，它的规律无疑也要从古今中外无数成功的作品中归纳探讨出来。这当然不是这篇短短的读后感所要承担和所能承担的任务。我只想指出，韩蔼丽的小说集，也为我们探讨这些规律提供了某些有意思的东西。

　　韩蔼丽的小说常常开始于最能触动个人思绪的一个"事件"，因而小说一开头就获得某种势必要进行下去的"动态冲击力"。这"事件"可大可小，小至女儿与父亲的一次争吵（如《强者》），大至B角演员在连排中摔断了腿，血流如注（如《A角》）。在擅长讲故事的作家笔下，这"事件"可能成为引发一系列连贯有序的情节的契机。韩蔼丽却注重它在打开人物情感闸门时所起的启动作用。跟随这"事件"而来的往往不是人物激烈的外部动作（外部动作仍然是日常的、不起眼的：找药吃，化妆，上油彩，等等），而是激烈的伴随着无数回忆的内心独白、心理纠葛。韩蔼丽的小说常常结束于某个关节点，越过这个关节点便是"新的一天"。当人物的心灵仿佛经历过一番洗涤而焕然一新，小说便在这里停住，停在新的外部动作之前。这样，在开始与结束之间，是一条完整的心理线，融过去的外部动作于这条心理线之中，亦预示未来的外部动作于这条心理线之中，所存的往返回旋，都不逸出这个心灵受到猛烈撞击之后，产生独特的感受角度的范围。小说的整体性、有机性，就借助于这个特定的抒情性角度的始终如一。要做到这一点并不是那么容易的。韩蔼丽写的是自己的女友、同学，把自己的遭遇也掺和进去，因而能深入到人物心灵的全部细微之处，写得丝丝入扣。在这里，来不得半点游离、外加的成分，来不得半点虚矫——在这里，真情比什么都重要。

韩蔼丽又常常给这条统率全体的心理线寻找一个支撑点，或是一盆香气袭人的花（《米兰，我的》），或是一曲触动情怀的旋律（《田园》）。这个支撑点反复出现，主人公对它极为敏感，敏感到了近乎病态的地步。米兰的香气竟会令她窒闷，"田园交响乐"的旋律有时也让她欲哭无泪。于是，它成为与心理线相对应的一个象征，它的出现往往推动心理线的进一步发展，在它身上，几乎就凝聚着小说的全部思想主题。有的时候，它甚至可能成为解开人物矛盾冲突的关键，但韩蔼丽明智地拒绝这样做（如《A角》里的"红舞鞋"）。一个统一的象征物能够巧妙地串起看似零散的无数回忆和反省，像诗歌里的复沓，音乐里的主旋律，它的反复出现加强了作者赋予它的那些意义。应该说，在散文化的小说中，这是使全部素材整体化、有机化的最简便有力的办法。然而，它的应用正由于其简便有力而开始显得幼稚，反复的出现每每使人疑心它是否是"呼之即来"的产物。像《米兰，我的》，未免有一些人为的痕迹。当代的小说大师在选取象征的时候，便往往避免采用这类"小道具"，而选取蕴含更为丰富复杂的景物。人物难免总在同一的景物中出现，它的反复露面便更为自然地与人物的活动相融合。海明威在《永别了，武器》里写了"雨"，每当人物遭受不幸时，它使出现，你却一点也意识不到这是有意为之的结果。

韩蔼丽在《苦茶》里，说不定也把那个太平寺用作一个不动声色的象征物，从这里也可见出艺术上的走向成熟。

　　"艺术，多么辉煌；生命，总是辛酸；追求，多么艰难；探索，总是寂寞。"韩蔼丽在《A角》里写下这段排比句，或可看作她自己的心声。当代生活纷纭多变，小说家凭借一颗敏感的心，寻找着那些足以捕捉并表现这纷纭生活的线索。这样的一些线索也就日渐丰富而多彩，体现出人类为"艺术地掌握世界"而付出的艰苦卓绝的努力。韩蔼丽在复杂中追求单纯，喧闹中建立和谐，多变中捕捉永恒，奉献给我们这本不厚的集子。如果说，"经看"是对艺术品具有生命力的一种评价，那么，艺术品的生命力就在于贯注到作品中去了的真挚的灵魂。所谓"贯注"，是说从内容到形式都充盈了生气。正是在这个意义上，我们才能这样说——

　　"若是真情，就经看。"

1984年11月23日

刘索拉的《你别无选择》

　　功能圈、T—S—D、赋格、勋伯格、原始张力第四型、亨德米特的《宇宙的谐和》、和声变体功能对位的转换法则……不懂？不懂也没关系。我也不懂，准确地说，我对音乐一窍不通。何况这里有些术语根本就是半开玩笑式的杜撰。但是你既然翻开了书，你就别无选择。你就下定了决心要与作者、与人物同甘共苦、同生共死，直到最后一个标点符号你才能喘一口气。一切都已安排就绪：一个人物引出另一个人物，一件事情转到另一件事情，人物变形得厉害，事情夸张得离谱，节奏进行得飞快，白纸上的黑字排成了行，就牵着你的目光你的思绪，去体验一轰鸣中狂热的追求、痛苦、成功和失败。不，对我来说，一切并没有安排就绪，一切都在从头做起："体验"并不是自动地从一大堆符号中涌现的。是我的目光"激活"了这些符号，加速了我的创造。正是我的创造使我能够越过或者绕过这些我所不懂的专门术语，而努力去获得一个有机的"综合形式"：其叫作"主题"，我宁愿称之为"意义"。

作曲系的学生都有点"神经混乱"。董客拐弯抹角地说一些故作高深的话，有时连标点符号也不用。石白和谁也不来往，却相信贾教授的话，要"做一个神圣的、有教养的、规规矩矩的音乐家"，他活得像一首"一连串不均等节奏和不谐和音"的钢琴曲。戴齐的钢琴弹得好，他对作曲一泄气就想转到钢琴系去。小个子一个劲儿地老在擦那个玻璃镜框，那个功能圈。森森寻找自己民族的灵魂。孟野渴望表现一种原始的悲哀，"像一个魔影老和大地纠缠不清"，却不幸被一位学文学的女才子所纠缠。唯有李鸣觉得自己有病，症状之一便是身体太健康、神经太健全，他逃避琴房、课堂而在宿舍里躺着。但他永远忘不了回家探亲被塌方的窑洞砸死了的马力，可是马力并不需要"死亡与永恒主题的交响诗"。还有那三位女生："猫""懵懂"和"时间"，光冲着这些外号你也明白了几分。

可是，真的别无选择吗？世上可干的事情多得很，并不是命里注定要推那块石头上坡。你可以不干，即便是作曲吧，也有各式各样的作曲、各式各样的作曲家。

是的，你是选择，作曲，还是干别的。而名副其实的作曲只有一种，就是创造，生气勃勃的创造。于是李鸣琢磨着退学，"我得承认我不是这份材料"，他选择了躺在被窝里读小说。董客交上了包罗万象的作品，"个人特点一文不值"，因为评送作品的人们各有各的胃口。石白附和了贾教授对"杀人犯音乐"的严正批判，以至忘了哪是自己的观点，哪是教授的原话。戴齐从"神经混乱"的作曲系逃到了钢琴系，女朋友莉莉却骂他：你本应继续你的神经混乱；而你却逃了出来，因而更是一个神经混乱，一个胆小的神经混乱！孟野却被迫在两者之间进行选择：要妻子，还是要音乐？可是世上并"没有没有音乐的地方"，他是生下注定要创造音乐的。仿佛总有一种召唤在前边，搅得我们痛苦不堪、不得安宁。

　　当然，我们不是宿命论者，这一点甚至体现在我们的日常语言之中："我不该做那件事"，或者，"你能做，为什么没做？"或者，"他们那场球没打好，输了"，等等。这些词语只不过指出一个简单的事实，人是有意识的生物，他有知觉、意志和情感。除了某些特殊境况（如意外事件、不可抗力）之外，他或多或少地总得为自己的行为负责，为自己的选择负责。我们同时是历史这幕剧中的角色、演员、观众、导演和剧作者，我们程度不一地选择了自己的形象。然而，确实存在着不以我们的意志为转移的东西，说它是规律也好、必然性也好、既成事实也好、传统也好，都一样。正如贝多芬已经矗在音乐史上一样，正如你永远不可能超过巴赫一样，但也正如艺术总是本能地需求着创新要求着个性一样……我们就在这一切的制约下选择，并不存在无限的可能性；余地因人因事而异。你是在地球上，因而是在既定的重力条件下跳高或跳舞，可是与其梦想到月球上去创造六倍于此的跳高纪录或美妙无比的舞姿，不如相信这句古老的格言：

> 这里就有玫瑰花，就在这里跳吧！
> 这里就是罗陀斯，就在这里跳吧！

　　于是那不以我们的意志为转移的一切，便成为我们评判种种选择的客观标准。尽管人们对客观标准也仍然是主观地加以解释，而且解释权的分配不可能是均匀的（试想想"大谈风纪问题的贾教授"）。但我们总在评判、总在追问，怎样做才是对的、好的、最好的？怎样划分正当与不正当、正直与荒唐、进步与反常？我们从目的问到手段，从动机问到效果，折磨着别人也折磨着自己。就这部中篇小说所创造的艺术世界而言，为什么那激动人心的音乐作品（森森的五重奏和孟野的大提琴协奏曲）会把我们的体验一下子推向高潮？对"风纪问题"的强调、"创作方式"的纠缠、精疲力竭的考试，仿佛一下子变得微不足道、黯然失色。甚至马力的死也好，孟野的被迫退学也好，也仿佛全被"超越"。我们被浸入无尽的动荡不安混沌不堪之后，突然挣扎出来升华到一片明亮质朴的庄严之中。不，高于一切的不是那两部作品，而是那种渴望、那种焦虑、一代人疲惫而又激奋得发亮的面容和神采。

　　这就是为什么对音乐所知甚少的我也被小说所震撼。刘索拉戏谑揶揄而又不露声色，凝练集中而又淋漓尽致。人物接踵而至，永远伴随着凝练化了的动作、张扬了的表情。音乐、音乐、音乐。除了音乐什么也不想什么也不吵什么也不谈。故事几乎就囿于那个学院的围墙之内，楼道电永远是一片疯狂的轰鸣。人物几乎没有历史和过去，他们并不"带着档案袋上场"。这里永远是现在时，永远像银幕上的映象用一束光把"当前"呈示在你面前。马力死了而铺盖还在因而马力并没有死。小个子走了而功能圈还在因而小个子并没有走。小个子不停地擦功能圈因而动作被抽象化，便具有了某种"形而上"的意味。考试和参加比赛都被夸张到了令人绝望的地步因而也具有某种"形而上"的意味。我们的理论至今无法对这种形象化的抽象做出令人满意的解释，而正是这种形象化的抽象使小说通向嘲讽、通向诗和哲学。对话灵活地用来转换时空并勾勒出人物，每一个人物都是主人公因而并没有一个专门的主人公。人物都有一个被夸张了的特征因而你只记住了这个特征，而不晓得"性格的立体感"为何物。走马灯的旋转使我们把人物看成一个浑然的群体。这不是关于一个主人公的故事（英雄血？美人泪？），它讲述的是一代人的命运，准确地说，是讲述他们的骚动不安的心灵的历史。你当然不必拘泥于音乐和作曲。这骚动不安的心灵同样体现在绘画、写作、徒步考察黄河、打排球、理化实验、卖大碗茶等等千姿百态的众生相中。作曲被抽象化为一种神圣的追求。如果你愿意，也可把它看作人类的主体创造性的永恒赞美。我却不可仍然把它看作是特定时空下、我们民族走向现代化、民主化进程中，一代人"情绪历史"的一个浓缩。刘索拉超越了形似而达到了神似，而我们超越了音乐术语而达到了心领神会。或许正因为我们对音乐一窍不通才证明了这一超越。你体验到这并不只是关于疯疯癫癫的作曲系学生的古古怪怪的记录。于是你回过头来在一片喧嚣中发现了和谐，白纸黑字的堆积中发现了结构、技巧和文体，发现了敏捷和才气。

1985年4月18日晨

蒋韵的《少男少女》

　　这是生活在躁动年月的少男少女们。不是在天南海北插队落户的那批"老三届"，而是"小三届"，当他们的哥哥姐姐前脚踏出中学的校门，他们后脚跟着成为"复课闹革命"后的第一批中学生。"老三届"轰轰烈烈、曲折离奇、严酷坎坷的生活经历的光彩遮掩了他们。文学，过迟地注意到他们，或许即使注意到他们，也只是作为被耽误的、没存文化知识、没有教养的、空虚的一代来描述。他们的兄长，即使狂热，也还有理想，即使消沉，也还在求索。他们呢，在中学残破颓败的教室里（一块完整的玻璃都不剩），学"工基""农基"，背语录，挖战备防空洞，既没赶上轰轰烈烈，也不懂得轰轰烈烈之后的消沉和沉思。然而，正是这些小姑娘、大男孩，用稚气的眼睛注视着这个荒谬的世界。世界也许忽略了他们，他们却并未忽略这个世界。从少年时代走向青年时代的过渡是一件庄严而又痛苦的事情。在这个过渡中,如果你曾真诚而又勇敢地注视过世界,那么你看到的一切便比别人多一层独特的理解。这份理解,是别的年龄层的人们所没有的。因此,忽略他们是完全不应该的,对文学来说,这种疏忽近乎"暴殄天物"。那么,我想说,仅仅在这个意义上,蒋韵的这部中篇小说也值得重视。

然而,题材或描写对象并不能决定一切。《少男少女》感动了我,更多的是因为蒋韵把这份独特的理解,那样准确、细腻、完整、动人地转化成了文学。小说在一片浮嚣火炽之中,成功地写出了那么几个清纯如泉水的灵魂,透过少女夏雨生真诚、稚嫩的眼睛,把发生在这群小儿女中大大小小的悲喜剧,平静地、难得地带着沉思,展开在我们面前。这样的题材很难不陷入一种感伤的叙写,被感情的旋涡不由自主地带着走。小说所以能战胜了这种诱惑,得力于上述"平静的沉思"。写友谊和无意的伤害,写不公平的歧视和最初的屈辱,写少男少女们的初恋,分寸感都掌握得极好。小说里的齐伟军背地里夸雨生:"那小姑娘的'感觉'挺好。"确实如此,蒋韵扣紧"感觉"这个层面,无论写人、写景、写内心、写氛围,"感觉"都抓得很准。文学语言,说到底,其实就是关于感觉的语言。而人的感觉,却是过往全部世界历史的产物。感觉枳淀着历史,渗透了理解。如同那块红地毯,真不知有多少脚印儿在那里重重叠叠,模糊一片,深藏了很多很多故事,于是在小姑娘夏雨生的心里,浮出来一个古怪的字眼儿——历史。若干年后,也可能有十五六岁的少男少女，读到这部中篇小说，再也弄不明白，何以脖子上挂过一串破鞋的女人的孩子，便会承受那样多的轻蔑和敌意，何以留洋博士的女儿，便没有资格加入"红卫兵"，何以在演出前，要反复念一条"一不怕苦二不怕死"的语录……但是，那书中朦胧的、真挚的感觉却会与她（或他）相通、共振，共鸣。因为，感觉是有它的历史的，从远古而来，重重叠叠地向未来而去。只要这个星球上还有人的生命、青春、痛苦和欢欣、梦和渴望，感觉便带着它的全部历史蕴含前来，引动某种因神秘的同构关系而产生的震颤。我们的感觉朦胧而并不抽象，因为它须与那个真实具体的时代联结，它须从历史中获得结构和内容。它是属于历史的，因而它既是永恒的、普遍的、与人相通的，又是瞬间的、独特的、不可重复的。而文学，却借着神奇的语言文字，把它的结构和内容转化、变换并凝定在这里，让我们和夏雨生一同去看、听、想，像她那样，把一片起伏的、赤黄色的、在蓝天下沉默着的山丘，看作亘古以来只与月亮神交的湖水，心里却涌上来一阵苦涩和酸疼。蒋韵写出了少女聪慧、善良、敏感的心灵感受到的一切，从而把积淀其中的、对那个动荡年代的那份独特理解"文学地"表现了出来。

如果把我们现在谈论的这部作品与王蒙的《青春万岁》做些比较，将会是很有意思的。你会多么强烈地意识到两代人的青春以及他们在青春期对世界的理解是何等的不同。王蒙笔下的少男少女们是永远年轻的，尽管他们更像是一些严肃的小大人，连他们的哭和笑都是严肃的，然而却是多么天真的严肃呵！他们也有烦恼、有痛苦，但这些烦恼和痛苦总是在阳光的照射下很快地消散了。他们的初恋也是严肃的，严肃得几乎不像是初恋，而且很快地从属于"革命工作"的需要了。青春气息主要来自洋溢于长篇小说中的革命激情，有如那昂扬、明朗、充满了信心的叙述语言那样。蒋韵笔下的少男少女们过早地与天真烂漫告别，时代以一种荒诞的夸张方式要求他们严肃，他们却以一种少年人的真诚体验到严肃后头的荒诞，他们艰难地维护即使是那样的年头里也仍然是属于青春的权利：爱的权利，友谊的权利和梦想的权利。在那个物质和精神双重地匮乏的岁月里，他们似乎是得天独厚的。在同年龄的伙伴们忙于深挖洞，运沙土的时候他们可以唱、可以跳，可以坐和不坐拖拉机，吃和不吃白面馒头。在没有美、没有艺术、没有光明的年代，他们自己就是美、艺术和光明。然而，贫穷、阴暗和愚昧存在着，而且侵略着、压迫着他们稚嫩的心灵。初恋令他们惊惶不安。因为那是与"脏"和"丑"联结在一起的。在他们的歌声琴声和舞姿后边，躁动着的既是青春期的烦恼，更多的又是一个时代的痛苦。两代人的青春，一代人的青春期正好与历史的青春期相重合，他们永难忘怀的是属于他们的青春时代的那些歌曲（比如说，苏联歌曲），他们仿佛永远沽在自己的青春时代之中。另一代人的青春期却碰上了历史的曲折期。是打着前进旗号的曲折，而前进总是让人激奋的，前进的光彩总是要照亮少年人的心的。当光彩变得黯淡的时候，他们唱的却不是属于他们那个年代的语录歌和样板戏，而是童年时学会的歌曲，由年轻的父母，幼儿园阿姨，小学一年级老师教给他们的，关于爱劳动爱清洁，关于太阳光和小雨点，关于洋娃娃和小熊的歌曲，这意味着他们实实在在是在与自己的少年时代告别了，一个新的躁动不安的历史转折正在前边召唤着他们。因此，与用年轻的语言讲述小大人的故事正好相反，蒋韵笔下的人物幼稚、琐碎，甚至是平庸的，叙述语言却是久经沧桑后的安详沉静，柔中有刚，含而不露，清澈而又略带凄婉、执着而又善于谅解。《青春万岁》有如那哗喇作响的篝火旁热情澎湃的诗朗诵，而我们现在谈论的作品，却像是春天的月夜水渠边不绝如缕的、动人而又忧伤的琴声。

每一代人的青春都是不相重复的。然而，正是这一代代人的青春互相接续，给了历史以生气、活力和希望。蒋韵的《少男少女》更是叙说了在那与青春格格不入的年代里，青春也是不可扼杀的，青春也是美好的。对于一代人来说，他们的青春永存，青春万岁。对于另一代人来说，他们的青春才刚刚开始……

1985年8月8日晨

宋学武的《山上山下》

　　山上，是我们；山下，是"他们"。在战争中，敌我关系常常具象化为一种空间关系。在文学中，正如在生活中一样，空间关系渗入到生理和心理之中，透过一种"感觉的语言"而表现出来。山上的战壕里闷热难熬；山下却有一条小河，"他们"在洗澡。然而山下显然更闷热；因为山上有风。然而山上的风有股尸臭味儿，山下那帮"驴"为何不把他们的人拖回去？我们在山上，保卫着并且怀念着我们身后的山下。但山上的日子并不像人们想象的那样充满诗意和传奇色彩。"有什么情况？""没有，没什么情况。"战壕前的尸臭算不了什么情况，"他们"在山下小河里洗澡也算不了什么情况，士兵李葳觉得闷热难熬，没胃口不想吃东西更算不了什么情况。学武的这个短篇写出了一种平淡无奇的英雄主义。我觉得，这种英雄主义比诗意化或戏剧化了的英雄主义更深沉、更扎实，更耐咀嚼也更有光彩。

小说的对话是非常出色的。平淡无奇正是经由两个守壕士兵的对话充分地表现出来。对话一直是我们小说创作中较薄弱的部分，也是学武以往创作中的薄弱之处。但这一篇的对话实在有味儿。那些没有多少意义的对话都突然具有了意义："不见得""不一定""那当然""别说了""要是……就好了"。丰富的心理内容常常不是在长篇大论之中而是在简朴单调的对话之中。对话的意义不仅存在于对话本身，而且由整个"语境"所提供。战争不光是杀敌奏凯，对于前线的士兵来说，战争也是一种"日常生活"。日常生活中被我们漠视的事情，比如阴凉、洗澡、吃饭、呼吸、活着、心理上的平衡和宁静，在另一个环境中就成为严峻的考验。当严峻的考验反过来成为日常生活的时候，用豪言壮语来表现它就显得不太真实或很不真实。当读者的日常生活跟前线的日常生活形成严肃的对比时，这里产生的就是一种内在的震撼。我觉得，战争中的"诗"和"戏剧"，只有作为战争的"散文"的一部分来理解，才可能是真实的。在"散文"后边或里边隐藏并闪烁的"诗"是真正的诗，士兵之诗，人之诗。

但平淡无奇中亦有奇，日常生活中有波澜。半夜里那些尸体突然都变了姿势而且移动起来。这一段不是用对话，而是经由似睡非睡的士兵的视、听、嗅及"第六感觉"呈现出来，因而颇带神秘的梦幻般的色彩。最精彩的描写是李葳在"他们"

拖尸发生障碍时的那些心理，他甚至替对方着急：应该回来从那个树根上挪开一下，要不就侧着拖一下，这个笨蛋！这种微妙的心理是很自然的：因为，他明天不用再受尸臭之苦了。往更深处说，也可能体现了这场战争的某种特殊性：主要是为了保卫疆土而不是杀伤"他们"。写"奇"是为了写"不奇"，小说的这一段"奇"依然具有"人情之常"的基础。因而小小波澜之后便又复归平淡无奇。结尾处又是那貌似单调的简短对话："几点了？""差不多天快亮了。""你怎么不叫我？""我看你睡得挺香的。"紧张之后的松弛和镇定是一种属于老兵的从容，使一切夸张的表情，做作的语言，大惊小怪的描写都黯然失色。语言的悭吝表现出了"内在的硬汉性格"。

人们已经注意到，当代的军事文学正在悄悄地发生着新的变化，有可能最终导致一种创作上的突破。"写法"上的改变常意味着"想法"上的变化。深入到生理的、心理的层面去表现士兵更真实的灵魂，在一个特殊严酷的环境中去挖掘人性，描写战争是为了超越战争，是为了写人，写战争中的人。在当代，战争已不再由功勋和凯歌、誓言和牺牲表面化地组成，战争被"哲学地"表现为人所面临的一个冷峻的处境。我相信在我们民族迈向未来世纪（既带来了希望又带来了焦虑的世纪）的历史进程中，战争提供的特殊视角将被文学有效地利用，以挖掘并塑造民族新的灵魂，并达到前所未有的深度。

1985年8月

艺术短论四篇

不连贯的对话

    在一个"被爱情遗忘"的山乡家庭里，过门两个月的菊子却没有把爱情遗忘。她也许是体格强健却性格柔弱的，她老爱掉眼泪。然而她柔韧而并不柔顺，她执着地、絮絮地诉说着自己的委屈、害怕、愿望、追求。终于在风雨将至的共同劳动中，在丈夫阿达眼里，她由"只当样东西看"的"臭婆娘"变成了与他"肩膀比着肩膀地走"的"好婆娘"——虽则在我们看来，这一转变未免显得突兀了些。

一个看来陈旧的没有多少故事性的故事，一个绵延了六十多年的、中国新文学的典型主题，一个我们并不陌生的农村女子形象，却让人读了仍然觉着含蓄有味，觉着还有某些新意。这里难道不是有一些值得琢磨的东西吗？

朴实无奇的抒情气氛，平淡琐屑的生活细节，白描式的、粗线条的环境描写，冷静客观的叙述调子，这些都是构成这篇小说"有味"的有机因素。但是值得我们注意的，还是占小说篇幅较多的人物对话，其中有不少段落让我们看到作者在进行着有意义的艺术追求。

比如，当黑脸妈逆来顺受地讲道："我到他们家已二三十年了……"菊子却走到她跟前，仿佛与上文毫无关联地问道："阿妈……你到城里去过吗？""去过，……那时，我们这里还没有汽车路，我上城里去挑过一次盐……""阿妈，你，你不难受吗？""你说什么？……干吗难受？""阿妈，阿妈……"在这里，两个人都各自顺着自己的思路说话，既无交锋也无交流，然而两代妇女之间的隔膜，菊子对黑脸妈的同情以及对自己的未来的联想，等等等等，无比丰富的心理内容就都隐藏在这不连贯的对话后面。

又如在小说的末尾，黑脸爸没有正面回答儿子要钱的要求，却"顾左右而言他"地抱怨说："我的腿脚不行了，跑了一天的山路……"后来把钱给儿子时又"毫不相干"地扯到了天气："明天天气许会放晴了，北风刮得这么凶……"，这样的一些对话显然比他那些"咱是正经作田人家"一类的训斥更能显示这位农村老人的内心世界。

在当代小说中，这种"不连贯的对话"越来越成为重要的艺术手段。对话并不纯粹是为了推动情节的进展，或用特定的口头禅区分人物的性格，或是在一环紧扣一环的互相辩难中揭示主题。对话常常显得是与主题、与情节发展无关紧要的。人物说话时往往陷入了冥想，充满了回忆，似在交谈却并非在交谈。正是这种对话具有了日常生活的高度真实性。在对话的是两个活生生的各具性格和"思维逻辑"的人，而不是轮流分摊着作者主观意图的代言者。在谈话的跳跃处隐藏着潜在的心理活动，在不连贯的对话后面有各自连贯的思绪。这种断断续续的谈话把人物直接展现在我们面前，表露出用别的写法无法描述的、人与人之间种种微妙的现实关系，烘托出某种意味深长的气氛、某种情境。正如我们在读契诃夫、鲁迅、海明威等大师的作品时发现的那样，这种形式的对话要求作家非常敏感地使用活的语言，并具有感知和表现情感的每一种基调和细微差别的艺术工力。

因此，"不连贯的对话"是比"连贯的对话"更难把握和驾驭的。用这样的标准来要求我们的《垛草时节》，当然可以发现许多欠火候的地方。比如乡村老人使用"但"和"已"等等书面虚词之类，就是连贯的对话里也是忌讳的。然而欠火候并不可怕，可怕的是没有任何艺术上的探索和追求。

成长中的视点

少数民族多彩的生活，南北边疆瑰丽的风光，始终激发着当代作家和读者的艺术想象力。高尔品在小说《阿加"帕日吉玛"》中却另辟蹊径，不是把生活场景推向我们所陌生的边塞高原，却把"异域"风情拉入到我们熟悉的日常氛围中来。这就产生了当代艺术中称之为"陌生化"或"奇化"的那种效果。

艺术创造中的"奇化"原则，大致有两个方面：一是把两种以上毫不相干的意象"用强力拉到一起"，比如这里使藏族姑娘来到江南小城当汉族儿媳；一是选择独特的视角去展开作家的艺术世界，使平庸放出光彩，陈旧转成新鲜。托尔斯泰在《战争与和平》中把一个平民推入战场，用他的眼睛来观察参战者可能体会不到的一切；他在另一篇小说里用一匹马的目光看世界，产生了绝妙的"奇化"效果。显然，"视点"的选择在奇化中有很重要的作用。

高尔品在这篇小说中不用帕日吉玛作视点是为了避短扬长。如果作家对藏族人民的生活习俗、民族心理更熟悉一些，这本来会是一个极有利的视点。他也没有选择家庭中的哥哥、父母、邻居兰姐姐或那位横行街巷的治保委员做小说中的"我"，而是从帕日吉玛的小叔子的视角，去展开他的故事。

用成长中的少年的目光去注视世界以产生"奇化"效果，实在是文学史上一个极重要的艺术经验（举一个大家熟悉的例子：孔乙己的悲剧是从酒店小伙计的角度来叙述的）。从这篇小说中也同样可以看到，用成长中的少年作视点有着许多难以想象的"优势"。

"我"用天真无邪的目光欢迎这位给自己和整个世界带来欢乐的藏族嫂嫂。叙述者朴素的讲述能保证故事的真实可信性和感染力。我们都乐于相信少年的纯真，读者的这一愿望甚至弥补了小说中某些"以意为之"的痕迹。童言无忌。小说中对女主人公的某些溢美之词，倘不是出自十一二岁的少年之口，读来是会让人感到难为情的。亲昵中有几分崇拜，崇拜中又有几分自豪，这正是一个在长期压抑的气氛中长大的敏感少年的真实情感。

成长中的少年好奇心强、求知欲盛，透过他的目光看任何事物，都新鲜而有吸引力。这正是这一类型的视点产生"奇化"效果的根本原因。更重要的是，少年正从幼稚向成熟过渡，他不像童年那样知之甚少，又不像成人那样形成了固定的看法和态度。朦胧的意识中有困惑、怀疑、探求、抉择，是一个充满了矛盾、变动的复杂过程，从生理到心理，到处在转折之中。在小说里，"我"对哥哥、嫂嫂、兰姐姐三者之间的爱情悲剧，倾注了极大的关心。他开始思索最严肃的人生课题：我应该成为什么样的人？经过那台阶上的不眠之夜，我们发现，他成熟了，仿佛一夜之间长成了一个确定了人生目标的男子汉。而作品的主题也几乎同时在这里"成熟"了，或者说凝定了。

高尔品曾在他的一系列作品中谴责大时代中懦弱的性格和卑琐的心灵，呼唤刚强、正直、像火焰一样（而不是像雪花一样）纯洁的灵魂。他终于在这一篇里让我们看到了帕日吉玛嫂嫂美丽的形象，尽管也还伴随着过多的泪水和哽噎，那一曲诀别时的劝酒歌却深情而有力地震撼人心。"我"不是白白地目睹和聆听了这一切的。也许，这歌声就像雪山和草原上最明净的日光，射入了江南小城令人窒闷的生活，射入了少年成长中的心灵。因此，当小说结尾，写到"我"大学毕业奔向祖国大西北时，我们不会感到这是硬加上去的、应时的赘笔。作者是何等殷切地希望这一代人有鹰一样坚强的翅膀！

技巧是作者使自己的素材和激情形成的手段，又并不仅仅是手段。这里也存在着手段与目的的辩证统一。我们看到的是，在这篇小说里，视点的选择服务于内容的展开和思想的深化，服务于对艺术真实的追求。

大容量的动作

腾跃——这只不过是一个动作：马达震响着，山道颤动着，他驾着"YAMAHA-500"，向宽约六米的裂谷风驰电掣般地冲去！

这动作本身就是扣人心弦的。你眼前立即出现一组快速变换的电影镜头——黝黑的巉岩、火红的车身、旋转的天空、飞卷的枯枝败叶、令人晕眩的角度和速度伴随着震耳欲聋的音响、车手脸上大粒的汗珠和透明头盔下逼视深渊的目光。最后，是那个在半空中划出优美弧线的慢镜头，在这个瞬间里，一切音响、一切色彩、一切念头都突然消失，只剩下那个霍然腾起的动作、动作、动作。

然而动作毕竟只是动作。孤立地来看，即使是这类扣人心弦的动作本身，所包含的容量也是十分有限的。你可以赞赏车手的勇敢和矫健，你也可以欣赏画面的动感和美感，甚至，你也可以夸奖名牌摩托车的造型和性能（假定你有关心商品信息的爱好）——仅此而已，是的，仅此而已。但是，如果这一腾跃联系着一个人（一个活生生的男人）的事业、爱情、命运的巨大转折，如果这一腾跃的背后凸显了具体的社会历史背景，如果这一腾跃渗透了真实的强烈的生理心理气氛（感觉、意志、情绪、欲望等等），如果这一腾跃蕴含了某种具有一定深度的人生哲学的意义，总之，如果这一外部动作的全部内在容量能被我们所把握，当我们屏住气审视那腾空而起的瞬间时，难道不会产生更为深刻的激动么？在极端兴奋过后的松弛里，代替常常会有的"若有所失"的，难道不会是某种"若有所得"么？

与戏剧、长篇小说等宏大形式擅长描绘纷繁错综的动作线不同，短篇小说常常追求单纯的"一个动作"的刻画。它必须调动一切艺术手段赋予这个动作足够的容量，社会的、历史的、思想的、美学的大容量。它的焦点，它的视线，它的结构，往往就集中在这个一以当十、力发千钧的动作之上。在这个单纯、凝练的动作里，性格终于完成，主题也同时完成。有时候，正是由于这一动作的单纯性，使它获得某种从现实表面升华出来的哲学意义（试回想一下杰克·伦敦的《热爱生命》）。

单纯绝不是单调。把动作变为抽象命题的简单图解，只会使短篇小说的艺术特性丧失殆尽。在这里，动作的某种哲理性是以无数细节的真实性、具体性、生动性作为"艺术后盾"的。即以《腾跃》而言，那貌似琐碎的对于摩托车造型、机件、性能的描写，那与车身仿佛长在一起、融为一体的全部细腻的生理心理描写，那车手面对的道路、坡度、海滩、裂谷（其实是整个大自然）的描写，对于使动作获得大容量来说，都是必不可少的。这并不意味着对动作过程不厌其烦的细碎分解，而是要把这一切始终"融入"主人公独具性格的真切感觉之中，使读者甚至能"从生理上"（肌肉紧张地）进入小说所刻画的这个生死攸关的动作。当然，最重要的，是这个动作必须意味着人物命运，人物性格历史的重大转折。这是使动作获得大容量的根本要点。

单纯的动作常常在单纯的环境里进行。同样，单纯的环境也不是单调的，它也力图容纳更多的东西。因此，使动作变得醒目的"舞台布景"往往是某种具有象征意味的环境，这环境既是动作的背景，又是动作的目标，是动作所要征服的对象（请回想海明威笔下的"海"）。这环境既单纯，又丰富，可以用一个单词叫出，又无法用语言说尽：它也是使动作获得较大容量的一个要素。从这个意义上看，我们不能不惋惜达理轻易放过了车手脚下的那条"路"，尤其是那条命中注定要逾越的"裂谷"。

同时，大容量的动作并不等于大动作即强烈的、大幅度的动作。在《腾跃》里，动作的外部紧张淹没了主人公内心世界的展开，动作的大幅度也突出了主人公的性格的单一化（鲁莽、争强好胜等所谓"男子气"），动作的单向性（莉莉的反向拉力是微不足道的，我以为），也构成了小说美感的过于单纯。有时候，恰恰是那种貌似平常、极不起眼的动作，在作家笔下获得了饱含社会历史内容又具有复杂美感的巨大容量。最著名的例子如："阿 Q 画圈"。

抒情性的"闲笔"

德国作家托马斯·曼曾引用过一句在我看来是颇重要的话："我们当代最好的作品不是在创造故事情节，而是充满回忆，唤起人们的情绪。"情节的弱化是当代小说的普遍趋势（这一点在此无暇细谈）。在故事性被削弱的地方，抒情性变得浓烈起来。使短篇小说富于抒情性的因素很多，诸如"回忆录形式"，"不连贯的对话"，"儿童视点"，等等。在《黑牙村记事》里，小说的抒情性还得力于那些貌似游离的文字：

——叙述者深蕴感情，娓娓而谈，讲故乡苦涩的水，简陋的井，泥泞的路，讲老一辈的苦难和他们世代相袭的习俗与规矩，讲江湖医生的骗人把戏，讲年轻人的烦恼和他们的梦，讲民校的灯光，土广播的声音。最动人莫过于打深水井的场面，热闹，壮观，白牙哥的号子充满了希望和激情……从讲故事、发展情节的角度来看，这里头"可有可无"的文字就不少，但是，倘若从小说的抒情性要求来看，这些笔墨却是万万少不得的。

中国古代的小说理论家很早就注意到了这一类文学现象，经典性地称之为——"闲笔"。我们知道，中国古典小说是由说书发展而来的，极为重视情节的紧凑、动作的贯串、故事的衔接，因而把这类文字看作"忙里偷闲"之举。然而我们民族在有小说之前就有了辉煌的抒情诗传统，因此，深受这一传统浸润的文论家，虽然无法预见此类"闲笔"日后会发展为小说的正宗，却也能懂得这种虽无助于情节发展却别有深意的文字的功用，极为辩证地点明一句，曰："闲笔不闲。"令人不能不佩服古人的英明的，是文论家看出了此类文字比创造故事情节更不易，他指出："闲笔难学也。"

在我看来，"闲笔"之所以难学，首先在于它必须与散漫、累赘、芜杂、枝蔓等等"划清界限"，这界限却往往含糊，不易把握。有一条倒是可以切实记住的，那就是这一切都是为了服从于一个单纯的要求："唤起人们的情绪。"关于黑牙村的回忆唤起的是一种什么样的情绪呢？环绕着珍子表姐与白牙哥的爱情悲剧（作者有意弱化了它的戏剧性），是那新与旧、文明与愚昧旷日持久的冲突，是那弥漫着潮湿的泥土气味的风景画和风俗画。在这里，人物的遭遇反倒成为一种"背景"（如果可以这样说的话），整个黑牙村的人情风俗、社会氛围被推到了舞台的亮处，在那"背景"的映照下展开、旋转、凝聚。为了把这社会氛围写足、写透，梓夫扣紧了"水"和"牙"两条抒情线来抒写小小乡村里实在是平平常常的悲欢离合，平实朴素的叙述中，不时透出由天真和稚气自然地产生的幽默（但也有一两处他没有控制住自己的幽默感），引发了我们一种既甜谧，又酸楚；既隐隐作痛，又不乏苦趣的复杂情感。

不难体会到，这类由抒情性的"闲笔"构成的短篇小说是无法由别人复述的，它没有多少故事，即使有，换了一个人来讲就会索然无味。这类小说更具个性。突破了故事情节的封闭性，它所通往的那个世界也更广阔，给予人们的审美感受也更丰富、更深沉。

无须说，抒情性的"闲笔"要求较高的文字功底，绝不是"啊！多么多么呀！"一类的陈词滥调所能够搪塞。我想，这恐怕也是"闲笔难学"的缘故之一。只要考察一下现代优秀的抒情性短篇小说的源流（很容易想起鲁迅的《故乡》，老舍的《月牙儿》，孙犁的《荷花淀》等名篇），便可以了解到那些精彩的抒情性文字恰恰又是简洁、精练、含蓄、深沉的白描性文字。往深里说，这是现代作家继承发扬了中国古代散文的抒情传统，使之向重情节重动作的叙事文学渗透，由此对中国短篇小说的艺术发展产生了极深远的影响。单拿这篇《黑牙村记事》来说，也不难发现上述几位大师的影响，当然又有梓夫自己的个性和局限所在。也就是说，平实有余，而神韵不足，铺叙有余，而凝练不足。

黑空儿　白空儿　灰空儿
——关于郑万隆的三篇"异乡异闻"

　　万隆的这三篇"异乡异闻"，不妨分作两拨儿来谈。《陶罐》和《狗头金》算一拨儿，《钟》单算一拨儿。

　　头两篇讲的都是觅金者的事，小说的突转式结尾，大致相似。我把这种结尾的小说，"简单粗暴"地归结为一个格式：$X \times 0 = 0$。这 X 是个大数字，铺垫渲染，文章做足，把读者的期待一步步推向极致，蓦地轰然一声，那期待摔下来扑了个空。赵劳子玩了命，从冰排的危险撞击中抢出来一个陶罐，是空的，而不是传说的"满满一罐子金儿"。王结实攒足了最后的力气，刨了一夜，狂笑着抱回来一块"狗头金"，"少说也能拿出三四十两来！"那分明却是一块石头。小说的"眼"就做在这结尾的"0"上，使你对那个大数字的期待落空，由落空而生出某种领悟来——唐玄奘的大弟子法号"悟空"，悟空者，悟于"空"也。

　　"空无"不等于"空白"。老庄学说里，"无"是一个重要的哲学范畴，里头仍有说不尽的玄妙。恩格斯在他的《自然辩证法》里，也论述过"0"是正负整数群里意义最丰富的一个奇特的数。期待得到实现，有如一个窝在那里等着，心理得到满足。扑空却可能迫使你的思想猝不及防地张开翅膀，即便不能腾空而起，也许能借此来一段难得的滑翔。但并非任何扑空都能如此。我们经受了挫折，我们没抓没挠地一头从悬崖上栽了下去，我们感到沮丧。我们多半不愿意在意义含混的地方过久地停留。空即是空，谜不过是谜。我们把它搁置一边，松一口气，轻装前进，去寻找能够满足我们的期待的那些故事、情节、结局。可是有时候，真见鬼，那个"空儿"老是跟随着我们，不时在思想屏幕的某一个角落里鬼鬼祟祟地闪一下。在你吹着口哨，心满意足的当儿，你突然想道：那陶罐为什么是空的呢？那狗头金为什么分明只是一块石头呢？这念头纠缠不休，拂之不去，真讨厌。这就是"$X \times 0 = 0$"的妙处之所在了。

　　"缺口"暗示着目标。思想的滑翔需要空间。我们真不必把一切都填满，夯实。不过，细究起来，《陶罐》和《狗头金》这两篇，仅仅是结尾有点儿相似，其实立意和结构都有所不同——准确地说，竟大不相同。一篇写生，一篇写死：写老人的生，少年的死；写生的顽强，死的绝望。一篇写爱，一篇写恨：写爱的奇迹，恨的悲哀；写爱的专一，恨的盲目。一篇写精神的"念想"，一篇写物质的掠夺。一篇写冰排涌浪中的红布包裹，一篇写昏暗天空中的黑色鸟儿。这两篇合一块儿，竟有点儿像一幅完整的太极图，那个神秘的圆，绕着一个无形的轴心（金子？人性？）旋转着，一半儿白，一半儿黑。转呀转呀，各各转出一个"空儿"来，白的这边转出个黑"空儿"，黑的这边转出个白"空儿"。这"空儿"，就是刚才讲到的那个"0"。虽同是"空儿"，性质却绝不相同。

《陶罐》的写法是从"远景镜头"入手。"倒开江"被写得如天崩地裂一般，神秘的寂静中突然炸开闷雷，冰排推土机一般地荡平了一切，人们的心死了似的沉默着，只有燕鸥在水面上烦人地叫。然后是一个"中景"。几个年轻力壮的汉子立在沟口，望见了赵劳子的"木刻楞"稳稳地浮在冰排上，赵劳子（七十五岁了）拼命地向那木房子游着。最后是一个"特写"，红布包裹着的一个陶罐在山坡草地上被摔碎了，一声闷响，那是一个空的陶罐。赵劳子说："人他娘一辈子就得活得有点念想！"这"念想"是什么？我们免不了会附和"社会舆论"，认定那必是"满满一罐子金儿"。要不，"他咋能活得那么有劲头"？他怎么会"活得有滋有味的，脑门发亮，两只眼跳火，活现一股仙气"？他怎么会不要命地往冰冷的江水里跳？然而，那是空的陶罐。那或许只是对亡妻的一个纪念（"人说他有一罐金子，是为了娶那女人攒下的"），或许是对逝去的年月的一种追怀，或许什么也不是，本来就是一个象征，一个"形而上"的"念想"。支撑着人们顽强地活着的，很可能并不是什么有形的东西。于是，那无形的东西随着一声闷响，从天崩地裂般的"倒开江"里升腾而起，让人吃惊。

《狗头金》的视角却是少年李掉裤子的"主观镜头"，而且总是中近景，他病倒了，看不了多远。人们陷入了可怕的困境，断了粮草，也断了退路。他们在等死中挣扎、咒骂、咬啮、厮打。"金子"对他们说来，还具有什么意义么？但对其中生命力最倔强的一位——王结实——来说，似乎仍具有意义："达拉拉台高家那个小寡妇正等着我呢！"梦幻般的死的气氛中晃动着一个蛮野的生命，晃动着一个筋肉滚动的形体。在绝境中，依然仗着自己的狡黠和体力，并且以伙伴们的提前冻死饿死为代价，去挖那毫无希望的山金。这一切都是透过一个发烧的垂死的少年的感觉而"浮现"出来的。在少年时而清醒时而迷幻的感觉中，王结实强暴凶蛮的生命力显得触目惊心地冷酷。他掠夺老的少的那份仅存的口粮，他积攒着力气，为着一个目标：自个儿去刨山金。最后抱回来的却不过是一块石头！是李掉裤子头昏眼花没看清楚？还是王结实由于绝望而疯了？这个"空儿"的艺术打击力量比那个空的陶罐更可怕，更厉害。支撑着那个粗暴的生命的，似乎又不是有形的"狗头金"，而是对小寡妇的一段"念想"了。然而，"李掉裤子觉着他的心被撕碎了，被钻进窝棚里的风飘起来，像雪片一样撒向山谷"。这是一个什么样的"空儿"呵，深得望不见底。倘若王结实刨回来的是真正的狗头金，李掉裤子们的憎恨还能落到实处。然而那只是一块石头。既是憎恨的目标，又是希冀的目标，都连同生命的感觉一起飘散了。

万隆在生与死的交界处勾勒觅金者们的追求、向往、眷恋和绝望。他用冷静的、不动声色的笔调，在传奇般的场景中挖掘人性的深度。像有一股忽上忽下的气流负载着我们的思想盘旋在一个深渊之上，忽然若有所思，若有所悟，若有所得。深山老林里过往年代的"异乡异闻"，便突然与我们的人生体验相焊接，与我们的日常生活相碰撞，触发出一些属于当代人的思考。"活着为什么？"这个不好回答的问题早在我们十八岁生日的那天被埋葬了，它不再来打扰我们，何况我们拥有一系列现成的套话来打发它。然而，有时艺术作品会迎面而来，当头棒喝，让我们在扑空之后，想一想支撑我们活着的到底是什么样的"念想"。你会停下来把自己揍一顿？你会在夜深人静中听到自己心跳的声音？你认出了那些男人和女人，老人和孩子，认出了那个被称作"历史"的古怪字眼，而你也正生活在这同一个"历史"之中。你不禁琢磨：当你的生命如黑色鸟儿飞去时，那碎了的陶罐也还会留在世上么？这种当代人的焦虑以多种多样的方式体现在敏感而有才华的青年作家笔下，阿城的《棋王》里是"何以解不痛快"，陈建功的《找乐》里表现为辛酸的"找乐"，在张承志的《残月》里也叫"念想"。无论是到当代现实中去及时地表现，还是到脚下的"文化岩层"中去开掘，字里行间闪烁的，始终是那一道焦灼不宁的当代人的目光。文学与当代生活的曲折联系，多么需要一种宽阔而又细致的理解！

让我们回过头来谈《钟》，以免把它冷落太久。顾名思义，

《钟》讲的是时间。万隆巧妙地把几种不同的时间叠合在一起，做一种严峻的对比。

鄂伦春猎人莫里图躺在汉人的炕上养伤，他听到了一种异常的声音："嘀嗒、嘀嗒、嘀嗒"。神秘而又诱人，恐怖而又凶险。那机械像一个活物。当然，在莫里图的思维里，似乎没有"机械"这个概念。它只是一个不祥的活物。遂有无数种声音叠合在这钟的嘀嗒声里。马蹄的踢跶声，白眉枭的叫声，白吉丹娅肚子里的雷声，还有铃鼓声，最后，是族人们分吃熊肉时发出的单调声音："叮当叮当地碰着汤碗，吧唧吧唧地嚼着肉，唏噜唏噜地喝着汤。……满山满谷只有一片喉咙的响声。"还有，那雾一般缠绕着的蝇子的嗡嗡声。万隆着意地渲染了这些声音叠合的总效果："在这片响声中，河滩上的人除那张嘴在动，都变成了一块块石头，石头也发出绿色的金子一般的光，莫里图栽倒在地上。可他在地上找不到自己了，什么也找不到了，只有一片粉碎一样混沌的响声。"

种种不同的声音叠合在一起，其实是把三种不同的时间叠合在一起，把两种不同的文明叠合在了一起。钟的嘀嗒象征了一种时间，属于某种"半工业"或"手工业"文明（这些名词都是我杜撰的，权且一用）。铃鼓象征了另一种时间，是属于山神白那恰的时间，属神的时间是永恒，永恒即无时间，即永久的停滞。在这种时间里，声音单调，人无表情如石头。介乎这两种时间之间的是属于自然人性的，时间是生命的时间；莫里图被山神白那恰所驱逐，他为一种属神的文明所不容，却又无法进入另一种文明（"他透过窗玻璃看着这个拥挤的小镇，被一排排砖瓦房挤得很窄很脏的街上，充满了啁嘈的人声，酒旗和各种各样店铺的幌子在人们的头顶上飘着。街的那头有几根大烟囱，铁青色的烟把天空也变成铁青色的。入夜了，他躺在炕上怎么也睡不着，心里一片荒凉也一片恐慌"）。他是一个"多余的人"。那嘀嗒声却幽灵似的跟随着他，折磨着他，既像是一种威胁，又像是一种诱惑。直到有一天，当他回到塔尔达奇山，看到奥克特的木房子消失于火的地方，青草长得严严实实，这时，一直纠缠着他的嘀嗒声里出现了"白眉枭的叫声和白吉丹娅肚里的雷声"，他"第一次感受到钟声里的温柔"，属于自然人性的时间第一次与"钟"所代表的时间相和谐。正是在他又一次正视山神白那恰的杀戮和残酷，正视属神的时间是怎样扼杀属人的时间的瞬刻，他才隐约感觉到了"钟"的亲切。结尾的场景是毁灭性的，属神的、屠杀生命的人们像一块块石头，只有嘴在动（对比一下，那座钟倒像是一个活物，"跟着日月星辰走"）。钟的鸣响象征着人对时间的把握，而属神的时间却反过来支配着人。被驱逐的莫里图再一次被驱逐，这一次是自我放逐因而也是自我丧失。他被放逐于所有的时间之外，时间也被粉碎了，搅浑了。在山外流浪的莫里图回来了，等待着他的是一个混沌一片的"空儿"！一个灰"空儿"。

在《陶罐》里，死的威胁衬托出生命的顽强，在《狗头金》里，死的氛围凸显人性的悲凉，那么，在《钟》里，生与死是更为难解难分地纠结在一起，生和死都被"仪式化"了而更带象征意味。白吉丹娅及其母亲的死，是与莫里图听到胎儿的心音时生的喜悦直接剪辑在一起的。熊的宰杀，蝇子在尸体上的飞旋，无表情的吃喝，是与钟的有生命的鸣响叠合在一起的。然而，生生死死，死死生生，族人们的宰杀和吃喝难道不是一种"生"的方式么？他们遵从山神白那恰的旨意难道不是出于一种求生的愿望么？离开了某种价值观念体系我们无法判断生、死、善、恶。小说也无意于对种种文明及其生活方式、价值观念做出褒贬。显然，历史的改变和发展无非就是人的本性的改变和发展，而历史的每一种进步都以一种退步为代价。小说以一种类乎神话或寓言的方式把两种文明的撞击或叠合展示给我们，并且在题记里暗示了它的某种"世界性"。

对于当代人，放逐于一种文明之外（无论是不是自我放逐），又无法进入到另一种文明的情形是并不陌生的。我们不是随心所欲地选择价值观念体系并从属于它们的。时代的加速把许多人甩出了固有的轨道，却不能在新的轨道上运行。在两种乃至多种时间的叠合之中，同样上演着各色各样的生与死、善与恶。历史在极端复杂、极端矛盾的冲突中前进着。人们费了很多心思，花了很多笔墨，去辨析文学作品中道德判断与历史判断的协调与不协调，却始终无法给出那个唯一可靠的"解"。艺术面临的矛盾似乎是人类本性自身的矛盾，面临着人性在现今这个历史阶段所必然经历着的自我分裂和自我对立。然而，人们忘了，艺术之所以是艺术，就在于它能同时把握极端矛盾的两极，艺术正是历史的一切"二律背反"的审美解决。当小说家努力于这种艺术解决的时候，他所提供只是一种不像答案的答案，他把对当代现实的思考凝结为形象，哪怕这形象与现实生活（被我们非常狭窄地理解着的现实生活）相距甚远，是发生在"异乡"的"异闻"，那思索也照样震撼当代人的心灵。要紧的是那情绪——当代人的情绪，当代人的焦虑！

文学与当代现实的这种微妙而又曲折的联系，是需要慎重考虑的。指责这一类作品缺乏时代感或当代性显然是过于仓促，而采用"一对一"的类比影射去寻求作品的寓意就不但鲁莽，而且危险了。批评不是详梦。指望人们读完一部小说的最后一个标点符号就自愿去做结扎手术，也已经证明是过于天真的想法，更不用说按照一部小说的建议去实施一个农场、一个工厂乃至一个城市的变革了。作家有权利去进行超时空的哲学冥想，然而这冥想却无疑只有此时此地人才会做如此想。但当这冥想凝结为一种艺术"世界"的时候，尽管其中渗透着同时代人的焦虑，批评若进行过于滞实的索解就显得可笑了。

写过"当代青年三部曲"的万隆，在着力抒写"异乡异闻"中的"异"的时候，却在不倦地思索着一种"同"。他在《我的根》这篇文章中讲到，他执着地认为那一批批的开拓者们的那些"痛苦和希望、牺牲和追求，就是社会和历史的一部分"。他写道："我意识到自己的时代，那是因为我在时间中。我不仅是生活在'现在'，而且是生活于'过去'的'现时'；'过去'就在'现时'里，不是已经逝去了而是还在活着，还依然存在。你不认为过去和现在是同构并存的吗？"如果把历史仅仅看成是历史，现实仅仅看成是现实，那就谈不到在文学中体现历史感与现实感的统一。现实是历史的一部分，历史就活在现实之中。于是"写什么"就远不如"怎样写"重要了——当代人怎样理解现实，也就将怎样去表现历史。

一个白"空儿"，一个黑"空儿"，一个灰"空儿"。思想的翅膀显然不能在思想的真空中盘旋。我们感觉到在"空儿"中有一股看不见的气流在托着我们。用一句用滥了的话来说："可以意会，不可以言传。"但文学批评却偏偏干的是"言传"的行当，于是人们看见的只是批评者的思想翅膀的扇动，而不是那股气流。思想的盘翔是无法代庖的。进入到作家所创造的神秘的"艺术世界"中去，抓住每一个打动你的感觉，从而逐渐在白纸黑字中捕捉住了"意义"。所谓"悟"，就是获得意义，就是战胜挫折感和沮丧。同时新的不满足和新的期待也就产生了。

1985年9月20日

论中国当代短篇小说的艺术发展

文变染乎世情，兴废系乎时序。

——刘彦和《文心雕龙·时序》

一

短篇小说在中国当代文学史中的艺术发展，一直是评论界至为关注的问题之一。你翻开《茅盾文艺评论集》上下两册，竟有一多半的篇目是论及当代短篇小说的：或讲解名篇，或分析新作，涉及几十位作家，近二百篇作品。当代最有见地的文艺评论家如侯金镜、巴人、魏金枝等，都曾以极大的热忱和心血，浇灌了当代短篇小说这块园地。几家权威性报刊（《人民日报》《文艺报》《人民文学》等）不止一次地为短篇小说的创作和繁荣，或发表专论、或组织座谈、或发起讨论，程度不一地推动、影响了短篇小说的艺术发展。可以说，它是当代较为"得宠"的艺术形式之一。

实际上，对社会现实敏感的艺术体裁，对自身的发展演变也敏感。短篇小说在中国现、当代文学史上多次成为思想—艺术突破的尖兵。它在现实敏感性方面堪与新诗匹敌，在现实生活中却取得比新诗较大的成就。艺术体裁的发展有其相对的独立性，但社会生活的变化总要经由种种中介而曲折地投射在这种发展之中。我不想从大家已经谈论很多的角度比如题材的扩展、主题的演进等等，去考察当代短篇小说的发展。我想"从内部"来把握社会生活的变化在艺术形式中的折射，也就是说，我将从"结构—功能"方面来理解这一发展。艺术形式是特殊内容的特殊形式。就短篇小说而言，它最能体现一时代人对现实内容的"截取方式"，对这一方式的结构分析，存助于了解一时代人审美态度的某些基本变化。

短篇小说周围住着不少"左邻右舍"。在当代文学史上，各种艺术体裁之间（短篇小说、新诗、戏剧、长篇小说、中篇小说等）——对本文来说，也就是各种艺术结构之间——存在着微妙的消长起伏过程。五六十年代，当代中国最好的短篇小说作家（如王汶石、王愿坚、茹志鹃）的集子，也远不及《青春之歌》《林海雪原》《红日》等长篇小说受欢迎。七十年代末，以《班主任》为发端的短篇小说热潮风靡全国。八十年代以来，中篇小说的崛起成为最热门的话题。根据卢卡契的研究，一般说来，短篇小说是长篇小说等宏大形式的尖兵和后卫，它们之间的消长起伏，标志着作家对社会变动的整体性认识的成熟程度（《卢卡契文学论文集》）。作为尖兵，它表现新的生活方式的预兆、萌芽、序幕；作为后卫，它表现业已逝去的历史时期中最具光彩的碎片、插曲、尾声。体裁之间的这种历史关系的变化，也显示了社会审美意识某些深刻的发展。

正如文艺学上其他"发展中概念"一样，对短篇小说一直无法做出准确的定义。从篇幅上加以限制只是抓住了表面特征，多少字以下算作短篇呢？不好商量。在当代中国的文学发展中，关于短篇小说的基本定义，也是众说纷纭的。茅盾沿用"五四"以来的说法："短篇小说取材于生活的片段，而这一片段不但提出了一个普遍性的问题，并且使读者由此一片段联想到其他的生活问题，引起了反复的深思。"[1]侯金镜同意这种说法，但他把侧重点落在人物性格上："短篇的特点就是剪裁和描写性格的横断面（而且是从主人公丰富的性格中选取一两点）和与此相应的生活的横断面。"（侯金镜《短篇小说琐谈》）魏金枝却认为"横截面"的提法失之含糊，因为长篇小说也只能于无限时空中取有限的一部分："我们只能说，现实生活中的关系是非常复杂的，而且往往束缠在一起……往往自成为一个纽结。而这个纽结，也就是一个单位或个体，对作者

<hr>

1　茅盾《杂谈短篇小说》，《文艺报》1957年第5期。

来说，取用那个大的纽结就是一部长篇，取用那个小的纽结，就成为一个短篇，这里并没有什么横断面和整株树干等等的分别存在。"（魏金枝《漫谈短篇小说中的若干问题》）可是大小纽结的区别何在，他并未谈得分明。孙犁则除了强调篇幅应尽量短小之外，对别的定义一概存疑："关于短篇小说，曾有很多定义，什么生活的横断面呀，采取最精彩的一瞬间呀，掐头去尾呀，故事性强呀，只可参考，不可全信。因为有的短篇小说，写纵断面也很好。中国流传下来的短篇小说，大都有头有尾。契诃夫的很多小说，故事性并不强，但都是好的短篇小说。"他断言："短篇小说是文学作品里的一种形式，它的基本规律和其他文学形式完全相同。"（孙犁《关于短篇小说》）

我想，发展着的"历史概念"只能放回到历史过程中去加以考察。无论中外，"短篇小说"（带连字符号的 short-story）都是由"短篇故事"（不带连字符号的 short story）发展而来的。后者历史悠久，可以上溯到各民族最初的传说以及后来的民间故事，《一千零一夜》、薄伽丘、乔叟、传奇、评话等。前者在欧美只有一百五十年的历史，以霍桑、爱伦·坡、果戈理的作品（十九世纪四十年代）为滥觞，在中国则始于鲁迅的《怀旧》（1911年）。这二者的亲缘血族关系是如此密切，以致我们经常不加区分地把它们一律称作"短篇小说"，由此带来了好些麻烦。这种广义的理解之所以存在，是因为在创作实践中，"短篇故事"并不因为派生出了"短篇小说"而自行退出历史舞台，相反，它那顽强的生命力简直令人吃惊。实际上，广义的短篇小说中存在着两条基本发展线索：一条是"短篇故事"，往往有头有尾，情节性强，讲究"无巧不成书"和人物性格的鲜明突出、人物遭遇的曲折动人，有稳定明晰的时间和空间观念，像一位根基深厚，精神矍铄，膝下听者成群的老奶奶，她跟比肩而长的中、长篇小说是老姐妹，和对门的戏剧、戏曲是老亲家；一条是现代意义上的"短篇小说"，写横断面，掐头去尾，重视抒情，弱化情节，讲究色彩、情调、意境、韵律和时空交错、角度变换，像一位新鲜活泼、任性无常的小女孩，她爱到隔壁的抒情诗和散文那里去串门儿。这两条线索之间并不存在如通常所想象的"你死我活"的激烈关系，而是在互相扭结、渗透、分化、演进的复杂过程中，相反相成地不断丰富着自身的艺术表现力。仅仅从中国当代文学史的范围来看，这两条线索的交错变动也显示出一幅极为生动的文学图景。

二

在跨入新中国门槛的前夕，神州大地上经历着史诗般的变革。历史运动的这种剑与火的史诗性质，投射到文学领域里，是叙事性文学的蓬勃发展。无论在解决区和国统区，四十年代后期，多幕戏剧和大部头长篇小说空前发达。解放区大批涌现的叙事性长诗取得了后来很难企及的成就[1]。相形之下，曾在"五四"时代第一个十年里成绩斐然的短篇小说，势头有些减弱。虽然如此，当中华人民共和国成立、各路文艺大军会师北京的时候，我们在短篇小说领域里仍然能看到三位作家的名字：赵树理、孙犁、沙汀。也许可以说，他们分别代表着短篇小说的各项主要艺术功能——叙事性、抒情性和讽喻性，在那新旧交替的大时代中发挥着作用。社会生活在新时代的进一步发展，很快就在这些功能中确定出与之相适应的侧重点，作家的名字在我们的视野中也就因这焦点的逐渐调整而或显或隐、时显时隐、由显而隐。这种明暗关系只有被看作不仅是时代对某种作家风格而是对某种审美方式的拣选时，对我们来说才具有根本的意义。

茅盾曾经这样由衷地谈到沙汀的短篇创作："我的若干短篇，都带点压缩的中篇的性质。沙汀的作品在那时才是货真价实的短篇，我是很佩服的。"（茅盾《短篇创作三题》）二十世纪四十年代是沙汀创作的丰收期，单拿短篇来说，就有《播种者》《堪察加小景》《呼嚎》《医生》等四个集子。以名篇《在其香居茶馆里》为代表的这些短篇，以入木三分的喜剧性锋

1　参看谢冕《历史的沉思》："以人民翻身解放为历史背景的叙事性长诗大批涌现，证实了闻一多的期望和预言：闻一多要求把诗做得'不像诗'，而像小说戏剧，'至少让它多像点小说戏剧，少像点诗'。"（《共和国的星光》，春风文艺出版社 1983 年版，第 76 页）

芒来埋葬即将逝去的旧时代，延续了鲁迅《肥皂》《高老夫子》等开拓的现代讽刺短篇的优秀传统。新时代开始的时候，有人用"客观主义"的帽子来指责这种既含蓄又犀利的风格。沙汀也站在新的高度痛苦地审视自己过去的作品，他感到满意的很少（见《沙汀短篇小说集·后记》，写于1953年5月）。他决心向新的艺术风格"过渡"——《过渡》是沙汀自编的中华人民共和国成立后第一个短篇集子，这个书名当然是意味深长的。早在一九五〇年七月，同样以讽刺短篇知名的张天翼，就在他的《选集自序》里半是辩白半是歉疚地检视了自己从前在创作方面受的"主客观制约"。他深深地意识到这个集子意味着一个历史性的收束："过去的算是略为做一个交代。以后——从头学起。"[1]短篇小说曾经以其结构的凝练集中，以一当十地，如匕首投枪给黑暗事物以致命一击。当着光明的时代终于战胜了黑暗的时代，作家们自觉不自觉地意识到：这一艺术功能似乎理当"退役"了。除了五十年代中期曾一露锋芒，它的全面恢复是在七十年代末。

　　与沙汀笔下的阴郁、沉重正好相反，孙犁带给新中国三个清新明快的短篇集子：《芦花荡》《荷花淀》和《嘱咐》。在神圣的残酷的战争中，他着意过滤了个人经历中的噩梦，奉献给

1　《张天翼论创作》，上海文艺出版社，1982年，第62页。

我们阳光和春风中欢乐的歌[1]。他的短篇把严峻的时代搏斗推到舞台深处作为背景，却在亮处勾勒出一群年轻妇女活泼可爱、美丽坚贞的身影。这种"从侧面"抒情性地截取现实生活的结构方式，取得正面展开冲突所无法产生的艺术效果：于平淡中见浓烈，于轻柔处见刚强，于儿女风情中见时代风云。从解放区伴随着胜利的脚步走来的孙犁，似乎不存在有如沙汀、张天翼似的艺术转轨的痛苦。然而，清新如《荷花淀》所遭到的粗暴批评，今天读来令人备感震惊[2]。当孙犁转向《风云初记》和《铁木前传》的创作时，短篇结构上的所长，一定程度上转化为中、长篇里的所短。抒情短篇的延续，似乎不在那很快夭折的"荷花淀派"，而在茹志鹃（《百合花》）、林斤澜（《新生》）和引边疆风情入时代画幅的少数民族作家如玛拉沁夫（《花的草原》）乃至杨朔的散文中。可是，这种"在时代大海洋里撷取一朵浪花"的结构方式，也每每为人所诟病。这类指责相当典型地表现在关于茹志鹃小说的讨论之中。正是在这一讨论中，对短篇小说艺术特性的捍卫和阐发，构成了茅盾、侯金镜等人对当代短篇小说理论难能可贵的贡献。

1　孙犁《关于〈山地回忆〉的回忆》："自己的生平，本来没有什么值得郑重回忆的事迹。……常常苦于一种梦境：或与敌人遭遇，或与恶人相值。或在山路上奔跑，或在地道中委蛇。或沾溷厕，或陷泥泞。有时漂于无边苦海，有时坠于万丈深渊。呼叫醒来，长舒一口气想道：我走过的路上，竟有这么多的险恶，直到晚年，还残存在印象意识之中吗？是，有的。"

2　见《孙犁文论集》，《关于〈荷花淀〉的通信》。

二十世纪五十年代初，新的时代动摇着旧的文学观念。新的建设步伐催促着作家们"写中心""赶任务"，无暇锻造新的艺术武器。新生活表层的每一个片段都吸引了、激动了他们年轻的或变得年轻了的心。生活本身的新鲜感就足以取代艺术的新鲜感，简单的赞叹就足以表达单纯的喜悦。讽喻在阳光下消失，抒情成了多余，结构也在生活的冲击下显得不必要了。五十年代初的短篇小说是无数未经加工的素材的堆砌。茅盾当时抱怨道："作品中的故事比人物写得好"；"在故事方面，有机的结构还比较少见。"[1]在这种情况下，赵树理的短篇创作闪射了独树一帜的光彩。"赵树理方向"带给当代文学的历史冲击力，至少发生着深远的影响。赵树理与农民的经济生活、传统心理、风俗文化保持着血肉联系，他的坚定的现实主义精神，使他能够把对社会问题的敏感性与叙事文学的艺术性高度结合起来。问题的典型性使故事的"小"足以暗示出社会整体性内容的"大"（赵树理对农村政策的钻研体验比谁都认真深入）；人物性格、语言和生活场景的鲜明、生动、真切，使故事线即使偶或被繁缛的细节描写所拖累，也还总是明快、简捷、动人；赵树理人格中特有的真挚和诙谐，更给他的短篇带来朴素的诗意和朴素的讽喻性（短篇小说在别处消隐了的艺术特性在这里得到意想之外的补偿）。这一切成就，并不是赵树理的追

1　茅盾《文艺创作问题》，1950年1月。

随者们（如"山药蛋派"）都达到了的。很少有人能够像他这样，把一个情节简单、冲突并不尖锐、朴素得有如泥土的故事讲得那么好（似乎只有李準在某些方面差可与之比肩）。但是，以"赵树理方向"为旗帜、以农村生活的社会变动为题材的作家作品群，毕竟是五六十年代短篇小说最有分量的一页。这些短篇作为尖兵和前卫，与《创业史》《山乡巨变》等长篇小说构成了如鲁迅所说的"巨细高低，相依为命"的历史关系。

可是，赵树理在幸运的道路上也未能走出多远。当他所看到、体验到的"问题"与理论权威所确定的不相一致的时候，当他最熟悉、描绘得最为栩栩如生、最能体现"问题"症结的那批人物被"高、大、全"排挤的时候，他那用"内在的、亲切的故事线"来结构短篇的方法便被"表面激烈的戏剧线"所取代，他那朴素的写实风格也被亢奋的、"革命浪漫主义"的气派所排斥了。个别地描写塌方、事故、搏斗或重病不入院、几天几夜不眠不歇已不足以反映那个年代的"斗争哲学"和"扩大化"的政治激情，在某些短篇小说中便加以集中化的强调[1]。惊心动魄的戏剧化情节还不足以表现这种革命激情，作家们便动用在理论上遭忌，在实践中却非常管用的象征手法：或

---

1 如茅盾夸奖过的《民兵营长》（张勤），在短短五千字的篇幅里，接二连三地写了主人公十四岁砸烂四老爷仓库分浮财，十五岁与放火的地主搏斗，转高级社时力擒企图害死社里的牲口的富农儿子，最后以防洪抢险保护鱼池子达到小说的高潮。

是一件道具，或是一个景物，寄寓着抽象的"时代精神"，或用来贯串情节，或用来升华主题[1]。作家们在"下面"所见到的现实内容与来自"上面"的抽象解释之间存在着矛盾。在短篇小说领域里，他们为了克服这一矛盾，做出了比其他领域更艰苦的努力。因其篇幅的短小轻便，"抽象激情"要求它更快更及时地为之做出形象化的说明；还是因其篇幅的短小，它在完成这一要求时不得不"使出浑身解数"，遇到巨大的困难。

在这种情势下，值得钦敬的仍然是赵树理。你读《套不住的手》（1960年），读《实干家潘永福》（1961年），你发现连他一向擅长的那条生动明快的故事线也消隐了，用老老实实的结构、平平实实的语言，写踏踏实实的人物、扎扎实实的事情，令人在当时那一片火炽的浮嚣中有如啜饮井水一般清爽。1962年在大连召开的农村题材短篇小说创作座谈会上，邵荃麟说："这个会上，对赵树理同志谈得很多，有人认为前两年对他评价低了，这次要给予翻案。为什么称赞老赵？因为他写了长期性、艰苦性。现在看来，他是看得更深刻些。这是现实主义的胜利。"（《邵荃麟评论集》）就短篇小说的艺术发展而言，这是朴实的叙事性对表面化的戏剧性的胜利。能以如此平凡实在的"小"，用简单的连缀和汇报材料式的布局，见出作家本人深切体验到的"大"，不能不

---

1 如《山鹰》（竣青）不仅以盲人夜过鬼愁崖、拔掉燃烧的导火线等惊险情节令读者透不过气来，结尾处则用早霞中"仲展着钢·般的翅膀"的山鹰作为隐喻，升华主题。

说是赵树理对人民、对生活、对艺术的那份忠诚所致。

短篇小说在表现新的生活方式的萌芽这条道路上迈着曲折艰辛的步履。在较宽泛的农村题材领域中尚且如此，更不用说《组织部新来的青年人》这一类敏感性题材了。与此相比较，在表现逝去的历史时期中闪光的片段这条道路上，短篇小说取得相当可观的成就。一方面，革命战争本身的传奇色彩就足以支撑那些严峻、激烈、雄浑、悲壮的情节线（如峻青《黎明的河边》《地下交通站》）；另一方面，史诗时代的那些最为光彩夺目的瞬间，能够在霎时凝成的一幅油画或一座浮雕中展示历史进程的整体性内容（如王愿坚《七根火柴》《三人行》）。历史内容在时间上的阶段完整性，不仅对长篇小说等宏大形式而且对短篇小说的创作有利。在一个完整的历史背景上更容易发现、确定精彩的"亮点"，选择"典型的瞬间"。但是我们也应看到，倘说逝去时代的精彩碎片应是极为众多，因而短篇小说对它们的"拾取方式"也应是同样众多的话，五六十年代里这一艺术形式的"后卫功能"也是被极大地狭窄化了。且不说汪曾祺的《受戒》《大淖记事》一类的小说在那时是无法想象的，就是在革命战争题材里，缅怀往事所带来的极为丰富多彩的抒情性也常常被抽象化，因而显得单一。像"刑场上的婚礼"这样一个极适合于短篇来描写的精彩瞬间，未能进入当时短篇作者的视野是不奇怪的（到了七十年代末，人们又用歌剧一类的宏大形式冲淡、削弱了这个"瞬间"所凝集的艺术打击力量）。

到了七十年代初，短篇小说的写法越来越像一出生硬的独幕剧，或是多幕剧中"高潮"或接近"高潮"的那一幕。大段激烈而又沉闷的对话演绎着有关"路线斗争"的思想交锋，人物穿着高底靴做着夸张的动作，情节按着既定方针急剧地奔向高潮，细节则是可以到处挪用的标准化零件。多年来困扰我们的那些似是而非的文学条令，给短篇小说艺术形式带来直接的危害：千篇一律，枯燥无味。对于这种本应是最为多姿多彩的艺术体裁来说，不能不是一个莫大的悲哀。

三

在中国当代短篇小说的艺术发展史上，刘心武的《班主任》（1977年）有其无可代替的重要性。无论刘心武后来有哪些新的探索，这篇小说的历史贡献，不仅在于思想内容上迥异于当时那些改反"走资派"为反"四人帮"却帮味犹存的小说，而且在于把焦心如焚的忧国忧民的思索引入短篇小说，从而促使"假、大、空"和"三突出"的戏剧化模式开始解体。在寄给刘心武的众多来信中，有一些读者对小说的高潮和结尾都表示了不满。不是"人物之间的激烈交锋和爆发性的强动作"，而是张老师在小公园里沉思，这种"几乎全然静态的无声场面"也可以是高潮么？不写宋宝琦的悔悟，不写谢惠敏的觉醒，这样的结尾不是太不过瘾了吗？[1]这里极为有趣地显示了多年形成的审美习惯与短篇小说在新时期的艺术突破之间最初的冲突。故事线是平常的、不起眼的，隐伏在画面的背后；问题是惊心动魄的，思考是独特的、充满了激情的，被凸现在画面的亮处——茅盾所说的那种"货真价实的短篇"开始复苏了。

在另一条发展线索上的突破，是由于饱经忧患的作家们带给短篇小说无数充满了悲欢离合的故事。个人命运的真实性冲破了僵硬模式的虚假性。个人命运与祖国命运、民族命运的息息相关，是使这些曲折的甚至有几分离奇的故事足以"以小见大"的关键。但是这些主要以恩怨相报的伦理圈子来结构故事线的短篇小说也暴露了自身的弱点，即对历史所做的"道德化的思考"，多多少少用个人品质的卑劣来解释历史的灾难，过多地运用误会和巧合来突出"善有善报、恶有恶报"的因果关系等等。那些用"难道生活是这样的吗"来指责"伤痕文学"的批评家，未必意识到他们的指责在这样一点上有其合理性：想在一个短小的、特异的故事里，充分真实地表现出那个深邃动荡的时代的整体性内容，是越来越困难了。即使是现实生活的一个"横断面"，也可能超出了短篇小说所能包容的范围。随着社会变革的进展和对历史的反思，时代的哲学内容和心理内容日趋复杂、多变、丰富，它与相对凝练短小的艺术形式之

1　刘心武《植根在生活的沃土中》。

间存在越来越尖锐的矛盾。这就产生了我在一篇文章中曾经谈到的"短篇小说领域内颇具规模的'风格搏斗'"[1]。

这种"风格搏斗"仍然是在两条基本线索上进行。在"短篇故事"这条线上，人们用更加复杂的多样的人物关系，更为曲折动人的情节发展，更为广阔的社会场景，来展开人的命运、遭遇、纠葛。于是"撑大了"短篇小说的固有尺度，由此产生了"中篇小说的崛起"和"系列短篇的诞生"。前者已超出本文的范围，在此只需指出的一点是，中篇小说是作家对社会历史的审美思考与现阶段的社会审美水平相结合的最佳形式。"系列短篇"则如同一道串联许多小湖泊的河流，把各个相对独立的短篇故事，在时间、空间上用似断实联的方式，多侧面地加以展开。高晓声的"陈奂生系列"便是这样一个成功的创造。作家对自己的主人公爱之甚切，紧密注视他在社会变动中的步伐，一篇写之而不足，继之以再，续之以三。漏斗户主陈奂生由乡村而城市，由城市而乡村，从缺吃少穿到无意中住了五元钱一夜的招待所，由种田转业搞采购到回去包产种田，人物性格随着社会面的扩大而逐渐立体化，松散的情节似断实连地展开了一幅使人物在其中行走的长卷风俗画。吴若增的"蔡庄系列"则是由一个偏僻小村风土人情的众多侧面来构成短篇的系列化。就像鲁迅挖掘他的"鲁镇"和"未庄"，吴若增多方面

1　参看本书《"沉思的老树的精灵"——林斤澜小说论（1978—1982）》。

地挖掘蔡庄这一小块地方的道德文化心理体系，揭示构成这种体系的历史土壤和使之受到冲击的社会潮流。王安忆的"雯雯系列"虽都是由一个同名的女孩子为主人公，但其结构不是由明晰的人物命运线和固定的地点场合来组成系列化，而是用雯雯对外部世界的领悟和认识来展开一种"情绪系列"，因其结构更为松散，各个短篇之间形成的对比、补充、映照诸种关系就更为丰富而立体化了。因此，这一"系列短篇"其实应归属于另一条线索，即抒情性较强的"短篇小说"线索。

这后一条线索的迅猛发展并取得很大成就，是中国当代文学史上从未有过的。短篇小说的抒情化、散文化、诗化，成为一个值得重视的创作倾向。把这种倾向看作是背离了民族传统（这一点后面有专节论及），看作是"形式主义"的试验，恐怕都是粗率的、皮相的。明晰的、单一的故事线被冲破，代之以复杂的、交错的抒情线，最根本的是由于作家们对社会现实的审美感受的结构发生了变化。饱经忧患的人们对用连贯有序的故事线和恩怨相报的伦理圈子能否表现现实生活的真实表示怀疑。这一点何士光讲得最好："我也不打算编一个波澜起伏的故事，因为和芸芸众生日复一日的刻板的生活相比，那样的故事毕竟过于五光十色。从某种意义上说，能有一个五光十色的故事的人差不多是幸运的，更多的人却无此荣幸。在日常生活中每时每刻地大量发生着的，不过是些东零西碎的事情，但就是在这些既不是叱咤风云的，又不是缠绵悱恻的日常生活中，正浸透着大多数人们的真实痛苦和欢乐，其严峻揪心的程度，都绝不在英雄血、美人泪之下。"汪曾祺讲得简单一些："我也不喜欢太像小说的小说，即故事性很强的小说。故事性太强了，我觉得就不大真实。"生活中的"故事"如果不是作为生活的"散文"的一部分来认识，就可能因其过于"光滑""完整""奇特""激烈"而显得不真实，把生活中更深沉的东西表面化、更广阔的东西狭窄化。

出于这种对生活对艺术的理解，人们用"抒情性的东西"来挤破固有的故事结构，在那情节松动的地方，诗意、哲理、讽刺、幽默、政论、风俗、时尚……一齐拥了进来。在茹志鹃、张洁、张承志、韩少功等抒情好手笔下，一大批短篇佳作令人回肠荡气，写出了"比诗还要像诗的诗"。这种内部的心理结构使短篇小说取得了对生活的更大的创造能动性，表现了"不是按照生活自己的结构，而是按照生活在人们心灵中的投影，经过人的心灵的反复的消化，反复的咀嚼，经过记忆、沉淀、怀念、遗忘又重新回忆，经过这么一套心理过程之后的生活"。（王蒙《在探索的道路上》）为了容纳"故国八千里，风云三十年"这样巨大的时空容量，王蒙采用了复线条结构，放射线结构，以及无数的跳跃、切入、自由联想、"满天开花"，时空变换，叙述角度变换，形成"无边无际的海洋的一瞥"。短篇小说仍然是一个断片，一个场景，却从这个断片、场景里拉出去无数的线索，出去又回来，或者就把这个断片、场景写足、写透，构成了一种"纵横挥洒，尽情铺染，刻画入微，长而不冗，长得'过瘾'，长得有分量的'长短篇'"。邓刚的《迷人的海》，正是这种就其内部结构的单纯性上说的长得有分量的"长短篇"。

当人们普遍"放宽"短篇小说的尺度以包容日益复杂多变的当代现实时，另一个方向上的努力也是不可忽视的。"小小说"或"超短篇"正以其短而有力、短而充实的威力为自己在当代文坛争一席之地。林斤澜近年来极少写中篇或"长短篇"，而是多方面地尝试用数千字的篇幅来概括大容量的社会现实生活。有时是几个镜头的拼接，有时是一个场面的特写，有时也绘声绘色地讲故事，有时却着意在抒情和意境上下功夫。篇幅越是短小，却越是要加重它的分量，便不得不借助夸张了性格的人物，特异的甚至荒诞的境遇，多重暗示的细节，白描和写意的手法，以及令人击节叹赏的文字，结构内部常显拥挤，有时甚至浓缩成一个寓言，一个象征。可以看出，在这个方向上，林斤澜进行着难度更大，"成功的保险系数"更小的探索[1]。

当我们划出了两条基本的发展线索，大多数人在这之间做着综合的努力的情形也就显而易见了。张贤亮在谈到《灵与肉》的创作时说："现在的小说，一般是故事线加气氛。在《灵与肉》之前我基本上也是采用这种方法。但是，一篇时间跨度长，情节不曲折的小说再用旧的方法就会显得呆板单调。新的技巧，不外乎是意识流和拼贴画。我个人觉得意识流还不太适合我国

---

[1] 参看本书《"沉思的老树的精灵"——林斤澜小说论（1978—1982）》。

大多数读者的胃口，而拼贴画的跳荡太大，一般读惯了情节连续的故事的读者也难以接受。于是我试用了一种不同于我个人过去使用的技巧——中国式的意识流加中国式的拼贴画。也就是说，意识流要流成情节，拼贴画的画幅之间又要有故事的联系。这样，就成了目前读者见到的东西。"（张贤亮《心灵和肉体的变化》）这里不想评论张贤亮对小说新技巧的归纳是否周全准确，我只想指出一点，即这种"流成情节"的"意识流"和用故事线来联系的"拼贴画"，或许最能代表现阶段短篇小说艺术发展的一般倾向了。

四

我们从"结构—功能"的角度粗略地勾勒出当代中国短篇小说艺术发展的轮廓，发现它与新诗的发展呈现某种平行的关系。在光明与黑暗搏斗的四十年代，短篇小说的叙事性、抒情性、讽喻性成就，跟《王贵与李香香》《马凡陀山歌》一道跨进新中国的门槛。当新诗在新时代的生活表面滞留，短篇小说也未能超越素材的简单堆砌。随后，新诗随着高亢的政治激情走向铺排的"颂歌时代"，短篇小说则设置越来越尖锐的冲突而走向戏剧化。七十年代末，"伤痕小说"与接二连三的诗歌朗诵会一道，爆破在阻拦思想解放的那些禁区。近年来，人们同时抱怨新诗的不景气和短篇小说的退潮，实际上两者在艺术上都正在取得更为多姿多彩的进展……

这种平行关系，是由于短篇小说在表现社会现实内容方面有着与新诗相似的"截取方式"。它们都要求选取典型的、简练的画面（或意象），以一当十地，用渗透激情的有机结构加以连缀和"化合"，创造出"言有尽而意无穷"的境界，借一斑略知全豹，以一目尽传精神，去暗示出社会现实的整体性内容。认清这一点对我们了解短篇小说的艺术走向显然是很重要的。正如诗的"衰落"其实是诗在其他艺术形式中更深入的渗透，因而是诗的"无痛苦死亡"即诗的新生一样，短篇小说把讲故事的职能越来越多地转让给中篇，它自己便可以在更宽广的艺术天地里飞翔了。

　　把握住短篇小说的这种基本特点，我们便可以进一步讨论两个问题。这两个问题在中国当代短篇小说三十多年的艺术发展道路上，是不断重复又纠缠不清的。

　　一个是所谓"短篇不短"的抱怨。这个话题真是历史悠久，茅盾在一九五七年的《杂谈短篇小说》一文中说过："短篇小说不短的问题，由来已久。十多年前就发生这个问题了……"其实，"长篇不短"，"中篇不短"，"新诗不短"乃至"社论不短"的批评，又何尝不是不绝于耳呢？只因为短篇小说不幸姓"短"，这一批评对它来说就特别刺耳。实际上，"短篇不短"的原因相当复杂，它所掩盖的实质性问题其实是：如何坚持短篇小说的艺术特点？二十世纪五十年代，魏金枝着重分析了作者在粗暴批评的威胁下产生的画蛇添足的"唯恐心理"："唯恐没有群众观念，那就添上一些群众；唯恐没有写到领导，那就添上支书；唯恐不够贫农的标准，那就写一写土改时的斗争；唯恐交代不清，那就添上履历。"（魏金枝《谈短篇小说中的痞块》）六十年代，茅盾建议加强剪裁：回叙太多，陪衬人物太多，环境描写和细节描写太多（茅盾《短篇创作三题》）。二十世纪七十年代，孙犁抨击了"三突出""三陪衬""三对头"的创造公式和"三结合"的创作方式造成短篇小说"没法儿短"（孙犁《关于短篇小说》）。到了今年，陆文夫半开玩笑地提到了"论斤称"的稿费制度，然后直截了当地捅到了问题的核心："目前我们不要在长短上做文章，倒是要强调一下短篇小说的特点，提请读者和作者注意；不能像要求中篇小说那样要求短篇。短篇小说就是那么一榔头，能砸出火花来便可以，不能把许多东西都写得清清楚楚的。短篇小说是写出来的少，没有写出来的要比写出来的多几十倍，所谓小中见大，那个大不是可以看见的，而是可以想见的。"[1]如果说，"言之有物"是纠正所有艺术品种乃至社论"不短"的良方，那么，对短篇小说来说，这个"物"是属于"没有写出来的"那部分的。

要求"把许多东西都写得清清楚楚"，正如上文所述，短篇小说的这一职能已越来越多地转让给中篇了。正是在这一点上，"短篇不短"的问题与我们所要讨论的第二个问题即"民族形式"问题相联结。

---

1 陆文夫《短篇小议》，《文艺报》1984年第5期。

魏金枝在分析了短篇小说的臃肿现象之后，写道："有种说法，总以为文章的有头有尾，乃是我们的传统，根据这种说法，似乎我们的各种文艺作品，都应该把它拖得很长，交代得越明白越好。我以为这种说法，不但庸俗，而且也并不正确。"（魏金枝《漫谈短篇小说中的若干问题》）他甚至举出被人称作"断烂朝报"的《左传》和戏曲中的折子戏这类短篇小说以外的例子，来说明"无头无尾"的作品也能让读者领会，使大众喜爱。

茅盾也认为，诸如"章回体是我们的民族形式的长篇小说，笔记体是我们的民族形式的短篇小说"，或者"故事有首有尾，顺序展开，是民族形式，而不按顺序，拦腰开头，则是外来的形式"之类的看法，很难成立。茅盾觉得应从小说的结构和人物形象的塑造两方面去寻找小说的民族形式。很可惜，他只讲了中国长篇小说的结构特点（"可分可合，疏密相间，似断实联"），没有讲中国短篇小说的结构特点，但他极为精辟地指出了由古到今小说结构发展的一般规律："由简到繁，由平面到立体，由平行到交错。"至于人物形象塑造的民族特点，他认为："可用下面一句话来概括，粗线条的勾勒和工笔的细描相结合。"[1]

侯金镜则从创作实践的方面来考虑这个问题。他注意到在

1　茅盾《漫谈文学的民族形式》，1959 年 1 月。

"民族化群众化"方面"短篇遇到的困难更多些"——"长篇小说可以很注意情节故事，让它有头有尾、线索分明，在叙述描写上为了传统的阅读习惯，可以铺张繁缛些。短篇小说这样做就很困难，第一是篇幅不能长，只能在精练简括中求明快，造起伏，啰唆冗长的短篇注定了不能与中长篇争一长短；第二，今天的生活比古代要复杂得多，发展变化要快得多，用传统的短篇小说的方法来表达今天的社会生活就很不够用，一定要借用外来的样式和方法，而这借用又不能一下子全盘为读者对象所接受。赵树理同志的短篇是以传统方法为基础又吸收和融化了'五四'以来的某些新手法，但能做到他那样是极不容易的。"[1]

仔细考察一下便可以发现，关于"民族形式"的争论，实际上就是"短篇故事"与"短篇小说"两条基本线索"内部的张力"在理论上的反映。正如到了十九世纪各民族历史的共同发展形成了"世界历史"，各民族文学的共同发展也形成了"世界文学"，因而就一个民族的文学的内部来看，文学发展上较早的阶段往往比稍后的阶段具有更多的民族特点。这也容易造成一种误解，把处在世界文学总体中的本民族文学的一切创新，都看作是"舶来"之物。你读《一千零一夜》，读薄伽丘的《十日谈》，乔叟的《坎特伯雷故事集》，了解到"有头有尾

---

1 侯金镜《读新人新作八篇》，1963 年 6 月。

地讲故事"实在并非我们的"国粹"。以鲁迅的《呐喊》《彷徨》为开端的现代短篇小说，也依然是属于我们本民族的文学传统的新开拓。应该说，我们的"短篇故事"和"短篇小说"都各具民族特色。既然如此，为什么还要用"民族形式"之争的旗帜，来掩盖两种不同的结构方法之争呢？我想进一步指出的是，尽管由"短篇故事"发展出"短篇小说"，是世界文学中某种带共同性的演变，但是，各民族文学在实现这一演变的过程中，却由于各自的社会历史环境和文化传统等复杂因素，带上了各民族鲜明的个性特点。也许只有在这种艺术发展的动态描述中，辩证地把握上述共性与个性的关系，才能历史地、具体地说清"短篇小说的民族特点"这样一类命题。

中国现代意义上的"短篇小说"起始于并成熟于鲁迅先生之手。[1]早在五四运动的八年前，一九一一年冬，辛亥革命过去不到两个月，鲁迅以"周逴"为笔名，用文言文创作了他的第一个短篇小说《怀旧》。捷克学者普实克精辟地论证了这篇小说作为"纯研究对象"，是中国现代文学的先声。恰恰是在情节结构上（有意弱化故事性，采用抒情的"回忆录形式"，等等），显示了现代文学与传统文学的"深刻的决裂"。普实克认为，这篇小说"整个气氛表明鲁迅的作品与欧洲文学中的最新倾向颇有共同之处"。他把这种共同的最新倾向称之为"抒

1　参看严家炎《鲁迅小说的历史地位》，《求实集》，北京大学出版社，1983年。

情作品对史诗作品的渗透，是传统史诗形式的破裂"。他在这篇论文中提示了在鲁迅所作的这种革新中，中国古代散文和古典诗词所起的作用[1]。普实克指出：鲁迅在舍弃了中国传统的叙事文学形式的同时，却运用中国传统的抒情方法组织了他的创作。中国传统诗的那种主观的、印象主义的、非特殊的抒情性质，连同它的缺乏故事线和结构布局，离开了僵死的传统形式、被鲁迅自由地运用来表达社会现实的革命的观念[2]。

这里不想深入探讨普实克提出的命题，我只想提出：在中国的"短篇故事"向"短篇小说"飞跃的过程中，古典诗词和古代散文构成的"抒情诗传统"起了极重要的作用。由于这种变革借助了这一历史悠久、生命力极强的传统，短篇小说的现代化所遇到的阻力显然比新诗要小得多了。在当代的短篇小说作家当中，自觉地意识到这种深刻的历史关系的，有汪曾祺、宗璞等人。汪曾祺说："有人说我的小说跟散文很难区别，是的。我年轻时曾想打破小说、散文和诗的界限。……所谓散文，即不是直接写人物的部分。不直接写人物的性格、心理、活动。有时只是一点气氛。但我以为气氛即人物。一篇小说要在字里行间都浸透了人物。作品的风格，就是人物性格。我的小说的

---

1 普实克《鲁迅的〈怀旧〉——中国现代文学的先声》，《国外鲁迅研究论集》，乐黛云编，北京大学出版社，1981 年。

2 普实克《中国文学史》，《白居易诗的一些边注》，布拉格，1970 年，第 80—81 页。

另一个特点是：散。这倒是有意为之。我不喜欢布局严谨的小说，主张信马由缰，为文无法。苏轼说'大略如行云流水，初无定质；但常行于所当行，常止于所不可不止。文理自然，姿态横生'（《答谢民师书》）；又说：'吾文如万斛泉源，不择地而出，在平地滔滔汩汩，虽一日千里无难。及其与山石曲折，随物赋形而不可知也。'（《文说》）虽不能至，心向往之。"用《我是谁？》《蜗居》等小说追求"超现实"的神似的宗璞，则在另一个方向上与中国古典抒情传统不期而遇："这两年我常想到中国画，我们的画是不大讲究现实比例的，但它能创造一种意境，传达一种精神，这就是艺术的使命了。这方面的想法我以后在作品中还会表现出来。近来听得有人讲解德彪西的音乐，也说和中国画有相似之处，我国画论中有许多卓见，实可适用于各姐妹艺术。"（宗璞《给克强、振刚同志的信》）正是在这些当代作家的短篇作品中，延续了和发展了鲁迅使短篇小说诗化、散文化、抒情化、现代化的美学道路，使我们今天在谈论"短篇小说的民族特点"时能够意识到，这里有着比"有头有尾"和"白描"要丰富得多、宽广得多的内容。

是时候了，是撇开那些困扰我们多年的表面问题的时候了。深入地、细致地考察每一种艺术结构"由简到繁，由平面到立体，由平行到交错"的生动的历史过程，从而更"贴近艺术"地了解社会审美意识在我们民族走向现代化、民主化过程中逐渐深化和复杂化的基本趋势，是一件非常有意义的、异常艰苦的工作。短篇小说因其"截取方式"的独特性，成为我们这类考察首当其冲的研究对象。只要稍稍涉足这个领域，你会惊叹，人类为了"艺术地掌握世界"，即使在每一块最狭小的阵地上，也在进行着何等英勇的、充满了挫折和成功的战斗！

1984年7月7日晨

同是天涯沦落人

——一个"叙事模式"的抽样分析

一

中国古代的知识分子，有意无意地，总爱在文学创作中把自己的历史命运，与妇女的命运做着有趣的类比。始作俑者，似乎是楚之屈原。在他的《离骚》里，自誉为"美人"，把政敌的谗害，比作"众女嫉余之蛾眉兮，谣琢谓余以善淫"。倘说这还只是一种浪漫主义的象征和寄托，那么到了汉唐以后，这便成了一种有意识运用的委婉手法。试读这两首唐诗：

> 三日入厨下，洗手作羹汤。
> 未谙姑食性，先遣小姑尝。

洞房昨夜停红烛，待晓堂前拜舅姑。

妆罢低声问夫婿，画眉深浅入时无？

把知识分子在仕途上的小心翼翼、战战兢兢，完全融入新媳妇微妙的心理状态之中，而且多么体贴而细致！当然更多的作品，是以妇女的失宠为题材，寄托他们自己怀才不遇的一腔愁绪。陈阿娇、王昭君，历代吟咏不绝。把这类作品一概归纳为反封建或对妇女不幸的同情，未免隔了一层。所遇非人之感，团扇到了秋天就给"挂起来"之感，才是此中郁积着的浓得化不开的心理"情结"。李商隐的"无题"诗到底谈爱情还是谈政治？这两面的账目本来就有点扯不清。真正的艺术品大概总是多层次、多结构的。

因此，这种类比甚至可以在西汉大儒董仲舒奠定的最高政治原则里找到合法的依据。"君为臣纲，父为子纲，夫为妻纲。"君臣关系、父子关系与夫妻关系同构，忠臣、孝子与节妇并提。这里，父子关系是由于血缘，命中注定，无选择余地。唯有夫妻关系与君臣关系类似，有后天知遇的因素。待价而沽，择良而嫁，男才与女貌，文韬武略与色艺双绝，都期待着实现其应有的价值。不幸，这希望却总是落空。"不才明主弃"（孟浩然）固然是一句愤激的反话，"人生失意无南北"（王安石），亦不过是用一种悲剧来安慰另一种悲剧罢了。

这真是一个有趣的现象。虽则"以孝治天下"，是政治上至关紧要的事，"爱民如子"的赞词却多半不是献皇上。文学里几乎找不到用父子关系来比拟君臣关系的例子，把君王比着"慈父"或"生身的父亲"极可能是大逆不道的僭妄。相反，我们的古典文学，对一身而兼有臣与妻的双重"社会角色"的皇后、贵妃却极为关注，倾注了最大的创作热情和欣赏兴趣。显然，在她们身上，寄托了文人学士对"明主"一往情深的期望。这顺便也解释了为什么《梧桐雨》《长生殿》一类的戏剧，把政治上受谴责的杨贵妃与"爱情"上受同情的杨贵妃两相结合，而毫不理会这里的生硬勉强。早在钟嵘的《诗品·序》里，就道出了两类题材与文学的密切相关性："……至于楚臣去境，汉妾辞宫；……或士有解佩出朝，一去忘反，女有扬蛾入宠，再盼倾国。凡斯种种，感荡心灵，非陈诗何以展其义？非长歌何以骋其情？"

可是，皇后、贵妃高居宫阙，只能是知识分子单方面借以抒情的对象。陈阿娇请司马相如写《长门赋》出了高价，只不过表明她懂得文学作为宫廷争宠的工具价值。真正能够与文人学士惺惺相惜的，恐怕还是唐代以来那些沦落风尘的女子。恩格斯曾经谈到过，表现了中世纪真正个人性的"热恋"的，是歌颂骑士之爱的"破晓歌"。同样，在中国古代的家族制度里，夫妻的关系是所谓"上床夫妻，下床朋友"，平时须得"相敬如宾"，定要在表面上做出中规中矩的模样儿来。只有在逃避了礼教的监督的北里青楼，真正个人性的"热恋"才能自然地流露出来。如名妓鱼玄机的诗："易求无价宝，难得有心郎。……自能窥宋玉，何必恨王昌。"闺秀中纵有才情和苦闷，也是吟咏不出来的。而文人学士与她们的唱和共鸣，多不在其飞黄腾达之日，而在其落魄失意之时（"为赋新诗强说愁"者除外）。一种情况是科举落第，如柳永名落孙山之后，就填了一阕《鹤冲天》，说是"烟花巷陌……幸有意中人堪寻访"，"忍把浮名，换了浅斟低唱"。再一种情况是贬谪在外。士大夫的生活，除非做了高官借了厚禄，可以携家到任外，大都在游宦幕府和羁旅中消磨半生光阴，只身千里，举目无亲，驿馆凄凉，一灯如豆，唯有北里青楼之类的所在，能找到点温柔的安慰。而白居易的《琵琶行》，则尖锐地把"门前冷落鞍马稀，老大嫁作商人妇"与"谪居卧病浔阳城"两种命运相连接，借浔阳江头一曲琵琶，道出了流传千古的名句："同是天涯沦落人，相逢何必曾相识！"

倘说这还只是个别人的升降浮沉、盛衰荣辱，那么到了元代，"士"作为一个阶层，整个被抛入社会的底层。据清人魏源《元史新编·选举志》云："明人说部称：蒙古代宋，第其人为十等，有一官、二吏、三僧、四道、五兵、六农、七匠、八倡、九儒、十丐之说。"这条史料是否可靠且不去管它，我们知道，元代一百三十多年的统治之中，倒有七十七年（1237—1314）废除了科举，在整整四分之三个世纪的漫长岁月里，知识分子们满腹经纶，却绝了唯一的进身之阶。他们的命运与妇女命运的历史关系，便由一般性的象征、类比和共鸣，现实地发展为具体地同甘苦共患难。大戏剧家关汉卿便自称"以为我家生活偶倡优而不辞"，他长期生活在瓦肆勾栏之中，与倡优混在一起，有时也可能亲自参加演出。这一"具体化"的历史过程在艺术上的表现，便是由抒情的诗化向叙事的戏剧化（尽管仍非常抒情）转移。其中的一大成就是风尘女子的形象从诗意化的玫瑰色虹彩中走到了充满"酒色财气"的日常生活中来。既有一入门就"气死了大浑家"，然后又放火烧屋，推夫下河，与人逃走的心狠手辣的张玉娥（《货郎旦》），也有见义勇为，凭着些"风月手段"搭救自家姐妹的，聪明机智的赵盼儿（《救风尘》）。没有知识分子历史地位的变化和杂剧艺术的兴起与成熟，这两类形象都是无法想象的。

但是，从另一面看，诗意化的象征、类比，能对知识分子与妇女命运的历史关系做出较高层次的艺术概括，叙事的戏剧化却常把人物遭遇"坐实"，并纳入"悲欢离合"的必要程式，而把事件的历史内容狭窄化。比较一下依据白居易的《琵琶行》"改编"的元杂剧《青衫泪》（马致远），这一点可以看得很清楚：

> 自古来整齐风化，必须自男女帏房。但只看关雎为首，诗人意便可参详。裴兴奴生居乐籍，知伦礼立志刚方。见良人终身有托，要脱离风月排场。老虔婆羊贪狼狼，逼令他改嫁茶商。裴兴奴心坚不变，只等待司马还乡。老虔婆使奸定计，写假书只说身亡。遂将他嫁为商妇，一帆风送至浔阳。正值着江干送客，闻琵琶相遇悲伤。与故人生死相别，弹一曲情泪千行。放逐臣偏多感叹，两悲啼泪湿衣

裳。从前夫自有明例，便私奔这也何妨。今日个事闻禁阙，断令您永效凤凰。白居易仍复旧职，裴夫人共享荣光。老虔婆决杖六十，刘一郎流窜遐方。这赏罚并无私曲，总之为扶植纲常。便揭榜通行晓谕，示臣民恪守王章。

这是结尾处由"外"角扮唐宪宗念的一大段判词，算是全剧的一个总结。撇去那些不伦不类的有关"风化""纲常"的陈词滥调不提，你可能首先注意到，对《琵琶行》的最大"歪曲"，是把"相逢何必曾相识"改为原先在长安即"终身有托"。带普遍性的精神共鸣被缩小为个人间的恩怨相报，"老大嫁作商人妇"里"老大"二字所蕴含的心理悲剧被老虔婆的"羊贪狼狠"所遮盖，偶然相逢时的灵犀相通被淹没在"仍复旧职"，"共享荣光"的俗套之中。在诗里，共鸣和感叹虽然空泛，却不失为一种"艺术的解决"。戏剧的程式相对地允许展开较多的社会场景，引入较为细致真实的人物纠葛，但真实的矛盾在那种历史条件下却不得不借助虚假的公式化的解决，这一解决离道德化了的政治近，离艺术却远。这里，透过写意的诗的结构向相对写实的戏剧结构的转变，你体验到的却是从唐代到元代知识分子在精神境界上的某种差异。由恢宏而日渐褊狭，由开放而日渐封闭，由空灵而日渐滞实，这似乎是自宋以来时代精神和审美意识的一种衍变，在元代空前的政治压迫下显示出其极致。无法自由呼吸的思想往往滞留在日常生活的表面，尽管这并不妨碍人们做"白日梦"。

元杂剧的体制，一般是四折曲词由一个主要演员唱到底。就整套曲词来看，可以说是一种第一人称的叙事角度。《青衫泪》是旦角戏，全部曲词是由扮演裴兴奴的正旦来唱的，这就把《琵琶行》里白居易的第一人称角度移到了"商人妇"身上。（甚至在第三折里，白乐天写就《琵琶行》之后，也是交由裴兴奴念将出来，念完还道白一句："相公好高才也！"）角度的转移主要是因为裴是唯一可以在每一折里出场的人物。但是，这也就提供了一面镜子，照见元代知识分子希望在下层妇女那边看到自己的形象是怎样的。倘说《琵琶行》是一层共鸣，那么《青衫泪》则是一层"反（返）共鸣"，是对着镜子作的自画像，层次的增加使得这里的心理内容变得丰富而微妙了。

在第二折里，裴兴奴思念贬谪江州的白乐天，唱道：

〔滚绣球〕你好下得白解元，闪下我女少年。道不得可怜而见，他又不会故违着天子三宣。〔云〕人说白侍郎吟诗吃酒，误了政事，前人也有这等的。〔唱〕只那长安市李谪仙，他向酒里卧酒里眠，尚古自得贵妃捧砚，常走马在五凤楼前。偏教他江州迭配三千里，可不道吏部文章二百年，甚些的纳士招贤。

这是在毫无出路的绝望中对"辉煌的旧梦"的怀念。元代士人被严重压抑的功名心，往往"升华"为两类相反相成的情绪，在杂剧里表现出来。一类是对历史上功成名就者酣畅淋漓的讴歌，如《周公摄政》（郑光祖）、《追韩信》（金仁杰），《气英布》（尚仲贤），《王粲登楼》（郑德辉），无不是些恃才傲物的角色，虽经曲折却终于建功立业，一展其文韬武略。一类则是对隐逸者的渲染，看透了功名利禄，"人我是非"，标榜神仙之乐，如《陈抟高卧》（马致远），《火烧介子推》（狄君厚），《垂钓七里滩》（宫天挺），都说是："俺这草舍花栏药畦，石洞松窗竹儿，您这玉殿朱楼未为贵。"这是同一种心理的两面，一面是："我们先前……比你阔多了！"另一面是："孙子才姓赵呢！"

凡此种种，当然可以引用弗洛伊德著名的"升华"理论来说明。可是，清代剧作家李渔在《笠翁偶寄》卷二《宾白》里，讲得甚是分明："予生忧患之中，处落魄之境，自幼至长，自长至老，总无一刻舒眉，惟于制曲填词之顷，非但郁藉以舒，愠为之解，且尝偕作两间最乐之人。……未有真境之所为，能出幻境纵横之上者。我欲做官，则顷刻之间便臻富贵。……我欲作人间才子，即为杜甫李白之后身。我欲娶绝代佳人，即作王嫱、西施之原配。"这也是对元杂剧的最佳说明。文艺作品作为文人学士主观情怀的排遣、慰藉、补偿，却同时也是社会生活的一种反映，一种对真实处境的完全相反的映象。（参看钱钟书《诗可以怨》）

在《青衫泪》里，写得最情深意切的，便是裴兴奴见到假传死讯的书信后，一边烧纸浇酒祭奠，一边唱的那一套曲子，略举几支如下：

〔滚绣球〕你文章胜贾浪仙，诗篇压孟浩然，不能勾侍君王在九间朝殿，怎想他短卒律命似颜渊。今日扑通的瓶坠井，支楞的琴断弦。怎能勾眼前面死魂活现，你若有灵圣显形影向月下星前。则这半提淡水招魂纸，侍郎也当得你一盏阴司买酒钱，止不住泪涟涟。

〔一煞〕兴奴也你早则不满梳绀发挑灯剪，一炷心香对月燃。我心下情绝，上船恩断，怎舍他临去时舌奸，至死也心坚。到如今鹤归华表，人老长沙，海变桑田。别无些挂恋，须索向红蓼岸绿扬川。

〔二煞〕少不得听那惊回客梦黄昏犬，聒碎人心落日蝉。止不过临万顷苍波，落几双白鹭，对千里青山，闻两岸啼猿。愁的是三秋雁字，一夏蚊雷，二月芦烟。不见他青灯黄卷，却索共渔火对愁眠。

不能不说，这才是落魄的知识分子所得到的最真挚的慰藉和温暖。相形之下，功成名就的辉煌也好，隐逸山林的闲适也好，无不黯然失色。甚至可以说，倘没有这一套曲词，《青衫泪》的艺术价值就很可怀疑了。

这部杂剧里还有一点值得注意，便是对《琵琶行》里并未露面的那位"商人"的恣意丑化和诅咒。大团圆的结局并不是对所谓"封建势力"的胜利，而是对"贪财"的老虔婆和那位"赔了夫人又折钱"的茶商的胜利，是士大夫的高雅对市井的鄙俗的胜利，是"才"对"财"的胜利，"权"对"钱"的胜利，在商人的实际地位实际上高于"八倡九儒"的元代，这一胜利不仅仅是阿 Q 式的"精神胜利",而且是中国社会"重农抑商"根深蒂固的传统观念的胜利。

二

从隋唐以来到二十世纪初漫长的科举史中,元代那七十七年的中断不过是一个反常现象。历代打下江山的皇室,虽能"以马上得之",却"不能以马上治之",毕竟还要靠士大夫的那一套来"治国平天下"。知识分子则依据着几亩田园,将儒道两面做着战略性的运用:进则以儒家的进取精神,从事致君泽民,退则以道家的无为态度,从事优游肥遁。有时候"退"却是为了更好地"进",昂其身价以待"明主"来三顾茅庐。宏观来看,不能不说,《青衫泪》等元杂剧里的种种"白日梦"仍然有其合理的历史依据,那迟缓发展的历史仍在"应许"着使之变为现实的可能性。

当我们把目光匆匆移到二十世纪初,便发现欧风美雨冲击下的中国知识分子,进和退遽然失了根基。老路消失了,新路在哪里呢?他们仿佛被连根拔了出来,处在极度的彷徨、孤寂、苦闷和悒郁之中。倘说元代知识分子的"白日梦"还期待着历史的回答,他们却从心底里明白"老调子已经唱完"。他们是"怀乡病者"——

当日光与夜阴接触的时候,在茫茫的荒野中间,头向

着了混沌宽广的天空，一步步的走去，既不知道他自家是
什么，又不知道他应该做什么，也不知道他是向什么地方
去的，只觉得他的两脚不得不一步一步的放出去，……[1]

在他们身后是无法"归去来兮"的"将芜"的"田园"，
在他们面前是一片虽然开阔却迷茫的原野。从前是目标无法实
现的苦闷，但毕竟还有着由历史条件所决定的明确的目标；如
今则是没有目标或目标模糊不清的苦闷，醒来之后无路可走的
苦闷。醒来的"人之子"，由于他们的生活条件和文化背景，
在对旧礼教的反抗中感受最直接、最具体的，是对现代性爱的
要求。而在这新旧杂糅的时代，知识分子与妇女命运之间的历
史关系，也就变得异常纷纭复杂。"五四"时期思想界、文学
界对婚姻爱情问题极为热烈乃至激烈的关注，正是这一复杂的
历史关系的一种体现。摆脱了"夫为妻纲"的旧伦理道德的女
性，正如从"君为臣纲"中解放出来的知识分子一般，面前同
样悬着这样一些问号：我们从哪里来？我们是谁？我们向哪里
去？于是，一身而兼知识分子与妇女双重"社会角色"的新女
性，就成了"五四"以来新文学最引人注目的艺术形象。梅女
士也好（茅盾），莎菲女士也好（丁铃），一问世就令过往的皇
后贵妃诸种形象黯然失色。

1　《郁达夫文集（第一卷）》，第 147 页，花城出版社 / 三联书店，1982 年。

但是，历史的不平衡发展，甚至集中体现在各个阶层自我觉醒的并不"同步"之中。上下求索的先觉者在人生的苦斗之际，环顾四周，能够与之对话的"女同志"如此寥寥！强加给他们的，仍然是"父母之命、媒妁之言"的旧式婚姻。这几乎成了二十世纪初最先觉醒的知识者最难以忍受的重负。鲁迅在《随感录四十》里沉痛地说："我们既然自觉着人类的道德，良心上不肯犯他们少的老的罪，又不能责备异性，也只好陪着做一世牺牲，完结了四千年的旧账。"郁达夫则在《沉沦》里大声地呼喊：

> 知识我也不要，名誉我也不要，我只要一个能安慰我体谅我的"心"。一副白热的心肠！从这一副心肠里生出来的同情！
> 从同情而来的爱情！
> 我所要求的就是爱情！
> 若有一个美人，能理解我的苦楚，她要我死，我也肯的。
> 若有一个妇人，无论她是美是丑，能真心真意的爱我，我也愿意为她死的。
> 我所要求的就是异性的爱情！

这是对现代性爱的强烈要求：不是附着在"功名"上的恩爱，也不是男才与女貌的搭配，而是像恩格斯所说的"以所爱者的互爱为前提的""双方甘冒很大的危险，直至拿生命孤注一掷"的现代意义上的爱情。当这种要求无法实现的时候，郁达夫笔下的知识者，也每每循了旧式文人的老路，到烟花巷陌去寻求安慰。倘说历史的发展使得宋元之后的倡优们，由"卖艺"为主蜕变为"卖身"为主，那么文学的发展，也早把"狭邪"题材上诗意的光环驱散无余了。郁达夫在一篇为自己的小说《秋柳》辩护的文章里写道：中国的妓女，"她们所极力在那里模仿的，倒反是一种旧式女子的怕羞、矜持，娇喘轻颦，非艺术的谎语，丑陋的文雅风流，粗俗的竹杠，等等，等等。所以你在非常烦闷的时候，跑到妓院里去，想听几句你所爱听的话，想尝一点你所爱尝的味，是怎么也办不到的"。"末了我还要告诉读者诸君，不要太忠厚了，把小说和事实混在一处。更不可抱了诚实的心，去读那些寒酸穷士所作的关于妓女的书。什么薛涛啦，鱼玄机啦，举举啦，师师啦，李香君啦，卞玉京啦，……这些东西，都是假的，现实的妓女，终究还是妓女，请大家不要去上当。"[1] 在《秋柳》里，不再有"色艺双绝"的佳人，却只有鲁钝、憔悴的海棠、荷珠一类的下层"卖笑人"。元杂剧《青衫泪》里着重在精神层次上的"怜才惜玉"和伦理层次上的"悲欢离合"，在郁达夫笔下却突出了生理心理层次上的欲念和无聊。他并没有，也无法在这里找到他所要求的"异性的爱情"，更多的只是在他的"欲情净化"之后，由自怜

1　郁达夫：《我承认是"失败了"》，《晨报副镌》1924 年 12 月 26 日。

自爱而旁及的对下层妇女的同情。由"灵"向"肉"的揭露意味着旧道德的崩溃和对它的有意挑战，由"肉"向"灵"的升华却可能意味着新世纪人道主义乃至社会主义精神的萌芽。在"灵—肉—灵"这个郁达夫用惯了的程式里，新旧道德就是这样五光十色地交错杂陈，蕴含着那个过渡时代的血和泪、悲剧和悲喜剧。

体现着这种复杂的新旧交替的，固然有《采石矶》《碧浪湖的秋夜》这样的历史小说，郁达夫借清代文人黄仲则、厉鹗之酒，浇自家胸中块垒，抒发孤高愤世，恃才傲物的一腔牢骚或佯醉遁世的闲情逸致，证明着在这一代知识分子的血管里，也还流着屈原、李白、白居易或介子推、严陵、陶渊明等人的血液。但是，更应引起我们注意的，是作者自己说是"多少也带一点社会主义的色彩"的《春风沉醉的晚上》。

场景不再是偎红依翠的烟花巷陌或江枫芦荻的浔阳江头，而是上海贫民窟一个黑沉沉的阁楼，隔成了内外两间小房。角色也不再是色艺双绝的风尘女子，而是 N 公司烟厂一个十七岁的女工陈二妹。第一人称的"我"也不是曾经发迹或必然发迹的落魄士大夫，而是一位留过洋的失业的学生，被失眠和神经衰弱折磨得萎靡不堪，清醒时译"几首英法的小诗，和几篇不满四千字的德国的短篇小说"，希冀着换点稿酬挨日子。抒情的诗意化在这里被进一步削弱，至少是被代之以现代的"诗意"。新文学把真正的低层生活迎进艺术的殿堂，艺术却因此获得全新的震撼人心的力量。因此也就无须借助"悲欢离合"

的老套，偶然性的"相逢何必曾相识"重新成为一个深蕴历史内容的精彩场面——

　　"你何以只住在家里，不出去找点事情做做？"

　　"我原是这样的想，但是找来找去总找不着事情。"

　　"你有朋友吗？"

　　"朋友是有的，但是到了这样的时候，他们都不和我来往了。"

　　"你进过学堂吗？"

　　"我在外国的学堂里曾经念过几年书。"

　　"你家在什么地方？何以不回家去？"

　　她问到了这里，我忽而感觉到我自己的现状了。因为自去年以来，我只是一日一日的萎靡下去，差不多把"我是什么人"，"我现在所处的是怎么一种境遇"，"我的心里还是悲还是喜"这些观念都忘掉了。经她这一问，我重新把半年来困苦的情形一层一层的想了出来，所以听她的问话以后，我只是呆呆地看她，半晌说不出话来。她看了我这个样子，以为我也是一个无家可归的流浪人，脸上就立时起了一种孤寂的表情，微微地叹着说：

　　"唉！你也是同我一样的吗？"

　　这一段平实无华的对话和描写，语言像水洗过了一样的干净，实在比之浔阳江头一曲琵琶毫不逊色。你更注意到了知识者的处境所引起的在烟厂女工那一面的认同，与《琵琶行》所取的是一种反向的角度。这里的"同"已不仅仅是某种身世的类比，而具有实质性的历史地位的相同：他们都是无家可归的人，是永远离开了农村的都市人；他们都是用体力或智力——劳动力作为商品去换取报酬的人。这里甚至失去了"劳心""劳力"的传统界限和高低贵贱之分，只有"有业"和"失业"之分。小说里的"我"就是这样想的："这女孩子真是可怜，但我现在的境遇，可是远赶她不上，她是不想做工而工作要强迫她做，我是想找一点工作，终于找不到。就去作筋肉的劳动罢！啊啊，但是我这一双弱腕，怕吃不下一部黄包车的重力。"当你凝视着我们论及的叙事模式，看到那位总有一天会官复原职或金榜题名的落魄士人，那位深深赏识才子的内在价值而预备着共享荣华的绝代佳人，都突然消失得无影无踪的时候，你意识到这里意味着历史跨过了多么巨大的步幅么？我们的男女主人公都被抛到了出卖劳动力为生的"求职者"的位置上，把在这样的共同命运中的慨叹和反省，仅仅看作小资产阶级知识分子对劳动人民的同情，未免就把此中蕴含的历史内容狭窄化了。

但是，真正"带一点社会主义的色彩"的，恐怕还在于郁达夫写出了由知识者眼里看到的烟厂女工的正直而善良的品质。这样一种略带仰视的角度是过往时代的同一模式里从未有过的，这样的思想认识和感情确实是新的世纪里全新的因素。半夜的散步，五元钱的稿酬，引起陈二妹的猜疑和直言相劝，当误会消除了，"她颊卜忽而起了两点红晕，把眼睛低下去看着桌上，好像怕羞似的说：'……你若能好好儿的用功，岂不是很好么？你刚才说的那——叫什么的——东西，能够卖五块钱，要是每天能做一个，多么好呢？'"这里所说的"好好儿的用功"，方向和目标也不是为了"治国平天下"，而是在正道上"做东西卖钱谋生"。从这些极细微之处，也可见出价值观念的衍变。于是，情节急剧地发展为典型的"郁达夫式"的高潮——

　　我看了她这种单纯的态度，心里忽而起了一种不可思议的感情，我想把两只手伸出去拥抱她一回。但是我的理性却命令我说：

　　"你莫再作孽了！你可知道你现在处的是什么境遇！你想把这纯洁的处女毒杀了么？恶魔，恶魔，你现在是没有爱人的资格的呀！"

　　我当那种感情起来的时候，曾把眼睛闭上了几秒钟，等听了理性的命令以后，我的眼睛又开了开来，我觉得我的周围，忽而比前几秒钟更光明了。……

郁达夫式的"欲情净化"，在这里却获得相当深远的社会历史内涵。在"灵"与"肉"的搏斗里，人道主义的理性掺杂着自我谴责的复杂情感。"莫再作孽"的"再"字与连呼两声"恶魔"，暗示着这位知识者前半生坎坷、泥污的道路。在"同是天涯沦落人"的灵犀相通中，郁达夫痛苦地意识到，反省着这里的"同中之异"。在另一篇也是写劳动者的《薄奠》里，星月惨淡凄凉，狭巷灰黑静寂，"我"听着人力车夫的诉苦，"觉得这些苦楚，都不是他一个人的苦楚"。"我真想跳下车来，同他抱头痛哭一场。"然而这却不能："我着在身上的一件竹布长衫，和盘在脑海里的一堆教育的绳矩，把我的真率的情感缚住了。"这样的痛苦，是从"旧营垒中来"的阶级背叛者的痛苦，是面对着必然的历史进程走向新兴的阶级时的痛苦。这就预示了我们的"叙事模式"的一种发展趋势：劳动者的形象日渐高大而纯正，知识者对自己身上的"鬼气"日渐自惭形秽。面对着劳动妇女的正直和善良，"欲情净化"就不仅是一种生理、心理、道德上的自我超越，而且带有某种历史哲学意味的升华了。

过渡时代的苦况不同于元代那种"中断"式的苦况。后者寄希望于"断而后续"的可能性，因而采用"悲欢离合"的封闭式叙事结构，使"大团圆"的白日梦在戏剧里得到欢天喜地的实现，这里有着某种历史的合理性。过渡时代的苦况是茫然不知路在哪里，郁达夫用抒情性的自我反省使小说处于开放的状态。在那个春风沉醉的晚上，我们不知道他将如何生活下去，也不知道他与陈二妹的关系会有怎样的发展。一切都可能发生，一切都正在发生，开放的结构令人在茫然、偶然中认识必然，于无限的可能性中寻求现实性，在失望中孕育希望。

小说中还有"带一点社会主义的色彩"的，是女工对 N 公司烟厂的诅咒，以及"我"受了估衣铺店员的奚落后心里的愤恨。你忽然认出了那个茶商刘一郎的影子，那个以日渐庞大的金钱势力威胁着书香门第，腐蚀着整个社会的可怕的影子。然而这不单是站在"现代寒士"立场上的诅咒，而且是站在自发的无产者的立场上的诅咒。它不再具体化为一个猥琐可笑的暴发户的形象，而是如烟囱的黑烟、汽笛的嘶叫一样弥漫天空，以一个抽象化了的阴影笼罩在"天涯沦落人"的相逢相识之上。如果我们不是用科学社会主义的理论认识来苛求前人，那么就应该承认，这里显然并不是为了要有"社会主义色彩"而外加的标语口号，而是作家模糊地意识到的历史内容出现在我们的"叙事模式"时的"题中应有之义"。

三

社会主义制度的建立彻底改变了知识分子和妇女的历史命运。然而也出现过某种"中断"和"断而后续"的历史状况。仿佛是一种讽刺性的巧合，知识分子又一次陷入类乎"九儒"的地位。这个"中断"不是由于异族的入侵，也不是由于敌对阶级之间的战争，而是由于我们自己的失误。由于"无产阶级专政下继续革命的理论和实践"的激进性、斗争性和权威性，以及别的一些复杂原因，知识分子普遍在自我鞭挞中茫然失措。如果说，山林、田园乃至穷街僻巷或烟花闹市，曾经是中国知识分子身处乱世时精神上的"逋逃薮"，那么，在新的历史条件下，九百六十万平方公里的土地上处处都只能是他们

"思想改造"的场所。如果说,"天生我材必有用"的豪情,曾经是支撑中国知识分子在颠沛流离中坚定的信念,那么,种种最激进的理论已摧毁了这些"个人主义"的"野心"和幻想。他们仿佛成了新时代的"多余的人",不是那种找不到目标的"零余者",而是除了"夹着尾巴做人"不许再有任何目标的"零余者"。过往时代的落魄或贬谪,自然地把知识分子抛到了与人民相接近的下层。如今,知识分子中的相当一部分人,在相当长的一段时日里,被宣布为人民的异己者,他们与人民的接近经由了更为曲折艰难的途径。

在这样的历史风雨中,被抛到"清水""血水""碱水"里的知识分子,他们与下层妇女的相逢、相识,与其说是苦难中的"惺惺相惜"、精神共鸣,毋宁说,更多的是他们寻求回到人民的行列、回到大地母亲怀抱中去的必然环节。而每一次的历史灾难,倘说知识者主要是用自己的心灵来承受的话,妇女们则主要是用自己的双肩和双手来支撑的(当然,还有她们的身体)。于是,出现在我们的"叙事模式"中的女性形象,便至少有了两个交织在一起的特点:

其一,如果我们能沿用鲁迅先生的说法,把"妇女性"划分为"女儿性、妻性和母性"的话,那么,她们身上更多地具有的是后二者而远非前者。她们的善良、刻苦、贤惠、勤劳被突出在光照的亮处,她们的美丽、纯洁、活泼、调皮常消隐在作品的暗处。即使她们还年轻,也更像一个饱经忧患的少妇而不像一个少女。即使写到爱情,也是《绿化树》里所说的那种

"成熟了的爱情"，有如"盖过许多钤印的字画"似的那般可贵。

其二，我们无法再把她们看作是与知识分子同病相怜的"沦落人"。她们仿佛本来就与苦难生长在一起，她们是这片贫瘠干旱的土地的女儿，或者干脆就是这片土地的化身。正是她们在任何现实处境下顽强的生命力和生存能力，使知识者的顾影自怜失去了诗意的光彩。总之，她们不再是文人学士固有的人格理想主旋律在落难中的和声，也不是被抛到同样的"求职人"境地时相濡以沫的"涸辙之鲋"。在知识分子旧有的人格理想被摧毁的时候，在他们重建人格理想的"苦难的历程"中，她们代表了由一棵棵"绿化树"汇成的绿色的海洋，给予他们再生、复活的力量、勇气和信念。

然而，仅就张贤亮自己的作品来说，《绿化树》里的马缨花，也比《灵与肉》里的李秀芝，似乎多了一点什么。是除了"妻性"和"母性"之外，还有南国女儿般的美丽、调皮、天真，"旷野的风"一般的性格和气质么？是那适应着饥荒的"低标准"年代，狡狯而实际的"女人的心计"吗？是那"遵循着一种特殊的道德规范"的"美国饭店"吗？重要的是，马缨花这个人物本身的丰富性带来了人物关系的丰富性。如果说，由偶然性安排的婚姻，使许灵均和李秀芝建立了一个在艰苦中自强自立的家庭，那么，章永璘与马缨花之间却绝没有这样的直线式的、径情直遂的发展。《灵与肉》里，一个是已当了十几年牧马人的"老右"，一个是被饥荒逼出了天府之国，走投无路的少女，"同是天涯沦落人"的"同"掩盖了他们之间的"异"。

《绿化树》里，这"异"却非常重要，是时时处在光亮之中的不容忽视的核心，章永璘不断地反省、内疚、探求，始终是环绕着这个深刻意识到了的"异"而进行的。

刚从劳改场释放的就业人员章永璘，渴望着成为"正常人"。饥饿却逼迫他向着"狼孩"的深渊下坠，是马缨花"拯救"了他。他的体力在恢复，憧憬着成为一个"筋肉劳动者"，向往着有一个贫穷而整洁的火炕的"家"——这曾被他看作是高不可攀的理想。是和海喜喜的打架，使他意识到："这也是在这种环境中的正常人的表现，甚至可以说是我已经成为正常人的重要标志。……我通过了这个环境对我的考核。他们，这种环境中成长起来的正常人，接纳了我成为他们行列中的一员。"（然而，这个环境是不是正常的呢？）章永璘向着那个"家"的理想前进，可是马缨花说："行了，行了……你别干这个……干这个伤身子骨，你还是好好地念你的书吧！"于是他经历了一次深刻的灵魂的震撼，比郁达夫式的"欲情净化"还要强烈十倍的震撼。他重新拾起《资本论》第一卷，重新"和人类的智慧联系起来"，开始从精神上"超越自己"，他便清醒地意识到，他与马缨花之间，"有着她不可能拉齐的差距"——

她，当然不能说是芳汀，玛格丽特，艾丝梅哈尔达这类我所熟悉的沦落风尘的女子的艺术形象，但是，那"美国饭店"一词总使我耿耿于怀，总使我联想到杜牧、柳永一类仕途失意、寄迹青楼的"风流韵事"。在她把热腾腾的杂合饭端到土台子上，放在我的书的旁边的时候，在她对着尔舍轻轻地唱那虽然粗犷，却十分动听的"花儿"的时候，我会很自然地联想到称道"维扬自古多佳丽"的无聊文人所写的诗，什么"红袖添香夜读书"，"小红低唱我吹箫"之类的意境。

我开始"超越自己"了，然而对她的感情也开始变化了。这时，如歌德在《浮士德》里说的："两个灵魂，唉！寓于我的胸中。"一方面，我在看马克思的书，她要把我的思想观点转化到劳动者那方面去；一方面，过去的经历和知识总使我感到劳动者和我有差距，我在精神境界上要比他（她）们优越，属于一个较高的层次。

是的，一方面，和"人类的智慧"的联系竟会唤起中国知识分子文化心理结构中的深层意识；另一方面，对自己的"超越"也就是原来憧憬的正常人的家的超越，章永璘对他与马缨花的关系产生了新的不安。只是在"大雪满弓刀"的海喜喜遁逃之夜，窥见了体力劳动者身上"最美好的感情"，反衬出自己的并不高尚，他才产生了一种"顿悟"："即使一个人把马克思的书读得滚瓜烂熟，能倒背如流，但他并不爱劳动人民，总以为自己比那些粗俗的、没有文化素养的体力劳动者高明，那这个人连马克思主义者的一个指头也不是！"他大步赶回村里向马缨花求婚，马缨花却说"我有我的主意"，最后，他得到一句刚烈的誓言："就是钢刀把我头砍断，我血身子还陪着你哩！"

整个"辩证"过程可以简略地图解如下：

异（低）^{劳动（恢复）}→ 同（正常人）^{读书（超越）}→
异（高）^{雪夜（顿悟）}→ 同（新人）

在这个结构图中，不难看出作品中活生生的感性内容与作者抽象化了的理性框架之间的，某些牵强生硬之处。但是，我想指出的是，我们的"叙事模式"在这部中篇小说里得到了前所未有的发展，得到了一种革命性的挖掘和改造。对"同"和"异"的辩证理解，展示了读书人理想轰毁、灵魂再生、人格复活的极其复杂的过程，映照出下层妇女在这一过程中光彩照人的"拯救"作用，这都是过往时代根本无法想象的。但是，另一方面，尽管章永璘由于哲学讲师的教导和馈赠，读的正好是《资本论》，并且是抱了明确的目的性来探讨"我们以及我们的国家今天怎么会成了这个样子"的，马缨花却并不关心他念的是什么书，她只是"把有一个男人在她旁边正正经经地念书，当作由童年时的印象形成的一个憧憬，一个美丽的梦，也是中国妇女的一个古老的传统的幻想"。对"念书人"的这种观念，恰好与上文提到的"红袖添香夜读书"的意境形成一个对照，暗示了这部中篇小说与我们的"叙事模式"在文化心理传统中源远流长的深层关系。不仅如此，当你读到小说的结尾，章永璘踏上"红地毯"，"同来自全国各地各界有影响的人十"

一起，出席"一次共和国重要会议"这样一些字句的时候，你很难不感觉出那个"治国平天下"的历史责任感，虽然是性质多么不同了的一种责任感。

"断而后续"的历史状况倾向于在文学作品中选择封闭式结构。《绿化树》政治上的"大团圆"结构，与章、马爱情悲剧的开放式结构，两者之间是不那么融洽的。它固然增加了由于题材的尖锐性而迫切需要的"保险系数"，却多多少少地损害了作为多结构的艺术作品各个结构之间的有机统一。

站在对立面的那个令人生厌的"营业部主任"，也使你又一次认出了那个倒霉的茶商刘一郎的影子。虽然，章永璘约略提到过他的"高老太爷"式的祖父和"吴荪甫"式的伯父、父亲，但却总像 N 公司烟厂那样的模糊的抽象物。唯有这个"从小要饭，后来当了兵，也成了'资产阶级右派'"的"营业部主任"，是具体的、可憎的，时时梗在章永璘的意识域中。他似乎奉行着一种与"念书人"的高尚的超越以及马缨花、海喜喜和谢队长等人慷慨的善良都完全相反的哲学，构成对普通人无形的威胁。作者对这个影子的憎恨是如此强烈，以致章永璘的那几个无辜的难友：老会计、中尉、报纸编辑，都或多或少地受到了贬抑，使之在马缨花、海喜喜、谢队长等体力劳动者的对比下毫无光彩。但是，那个与阴影化为一体的可憎的影子，毕竟构成了我们的"叙事模式"中的明暗关系的必不可少的部分，映衬出知识分子与劳动妇女的崇高和纯洁："营业部主任"与章永璘的较量，是以他在实际生活中的一时得逞和道义上的永远受谴责而告终的。

四

显然，这是一篇相当"冒失"的文章。我论及了唐代的一首古体诗，元代的一本杂剧，现代的一篇抒情性短篇小说，和当代的九部"系列中篇"里最先发表的一部。年代相隔如此久远，在文学史上的分布如此不均匀，体裁之间的差异如此悬殊，作品的代表性也无法加以严格的论证。在文学史的分段研究和分体裁研究越来越细致、越来越专门的今天，这样的题目当然意味着一种吃力不讨好的"越境"，有如闯入挂了"闲人免进"牌子的办公室里一般，时时感到某种惶惑。作为一个叙事模式的抽样分析，结构上的"异中之同"成为我们立论的依据和起点，然而，当我们展开论述的时候，却发现由历史发展造成的"同中之异"里蕴含着更富启发性的内容。如果没有适量的引文，这样的比较研究便会失了感性的依据。但是在有限的篇幅制约下，这又不利于某些论点的展开。困难之处，不仅在历时性方面如何细致地区分结构的"进化"和变奏，而且在共时性方面，当我们把"系统的历史"也看作是一个系统时，需要一种更具说服力的综合。

知识分子的历史地位以及由此造成的心理状态，与文学（尤其是所谓"纯文学"）的繁荣和发展，关系至为密切。就原始艺术的起源和发展来看，舞蹈、绘画、雕刻、音乐，很早就达到令人震惊的成就。而文学，作为语言的艺术，与文字的发达密切相关。中国的文字之难、文章之难，似乎注定了（纯）文学是知识分子的专利品和奢侈品。然而，文学作为符号系统毕竟只是社会实在的观念化，它需要从不同的领域（包括民间的口头文学）"吃"进信息来"养活"自己。当知识者被"打"到社会下层的时候，"国家不幸诗家幸"的情况就产生了。正是在这些升降浮沉、盛衰荣辱中，最鲜明地表露了知识分子的心理状态、深层意识、人格理想和社会理想，以及形成这一切的社会历史条件。当我们注意到他们与另一阶层的相遇时，由于充满了戏剧性的映照、撞击、共鸣、投射，这些心态、意识、理想的表现更增添了具有丰富层次的历史内容。由于文学本身的艺术特性，它对某一点"邂逅相遇"表现了特别持久而浓厚的兴趣。这便逐渐形成了某种"叙事模式"，正是在这种模式中，积淀着某些已经"艺术形式化"了的历史内容。在我们论及的这个模式中，便凝定着中国知识分子文化心理结构中最稳定、最深沉，至今还在发挥着作用的那些因素。

文学的"叙事模式"或"原型"是存在的，它是艺术技巧的一种物态化的凝定，不单是某种特定的人物关系的展开过程的艺术概括，更是反复出现的同一历史内容向同一审美形式的积淀。本文所论及的模式，由于它的容量和深度，仍可能具有长远的生命力。只要整个社会尚未实现完全的知识化，知识分子就必然还会在自己的历史行程中与或一阶层的女性相逢、相识，演出新的千姿百态的活剧。倘从进化的角度看文学的叙事模式，便可以见出形象上由朦胧抽象走向具体生动，题材上由写意的类比走向写

实的挖掘，结构上由平面的、单线的走向立体的、交错的，仿佛
是历史内容自身的展开，向内向外旋转着，呈示出无数新鲜的点、
线、面……

1985年3月30日

初版后记

编定这本集子时，刚过了三十六岁生日。被荣幸地称为
"新中国同龄人"的这一代，应该说是"人到中年"了。告别
了青春，才有可能认真地来谈论一下青春。作为告别和祭奠，
我给《中国青年报》的"文艺评论专页"写了一篇千字短文，
题目就叫"理论的青春"——

理论的青春

理论之是否为"真"，个以拥有者的年龄为依据。
智慧不会跟着年岁成正比例地增长，"年轻化"了的谬
误也依然是谬误。

但"拥有者"这词就会令人生疑。似乎应当这样来表

述：真理是不按追求者的年龄来划分的。

不过，人类追求真理的道路毕竟是在代代相续的"接力"之中延伸着。理论的进展和突破常常不幸地体现为一代人的嬗替。

每一代人都既是起点又是桥梁。

历史赐予每一代人的"理论机遇"是不太均匀的。

"地球绕着太阳转，地球自己也在转！"幼儿园大班生兴奋地喊出了答案，眼睛盯着爸爸手里的大苹果。四百年前，有一位意大利人也曾这么大声嚷嚷来着。他被人烧死了。

为四百年后的常识而献身的志士仁人，死在当时的常识手里。老黑格尔说：常识＝一时代普遍的偏见。

更沉痛的悲剧，是用四百年前的常识，揣死了今天的常识。为今天的常识而献身，也是需要勇气的。

文学理论走过一段相当艰难的道路，它在返老还童。战胜了四百年前的常识，它要求从今天的常识起步，走向理论的青春。

具有青春活力的理论是"回复到自身"的理论。它既不是文艺政策的诠释或辩护，也不是文艺创作亦步亦趋的附庸。理论的"自生产能力"得到重视、开掘和发挥。

新的名词、术语、范畴、原理，仿佛一夜之间涌现出来。匍匐爬行的理论插上了翅膀。当然，有的还不宜飞得太高——太阳是炽热的，蜡会熔化。

但它毕竟是在飞翔！

突破常识的理论进展最终也会变为常识。

为向常识挑战而献身！

为把理论转变为常识而献身！

布鲁诺在火焰中望着后人，目光炯炯。

被后人超越的我们也将被后人的青春所照亮。

每一代人都有属于自己的青春，可能黯淡也可能灿烂。但人们常常无法理解这一代人何以那样早就产生一种"老桥"意识，那样清醒地意识到自己的历史局限。人们把这视为一种"故作谦虚"或有意的挖苦揶揄。我认为，历史感不在于是否擅长翻箱底，而在于是否真正老老实实地把自己置于历史之中。这一代人，尽管人们已经使用了这样多各各不同的形容词来描述他们：迷惘的、思索的、奋争的、被耽误的、崛起的，等等，然而，他们的形象最终将由"历史的风"来雕刻。所谓"历史的风"，包括了他们自己的总结和后人的评判。表面的泥垢终将剥落，而露出他们真诚坚毅的面容，连同他们的全部伤痕。

书名叫《沉思的老树的精灵》，是因为集子中有一篇同题的文章，更因为我喜欢作家林斤澜勾勒出的这个意象。我在热带林莽中生活了将近九年时光。那重重叠叠、藤缠蔓绕的老树常常引发我神秘的遐想。大山和海风，都借助于它的浓枝密叶，发出歌吟或呼吼。

这本集子里收的文章写于一九八一年秋到一九八五年秋。重读它们，我产生一种幻觉，仿佛在好多年前，我就开始寻找它们，寻找最初的意缀、最初的语言了。仿佛在"停课闹革命"、躲在家里啃《鲁迅全集》（一九三八年版，红布硬纸封面，父亲藏书的唯一幸存者）的时候；在数学老师年纪轻轻就不明不白地死去，因而"当数学家"的少年梦破灭的时候；在黎寨的煤油灯下读《路易·波拿巴的雾月十八日》的时候；在无数个黄昏和黎明、正午和子夜；在屈辱和冷眼中，在激励和抚慰中，历史和现实，先哲和人群，山和海，土地和森林都已在告诉我一些朦胧动荡的思想，暗示着内容和结构，叮嘱着有一天转换成文字语言。

这是一条从愚昧无知中走出的路，这条路至今仍在延续。五年的习作收在一起，不难看出思想的挣扎和嬗变、矛盾和自相矛盾、进展和回复。我不想抹去这些凹凸不平之处，把自己磨成滴溜溜圆滚滚"大珠小珠落玉盘"。某哲人说过："我从困惑走向新的困惑。"用一句老北京话来说，我从来也没"圣明"过。我在重读它们的时候冷静地想：我曾经如此这般地思考过了。历史曾嘲笑并将继续嘲笑那些所谓"定评"或"定骂"，无论来头多大都不放过。唯有勇于承认自己曾有的困惑和新的困惑的人，有可能得到历史的同情。文章入集时，除改正一些错字病句，保持了它们第一次发表时的原貌。个别标题，因收入集子时"整体感"的需要做了改动。有些文章在发表的当时，或因版面的容量，或因别的缘故，经编辑朋友做过一些删改，我也不想恢复原稿的面貌。我觉得，精神产品进入"消费"流程之后，就不属于生产者自己了。除非推出"更新换代"的东西，小修小补意思不大。

文章不是按写作的时间顺序排列的，但篇末大都注明了写作日期。大致分作四辑：第一辑是有关文学研究和批评的一些想法；第二辑是诗人论和诗论；第三辑是小说方面的作家论和作品论；第四辑是两篇带点"宏观研究"性质的论文。

"打一枪换一个地方。"我深感自己的弱点是不能专下心来"挖一口深井"。好些题目显然只是开了个头，不少朋友都指出后头还大有文章可做，或者某些论点还可进一步展开。比如，通过分析语言结构中的时空意识来揭示作家自己的"哲学"，除了郭小川，还可再分析几位有代表性的作家或诗人。当代文学中各类体裁的艺术发展，除短篇小说之外，尚有中篇小说、长篇小说、诗歌、戏剧、散文等等，都应从"结构—功能"方面做一综合考察。"叙事模式"在漫长的中国文学史上的演进，原也不止书中论及的这一个，还可以再捕捉几个来做一番"抽样分析"。"文学语言学"的研究笔记只写了"之一"，那么，"之二""之三"呢？还有，如"狂人"主题在二十世纪中国文学中的衍变，文学中的"变形"规律，当代知识分子心态在文学中的呈现……这些在文章中稍稍提及的题目，都还来不及动手去做。多少我所喜爱的作家作品，恰恰是由于过于喜爱而有意延宕了动笔写下我的感受。

　　我想起一位朋友提到过拉封丹寓言中的驴子（"它在两堆干草之间饿死了"）。我常常矛盾于"博"与"约"、深与广、阅读与写作、专业与家务、愿望与精力乃至情面与兴趣之间，找不着那个适当的"度"。"鱼，我所欲也；熊掌，亦我所欲也。两者不可得兼，舍鱼而取熊掌者也。"孟老夫子处理的显然是一个过于简单的命题。当代人面临的困境要复杂得多。但我又想，"万事开头难"，只要开了个头，自可慢慢做来。自己做不来，让别人去做，也是好的。无奈新作品新信息新方法纷至沓来，常常为一些令人激动的新鲜题目所诱惑。于是就成了那位在玉米地里行窃的"表兄弟"，劳作一宿，手中只掰得两棒苞谷，却踩下了满地纷乱的脚印。

　　很早以前，曾想到要把第一本书题献给同龄的这一代人。于今却不再有这样的自信与豪情。上个月，一位到西藏大学去任教一年的同学来信，告知了一个不幸的消息。我们共同认识的一位同龄人，一位颇具才华和抱负的女作家，从四川大学中文系毕业后要求进藏工作不到四年，九月里下去采访，汽车开进河里，她死了。尽管我已经经历过那么多，听到同龄人的逝去总是令我感到震惊和悲凉。在那样的奉献面前，这本薄薄的小书，是微不足道的。

　　　　岁月并没有从此中断
　　　　沉船正生火待发

重新点燃了红珊瑚的火焰

当浪峰耸起

死者的眼睛闪烁不定

从海洋深处浮现

　　这是北岛的一首诗《船票》里的一段，诗里反复出现的短句是："他没有船票。"是的，他没有船票。然而岁月在延续，告别了青春的一代人，将在无可选择中继续选择。

　　我想在这篇后记结束的时候向许多人致谢。我的导师谢冕教授阅读了集子中的大部分文章并为集子作了序。张钟、洪子诚老师在他们开授的专题课中，都曾专门拨出时间，让我讲述这些文章中的某些论点，以检验它们是否有一定的说服力。几家刊物的编辑，尤其是杨世伟老师，在文章构思、论点推敲、文字加工诸方面，极大地帮助了我。我的朋友、同窗、同行钱理群、王得后、赵园、季红真、陈平原、苏炜、吴亮、程德培、许子东、王光明、南帆、周介人、蔡翔和鲁枢元，他们的谈话、著作和来信，给我的教益是无法描述的。《文学评论》《读书》《上海文学》《文艺报》《文汇报》《青年文学》《诗刊》等报刊允许我把由它们发表过的这些文章收成集子。我还想在这里感谢我的双亲，他们在坎坷的一生和沉重的劳作中抚育和教育了我。我感谢我的妻子，没有她的支持和鼓励，这里写下的每一行字都不可能产生。

1985年11月21日于勺园

后记

　　这本文学评论集是浙江文艺出版社八十年代的"新人文论丛书"的一种，三十年后，华东师大出版社又出了"纪念版"，于我是意外的欣喜。又过了八年光阴，领读文化的编辑朋友们，很喜欢我年轻时写下的这些稚嫩文字，而且坚定地认为当今喜欢的读者仍然不少，坚持再出新版。我不太相信他们的判断，却深深为他们的喜欢和坚持而感动。

　　"既然历史在这里沉思，我怎能不沉思这段历史"，在本科毕业论文里我引了诗人公刘的这两句诗（见本书《从云到火》）。到编评论集的时候，又取作家林斤澜的小说《头像》中的意象"沉思的老树的精灵"作书名。可见我对"沉思"一词的执迷。本书的评论文字，也可视为试图抓住沉思的历史契机，多少参与了一时代的启蒙筹划。然而"历史"并没有停下来沉思，人呢，也被这不沉思的历史裹挟着跟跄前行。三十多年后，再提这"沉思"二字，不禁汗颜。

昔我往矣，杨柳依依；今我来思，雨雪霏霏。犬儒的"今我"，有很多理由嘲笑"昔我"的天真、乐观和理想主义，连同那些浪漫的抒情语调、新旧杂陈的概念修辞。但心底深处，仍不免羡慕当年的无知无畏，生正逢时的吧。

瘟疫和战火摧残着当下的世界，"无穷的远方，无数的人们，都和我有关"。这情形，却又在在提醒着以文字讨生活的人的百无一用。谁知道呢，也许历史又到了一个驻足沉思的关键时刻，也许这些褪色的青涩文字还能提供一些参考（在文学评论这样一个狭窄的领域里），对生命、对艺术、对想象力的热爱能够夷然渡劫，毅然前行。

我期望新版的读者们有以教我。

2022年3月5日于珠海唐家湾

图书在版编目（CIP）数据

沉思的老树的精灵 / 黄子平著 . —— 天津 : 天津人
民出版社 , 2022.12
ISBN 978-7-201-18177-6

Ⅰ . ①沉… Ⅱ . ①黄… Ⅲ . ①中国文学 – 当代文学 –
文学评论 Ⅳ . ① I206.7

中国版本图书馆 CIP 数据核字（2022）第 006266 号

沉思的老树的精灵
CHENSI DE LAOSHU DE JINGLING

出　　版	天津人民出版社
出 版 人	刘　庆
地　　址	天津市和平区西康路35号康岳大厦
邮政编码	300051
邮购电话	（022）23332469
电子信箱	reader@tjrmcbs.com

责任编辑	李　荣
装帧设计	卿松 [八月之光]

印　　刷	北京金特印刷有限责任公司
经　　销	新华书店
开　　本	889毫米 ×1194毫米　1/32
印　　张	9.5
字　　数	280 千字
版次印次	2022年12月第1版　2022年12月第1次印刷
定　　价	78.00元